사냥꾼들

▪ 이 도서의 국립중앙도서관 출판예정도서목록(CIP)은

서지정보유통지원시스템 홈페이지(http://seoji.nl.go.kr)와

국가자료공동목록시스템(http://www.nl.go.kr/kolisnet)에서 이용하실 수 있습니다.

(CIP제어번호: CIP2016012177)

사냥꾼들

제임스 설터

오현아 옮김

마음산책

옮긴이 **오현아**

서울대학교 영어영문학과를 졸업하고 조인스닷컴Joins.com에서 서평 전
문 기자로 일했다. 옮긴 책으로 『실비아 플라스 동화집』『실비아 플라
스 드로잉집』『도시의 공원』『스팅』『내니의 일기』 등이 있다.

사냥꾼들

1판 1쇄 인쇄 2016년 5월 25일
1판 1쇄 발행 2016년 5월 30일

지은이 | 제임스 설터
옮긴이 | 오현아
펴낸이 | 정은숙
펴낸곳 | 마음산책

편집 | 이승학 · 최해경 · 김예지 · 박선우   디자인 | 이혜진 · 이수연
마케팅 | 권혁준 · 김종민   경영지원 | 이현경

등록 | 2000년 7월 28일(제13-653호)
주소 | (우 04043) 서울시 마포구 잔다리로 3안길 20
전화 | 대표 362-1452 편집 362-1451   팩스 | 362-1455
홈페이지 | http://www.maumsan.com
블로그 | maumsanchaek.blog.me
트위터 | http://twitter.com/maumsanchaek
페이스북 | http://www.facebook.com/maumsanchaek
전자우편 | maum@maumsan.com

ISBN 978-89-6090-268-8 03840

* 책값은 뒤표지에 있습니다.

"하늘은 신과 같은 공간이에요.

홀로 하늘을 날고 있으면

그보다 중요한 것은 없지요."

그는 괴롭지 않았다.
만족해서가 아니라 마침내
무감각 속으로 빠져든 것이었다.

■ 일러두기

1. 이 소설의 초판은 1956년 출간되었다. 한국어판은 1997년 출간된 작가의 개정판을 옮긴 것이다.
2. 외국 인명·지명·독음 등은 외래어표기법을 따르되 관용적인 표기와 동떨어진 경우 절충하여 실용적 표기를 따랐다.
3. 옮긴이 주는 글줄 상단에 맞추어 작게 표기하였다.
4. 신문·잡지·공연·노래 제목은 〈 〉로 묶었고, 단편 제목은 「 」로, 장편 제목은 『 』로 묶었다.

1997년 개정판 서문

　이 책의 배경이 되는 한국전쟁은 1950년부터 1953년에 걸쳐 일어났다. 한반도의 지형과 그곳에서 벌어진 전쟁의 양상은 당시 잘 알려진 문제였다. 제트전투기가 새롭게 전쟁에 투입되었고, 소련에서 중공군과 북한군을 지원하기 위해 조종사와 전투기를 보내오자 첫 공중전이 벌어졌다. 소련 전투기에 맞선 것은 대부분 미국 전투기였다.

　소련 전투기는 후퇴익後退翼에 기관포가 장착된, 세련된 디자인의 MIG-15였다. MIG-15는 주로 중국의 비행장에서 출격했는데 그곳은 정치적인 이유로 단 한 번도 폭격을 당하지 않았다. 당시 미 공군이 보유한 최고의 전투기 F-86은 MIG-15와 기량 면에서는 호각이었지만 수적으로는 열세했다.

　F-86은 높이 날 수 없는 기종이라—F-86의 비행고도가 4만 5000피트인 반면 MIG-15는 4만 8000피트다—고고도에서는 성능이 떨어지지만 저고도에서는 MIG-15보다 다소 우세

했다. F-86에는 연속 발사 시간이—공중전이 얼마나 속전속결인지를 보여주자면—11초에 불과한 기관총이 탑재되어 있었는데, 실전에서는 사실 2, 3초면 충분했다. 당시는 미사일이 없을 때였다. 미사일이 등장한 것은 그로부터 몇 년 뒤의 일이다.

기본적인 전투대형은 전투기 2기로 구성되며 이것을 분대element라고 부른다. 한 분대의 리더와 윙맨wingman은 떨어질 수 없다. 경험이 적은 조종사가 보통 윙맨을 맡는데 윙맨은 일종의 파수꾼이다. 윙맨은 특히 리더가 적기와 교전을 벌이는 동안 주위를 엄호하고 필요시에는 기관총을 발사하면서 공격에 가담하는 등 결코 작지 않은 역할을 수행한다. 리더의 비행기가 격추되면 윙맨은 즉시 전장을 떠나 기지로 돌아가야 한다. 그 반대도 마찬가지다.

두 개 분대가 모인 편대flight가 최소 병력 단위이지만, 교전 중에는 4기가 하나의 편대를 유지하지 못하고 2기의 분대로 나뉘곤 한다. 비행대대squadron는 서너 개의 편대로 구성된다.

주요 방어술 가운데 '급선회' 전술이 있는데 이것은 기체를 최대한 급선회하여 적기가 뒤에서 조준을 못하게 만드는 기동 전술을 말한다. "오른쪽으로 급선회!" "왼쪽으로 급선회!"라는 다급한 외침은 적기가 후미에 있음을 뜻한다. 생텍쥐페리가 말했듯이 전투기는 싸우지 않고 다만 살상할 뿐이다. 직사直射 지점까지 적기의 꼬리에 바짝 따라붙은 뒤 기관총을 발사할 때, 살상은 이루어진다.

에이스는 적기 다섯 대를 격추한 조종사를 지칭한다. 이들은 챔피언이다. 한국전쟁 중에 미국인 에이스는 서른아홉 명. 이었다. 하지만 이들이 생각만큼 불사조였던 것은 아니다. 적어도 한 명이 교전 중에 격추되어 전사했고, 그 뒤에 비행기 추락으로 절명한 에이스도 여럿 있었다. 에이스는 비행대대장이나 비행전대장이 많았고 간혹 비행단장도 있었다. 대부분 저돌적이고 대담하게 단위부대를 이끈 자들이었다. 내가 알기로 지휘관들도 최소 다섯 명이 격추되었다.

조종석 바로 밑의 동체에 칠해진 작은 빨간 별은 적기 격추의 상징이었다. 하늘에서 보일 듯 말 듯 일렬로 작게 늘어선 별 다섯 개는 그 어떤 우승컵이나 훈장보다도 명예로운 표시였다.

바이런 경은 자신이 유명한 시를 썼다는 사실보다 자신의 노르만족 조상이 '정복왕' 윌리엄을 보필해 잉글랜드를 침공했다는 사실에 더 큰 자부심을 느꼈다고 한다. 아직 영국식으로 바뀌지 않은 부룬de Burun이라는 이름이 실제로 '토지대장 Domesday Book. 1086년 윌리엄 1세의 지시로 작성된 토지조사부'에 그대로 남아 있다. 지난날을 돌이켜보면 나 역시 압록강 상공을 날았고 그곳에서 전투를 벌였다는 데 바이런 경이 느꼈던 것과 비슷한 자부심을 느낀다.

J. S.

그는 인간의 자기 극복과,

자기 극복이 이루어지는 숭고한 금욕의 세계를

언제나 존중했다.

1

까맣게 얼어붙은 겨울밤이 일본 땅 위로, 동쪽의 일렁이는 바닷물 위로, 그 위에 떠 있는 울퉁불퉁한 바위섬과 모든 도시와 마을, 작은 집과 을씨년스러운 거리 위로 몰려들고 있었다.

클리브는 창가에 서서 밖을 내다보았다. 땅거미가 드리워 있었고 그는 나른한 무기력감을 느꼈다. 아직 온몸에 생기가 돌기 전이었다. 자신이 자는 사이에 모두 밖으로 나간 모양이었다. 방은 텅 비어 있었다.

그는 몸을 살짝 숙여 코끝을 유리창에 갖다 댔다. 기분 좋게 차가웠다. 유리창에 곧바로 허연 김이 서렸다. 입김을 두어 번 내뿜어 동그라미를 더 크게 만들었다. 얼마 후 유리창에서 몸을 뗐다. 그러고는 잠시 머뭇거리다가 뿌옇게 김이 서린 유리창에 'CMC'라고 썼다.

그곳은 커다란 막사였다. 그런 곳이 으레 그렇듯 이층침대만 열 개 놓여 있을 뿐 선반이나 벽장, 옷걸이 같은 가구는 하나도 없었다. 천장에는 체육관처럼 작은 철망에 싸인 전등이 매달려 있었다. 한때 창고로 쓰였던 건물이 틀림없었다. 널따란 막사 안에는 그런 방이 빼곡했다. 콘크리트가 거칠게 드러난 벽에 리벳이 박힌 철문은 배의 객실 문처럼 바닥에서 한 뼘 남짓 올라온 채 매달려 있었다. 그는 몇 시간 전에 도쿄에서 돌아온 참이었다. 온종일 돌아다닌 데다 수십 킬로미터 차를 타고 온 뒤라 기진맥진해서는 저녁 먹기 전에 잠깐 침대에 눕는다는 게 그만 잠이 들고 말았다. 일어났을 때에는 이미 사방은 어둑어둑하고 방에는 아무도 없었다. 모든 생명과 움직임으로부터 고립된 채 사람이 사는 곳 너머에 있는 기분이었다. 그는 쇠 창틀에 끼워진 유리창 너머로 아무것도 보지 않는, 중력 없는 눈길을 던졌다. 어둠이 빠르게 내리고 있었다. 앙상하게 헐벗은 나무들이 어둠 속에 묻히고 창문에 불빛이 하나둘 들어오기 시작했다. 나란히 서서 말없이 길가를 내려오는 두 명의 형상이 보였다. 그들은 모퉁이를 돌더니 시야에서 사라졌다.

한국으로 전출 명령을 기다리며 이곳 보충대에서 지낸 지 나흘째였다. 언제나 낯선 얼굴뿐이었고 대개가 전장에서 막 돌아와 어린아이처럼 가벼운 마음으로 본국으로 돌아가는 군인들이었다. 그들은 흡족한 듯 큰 소리로 노래를 부르며 지나 갔다. 나흘 밤 동안 그 방에서 자고 간 군인, 아니 적어도 그곳에 가방을 던져놓고 도쿄로 놀러 간 군인이 쉰 명은 되는 듯 했다. 지금도 다들 도쿄에 가 있을 거라고 그는 생각했다. 그들은 저녁에 나가면 그다음 날 아침까지 돌아오지 않았다.

그는 수건과 세면도구를 챙겨 들고 복도를 지나 샤워실로 들어갔다. 평소 같으면 천장에서 커다란 물방울이 머리 위로 뚝뚝 떨어지고 흐릿하게 김 서린 거울 앞에는 차례를 기다리는 군인들로 붐볐겠지만, 지금은 호리호리한 키에 나이는 스물여덟, 아니 서른여덟쯤 돼 보이는 엷은 금발의 사내만이 샤워 부스 안에서 노래를 부르고 있었다. 양말을 쑤셔 넣은 군화—주름 잡힌 까만 공군화—가 샤워 부스 바깥의 벤치 위에 놓여 있었다. 노랫소리가 멈췄다.

"어이." 사내가 인사를 건넸다.

물줄기가 바닥에 튀는 소리가 기분 좋게 들렸다.

"물은 어때?" 클리브가 물었다. "뜨거워?"

"충분히. 뼛속까지 뜨거워지는 것 같아."

"그래 보이네."

"금세 온몸이 더워질 거라고." 호리한 사내가 친절하게 말했다.

클리브는 수건을 고리에 걸고 옷을 벗기 시작했다.

"날씨도 참." 클리브가 대꾸했다. "샤워할 때도 옷을 입어야 할 판이야."

"살인적이지. 한국에서 오는 길이야?"

"아니, 가는 길. 거긴 어때?"

"몰라. 나도 가는 길이야. 한국이 내 예상대로라면, 이 뜨거운 물이 그리울걸?"

"이것뿐이겠어?"

클리브가 샤워 부스 안으로 들어가는 것과 동시에 사내가 밖으로 나오더니 거칠게 몸의 물기를 닦았다. 몸을 다 닦자 맨발을 군화 속에 밀어 넣고는 수건을 허리에 두른 뒤 옷을 집어 들었다.

"다음에 보자고." 사내가 유쾌하게 말했다.

클리브는 따뜻한 물줄기가 어깨와 상반신을 때리며 오랫동안 흘러내리도록 가만히 내버려두었다. 머리가 흠뻑 젖어서 꼭 얇은 모자를 뒤집어쓴 것처럼 보였다. 물줄기 아래서 그는 몸과 마음이 정갈하고 편안해짐—여행이 제일 먼저 앗아가는 것들—을 느꼈다. 이윽고 샤워기를 잠그고 몸을 닦은 뒤 방으로 갔다. 옷을 갈아입고 저녁을 먹으러 갈 생각이었다.

그가 기억하는 것보다 방은 더 추웠다. 안으로 들어가면서 불을 켰다. 창밖에는 청명하게 얼어붙은 밤이 먹물같이 내려앉아 있었다. 가볍게 몸을 떨며 가방에서 새 옷을 꺼낸 다음 입었던 옷을 가방의 한쪽으로 쑤셔 넣었다. 더러운 옷을 넣어놓는 칸은 이미 꽉 차 있었다. 옷을 아껴 입는다고 입었는데도 새 옷이 거의 바닥나고 있었다. 지금 꺼낸 셔츠 말고 새 옷은 셔츠 한 장에 다른 옷가지 두 벌이 전부였다. 유일하게 많이 남은 건 손수건뿐이었다. 군복을 입고 코트를 걸친 뒤 불 끌 생각도 않고 방을 나섰다. 손목시계를 내려다보았다. 7시를 몇 분 앞둔 시각이었고 그는 허기를 느꼈다. 텅 빈 시멘트 복도를 지나 계단을 내려가 건물 밖으로 나갔다.

별빛을 가릴 만큼 환한 달이 밤하늘을 밝히고 도처에는 옅은 안개가 서리처럼 가라앉아 있었다. 밤안개 사이로 건물들이 인위적인 빛을 뿜어냈다. 불빛마다 작은 왕관이 하나씩 씌워져 있는 듯했다. 그의 발자국 소리가 거리에 쪼개졌고 입김이 덧없는 은색 연기처럼 하얗게 흩어졌다. 이곳 일본은 낯선 땅이었다. 땅을 덮은 하늘도 음산하게 빛났다. 마치 역사의 한 장을 걷는 느낌이었다. 마음이 불안했다. 그는 죽음을 맞이하는 사람처럼 홀로 운명의 흐름 속을 걷고 있었다.

여기까지 먼 길을 왔다. 밤이 낮이 되는 것도 모르게 오랜 시간 비좁고 냄새나는 수송기 객실에 처박혀 수천수만 킬로미터를 날아온 통에 그는 마치 견고한 시간을 뚫고 오는 듯한 기분이 들었다. 망망대해를 지나 세상의 저쪽 수평선에서 이쪽 수평선으로 건너오는 동안 그는 내내 바닷가에서 멀리 헤엄쳐 가는 사람처럼 자신이 한없이 약하고 초라하게만 느껴졌다. 하지만 뒤돌아보지 않았다. 다리는 이미 치워졌다. 돌아가는 길은 없었다. 그는 바다를 건너 전쟁터로 온 것이었다. 마음에 흥분이 차오르기 시작했다.

인간은 보통 자신의 운명을 아는데 클리브도 그랬던 것 같다. 설령 제 운명을 알지 못했더라도 그의 눈은 분명 자신의 운명을 보았을 것이다. 그만큼 그의 눈은 특별했다. 때론 슬플 만큼 민감하고 때론 조약돌처럼 무표정했다. 두 눈이 차분한 얼굴에서 그나마 가장 도드라지는 부분이었다. 클리브는 세상을 향해 가면을 쓰지 않았다. 쉽게 미소 짓는 입술에 코는 섬약해 보였고, 더욱이 그에게는 전투기 조종사 7년 경력이 가져다준 명성이 있었다.

그냥 얻은 명성이 아니었다. 라스베이거스에서 사격 대회가 열린 해에는 개인별 공대공 훈장을 받았고, 곡예비행단에 속했을 때에는 편집증 비슷한 집요함으로 지면에 닿을 만큼 아슬아슬한 편대비행술을 선보이기도 했다. 후에 장군의 찬사가 쏟아졌고, 클럽에서 열린 연회에서는 그가 기억할 수 있는 것보다 더 많은 수의 조종사가 주위를 에워싼 채 자신의 이야기에 귀를 기울였다. 노래 부르고 술 마시는 사람들로 그의 옆은 언제나 붐볐다. 주목을 받는다는 것은 흥분되고 기분 좋은 일이었다.

그러나 첫사랑에 취하면 따사로운 4월이 어느새 소슬한 11월이 되듯이, 화려한 시절은 순식간에 지나갔다. 그 이후로 규율과 보호 속에 학교를 다니는 것 같은 삶이 계속되었다. 간혹 모골이 서늘해질 정도로 위험한 순간도 있었지만 대부분은 빠르게 지나가는 나날의 연속이었다. 그는 훈련된 조종사가 아니라 타고난 조종사였고 자신도 그 사실을 알았다. 처음부터 그는 재능이 특출했다. 자신의 재능을 발휘해 뛰어난 조종사가 되는 데에는 그리 큰 노력이 필요하지 않았다. 기억력이 비상한 남학생이 역사를 공부하는 것과 비슷했다. 자부심을 느낄 일이지만 그렇다고 거만을 떨 일도 아니었다.

그는 죽음 가까이까지 이르고 싶다는, 그리고 그 후에 찾아오는 순결함을 느끼고 싶다는 충동을 마치 다른 사람에게 일어난 일인 양 이따금 떠올리곤 했다. 그는 인간의 자기 극복과, 자기 극복이 이루어지는 숭고한 금욕의 세계를 언제나 존중했다. 자신도 잠깐 그 세계를 여행했지만 얼마간의 침묵과 헌신만을 배웠을 뿐 무엇을 성취했는지는 확실하지 않았다.

친구들은 그를 볼 때마다 왜 군대에서 나오지 않고 거기서 삶을 낭비하느냐고 물었다. 그는 매번 마땅한 대답이 생각나지 않았다. 롱비치와 알부케르케 사이 4만 피트 상공의 화기라곤 없는 레이더실에서 한 시간 남짓 차디찬 몸으로 비행한 뒤라 어깨에 닿는 새 셔츠의 감촉이 여전히 얼음장처럼 차갑고 얼굴에는 산소마스크 자국이, 손에는 수천 킬로미터 비행의 미세한 감촉이 여전히 남아 있건만, 그는 아이 얘기에 여념이 없는 엄마들과 행정장교들로 북적이는 클럽에 홀로 앉아 저녁을 들면서 적당한 답을 찾으려고 애를 썼지만 끝내 허사였다. 토요일 비행을 머리에 그려보았다. 무선나침반이 가을 군중의 함성을 가리키고 저 아래 손톱만 하게 보이는 30분 거리의 경기장을 지나 윙맨이 금속 화살촉처럼 대륙 위 창공에 떠 있는, 석양이 콘크리트 이끼 낀 도시의 건물과 땅안개 사이로 내리비치는 토요일 비행을. 그러나 결국 어떤 답도 찾아낼 수 없었다. 별에 질리고 드넓은 밤바다—바다의 포말은 파도 위에서 부서지는 도시였다—를 가로지르는 고속 비행에 질릴 때면 다른 이들, 이를테면 제 스스로를 '백정 레드'라 부르며 어둠 속에서 스스로를 구하는, 저쪽 어딘가에 있을 두 명의 킬러 목소리에 귀를 기울이며 간결하고도 타당한 이유를 생각해내려고 했지만 번번이 실패할 뿐이었다. 그것은 홀로 사는 비밀의 삶이었다.

단 하나, 이번이 마지막이라는 사실만은 확실했다. 이곳에 오기 전부터 알고 있던 사실이었다. 서른하나는 분명 많은 나이가 아니지만 그리 오랜 시간이 남지 않았다. 일단 시력이 예전 같지 않았다. 운동선수에게 제일 먼저 신호를 알리는 게 다리라면 전투기 조종사에게는 눈이다. 극한의 범위에서 전투기를 식별하는 능력이 떨어졌다 해도 얼마간은 손도 흔들림이 없고 판단력도 좋을 수 있다. 가령 다른 조종사의 눈을 이용하는 것 같은 시력 저하를 상쇄할 방법 또한 아주 없는 것은 아니다. 그러나 종국에 그것은 극복할 수 없는 장애가 되고 만다. 더욱이 그는 잃어버린 시간을 무겁게 인식하는 단계에 이르렀다. 한때 함부로 써버린 내일을 이제는 하루하루 손꼽아 세게 된 것이다. 불운을 한탄하는 제 자신을 발견하다가도 죽고 싶지 않다는 생각이 불현듯 머리를 스치기도 했다. 꼭 살고 싶다는 뜻은 아니지만 그것은 영혼을 잠식하는 암흑의 병이자 집착이었다.

그는 군데군데 얼음꽃이 피어 있고 울타리에는 담쟁이덩굴이 낡은 줄처럼 휘감긴 테니스장을 지나 클럽 입구에 이르렀다. 안은 따뜻했다. 잠시 주위를 둘러보는 동안 그는 붐비는 클럽 안에서 길을 잃은 듯한 느낌이 들었다. 저쪽 벽에서 누군가 손짓을 했다. 샤워실에서 만난 호리한 사내가 테이블에 앉아 저녁을 먹고 있었다. 클리브는 그 옆에 앉았다.

"아직 저녁 전이야?" 사내가 물었다.

"응."

"오늘 메뉴 좋은데. 포크 찹."

클리브는 메뉴판을 힐끗 내려다보고는 옆으로 치웠다.

"별로야?"

"하릴없이 기다리다 보니까 신경이 자꾸 곤두서서."

"그럴 만하지. 근데 그렇게 예민하게 안 봤는데."

"예민해지지 않고 배기겠어?"

"며칠째야?"

"나흘."

"난 3주." 호리한 사내가 말했다. "굳이 세자면 3주 하고 사흘."

"3주라고?" 클리브가 깜짝 놀란 표정을 지었다. "설마 다 그런 건 아니겠지?"

"내가 어떻게 손을 쓸 수가 없더군. 도착하고 곧바로 무슨 바이러스에 감염되었는데 여기 오는 내내 아픈 걸 보면 샌프란시스코에서 걸린 것 같아. 병원으로 곧장 이송됐지. 퇴원한 지 며칠 안 돼. 내일 아침 의사한테 갈 건데 의사가 괜찮다고 하면 한국으로 전출 명령이 내려지겠지."

클리브가 저녁을 먹는 동안 사내는 그 특유의 신랄하면서도 침착한 어조로 이야기를 이어나갔다. 주로 병원에서 겪은 일에 대한 것이었다. 사흘에 한 번씩 새 환자복을 받았는데 얼마 지나고 나니까 퇴원하기 전에 과연 단추가 하나라도 달린 환자복을 입어볼 수 있을까 진짜로 궁금해졌다고 했다.

"보통 여기에 얼마나 있지?" 클리브가 물었다.

"2, 3일. 더 오래 있기도 해. 내가 듣기로는 한 달 넘은 놈도 있어. 지금 도쿄 어딘가에 처박혀 있다는데 아직도 찾고 있다나 봐."

"빨리 안 돌아오면 전쟁 끝나겠어."

"이제 와서 서두를 이유가 뭐 있어? 느긋하게 즐기다 오는 거지. 지금 오면 최악일 텐데."

"그건 아닌 거 같은데."

"멍청한 놈 같으니."

"전투기 조종사가 워낙 독립적인 구석이 있잖아."

호리한 대위가 미소를 지었다.

"자네가 무슨 기종을 모는지 알겠다." 대위가 말했다. "내심 아니길 바랐는데. 우리 둘이 한 부대에서 조우할 뻔했군그래."

"이번 전쟁에선 말고." 클리브가 대꾸했다.

"저번 전쟁은? 그때도 참전했지?"

"아니."

"아니라고? 또 틀렸네. 그때도 참전한 줄 알았는데. 하기야 전쟁이 다 똑같지. 전쟁이 달라봤자 얼마나 다르겠어? 이번 전쟁엔 진짜 오기 싫었어. 무슨 말인지 알지? 끝없는 불평불만, 엄마와 어수룩한 아들. 싫어도 오는 수밖에."

호리한 사내는 계속 떠들었다. 군인이라기보다는 예리한 눈에 느긋한 시간관념을 가진, 삶을 가볍게 유영하는 방랑자 같았다. 이런 사람을 판단하기란 쉬운 일이 아니지만 클리브는 어쩐지 사내가 마음에 들었다.

종업원이 테이블을 치우자 그들은 담배를 태운 뒤 약속이나 한 듯 카운터로 갔다. 한 무더기의 군인이 그들 앞을 지나갔다. 슬롯머신이 줄곧 요란한 소리를 내고, 제각기 높낮이가 다른 웃음소리와 이야기 소리에 섞여 클럽 저편의 작은 무대에서 공연단의 음악 소리가 들려왔다. 깔끔한 유니폼 차림의 일본 여종업원들이 술잔을 올린 쟁반을 들고서 잰걸음으로 지나갔다. 깨끗하고 동그스름한 얼굴에 몸매가 다부지고 우아한 여자들이었다. 몇몇은 얼굴이 꽤 예뻤는데 그중에 하나는 아주 늘씬하고 미모가 출중했다. 보기 드물게 얼굴이 차분해 보였다. 그녀에게 눈길을 주지 않기란 불가능했다.

"쓸 만한데. 그래도 도쿄에서는 배 좀 곯을걸."

"무슨 소리야?" 클리브가 물었다.

"거긴 경쟁이 살벌하잖아."

"그렇지."

공연단이 흥겨운 미국 음악을 메들리로 연주하는 가운데 남녀 두어 쌍이 바다 위에 외따로 떠 있는 돛단배처럼 무도장에서 춤을 추고 있었다. 여자들은 모두 평범한 얼굴의 서양인이었다. 한 여자는 어깨에 흰색 견장이 달린 파란색 제복을 목까지 단추를 채워서 입고 머리에는 제모를 쓰고 있었다. 마흔이 족히 돼 보이는 여자는 근엄한 표정의 중위와 춤을 추고 있었다. 누군가 그 사이를 비집고 들어가려면 꽤나 힘들었을 것이다.

입구에서 차가운 공기가 밀려 들어왔다. 클리브가 고개를 들고 쳐다보았다. 장교 다섯이 들어오더니 입구께에 서서 클럽 안을 한 바퀴 휘둘러보았다. 모두 소위였다. 얼마 전, 아니 그날 밤 도착한 게 분명했다. 어딘가 긴장한 기색이 역연했다. 그들은 서로에게 매달리듯 바짝 붙어 서 있었다. 그러더니 잠시 뒤 가까이에 있던 테이블 하나를 골라 앉았다. 그들이 주종을 결정하고 여종업원을 부르는 모습을 클리브는 별 관심 없이 지켜보았다.

소위들은 마치 19세기의 명화를 펼쳐놓고 황제를 에워싼 신하들처럼 다들 고만고만해 보였다. 그런데 그중에 잘못 놓인 물건처럼 눈에 띄는 자가 하나 있었다. 얼굴도 다른 이들보다 유난히 희었다. 삼나무 속의 레몬우드처럼 도드라지는 그는 은근히 그것을 즐기는 눈치였다. 클리브가 종전에 눈여겨보았던 여자가 주문을 받으러 왔다. 여자는 다소곳이 선 채 기다렸다. 흰 피부의 소위가 주문을 하면서 여자를 서늘한 눈으로 훑어보았다. 여자가 주문을 받아 적더니 물러났다. 소위가 감탄하듯 휘파람을 휙 불었다.

"어때?" 소위가 말했다. "한번 해보고 싶지 않아?"

"누가 마다할까?"

"아마 담배 한 갑에 넘어올걸?"

"담뱃불은 네가 붙여주고, 닥터?"

"좋지."

여자가 술잔이 담긴 쟁반을 들고 돌아왔을 때 클리브는 나머지 대화를 들었다. 더 이상 그쪽을 돌아보지 않았지만 여자가 술잔을 테이블에 가만히 내려놓는 소리가 들렸다.

"이름이 뭐야?"

"묘코." 조용히.

"특이한 이름이네."

여자는 대답이 없었다.

"미국 이름은 없어?"

"없어요."

"리타는 어때? 예쁘지 않아?"

여자는 잠자코 있었다.

"몇 살?"

"열아홉이요."

"먹을 만큼 먹었네. 몇 시에 끝나, 리타?"

이 소리에 호리한 사내가 큼큼 헛기침으로 목을 다듬더니 그쪽을 돌아보았다.

"어이, 친구." 사내가 카랑카랑한 목소리로 말했다. "이제 그만하시지."

소위는 차분한 눈으로 어두컴컴한 실내 너머 이쪽을 건너다보았다.

"지금 뭐라고 하셨습니까?" 소위가 정중하게 물었다. 여자는 서둘러 자리를 피했다.

"당신하고 나가면 여자가 일자리를 잃을 거요. 그런 일이 일어나길 바라는 건 아닐 테지."

"클럽 매니저라도 되십니까?"

"그건 아니오."

"아, 그럼 도움을 주시겠다고요?"

"그런 셈이지. 여기 종업원은 장교와 외출할 수 없어요. 클럽 규칙이지. 모르는 것 같아서 알려주는 거요."

"거 감사하군요." 소위가 말했다.

잠시 테이블에 어색한 침묵이 흐른 뒤 소위가 일행에게 말하는 소리가 들렸다.

"뭐야? 클럽 매니저도 아니면서."

"펠, 그만해. 문제 일으키고 싶어서 그래?"

"문제라니? 문제 생길 게 뭐 있어?"

"여자 그냥 내버려둬."

"여자한테 말을 걸든지 말든지 내 마음이야. 자기가 여자한
테 수작 걸던 중이었던 거 아냐? 그렇지 않고서야 괜히 저럴
리가 없잖아."

"여자가 곤란해진다잖아."

"거 재미있겠는데."

"이제 그만해."

"잠깐만 기다려봐." 펠이 말했다. 그는 태연하게 의자 등에
몸을 기대더니 술을 홀짝이며 일이 어떻게 돌아가는지 주위
를 살폈다.

하지만 사내들은 여자를 더 이상 입에 올리지 않았다. 클리
브와 호리한 사내가 밤늦게 클럽에서 나올 무렵 소위들은 비
행에 대해 무어라고 떠들고 있었다. 그들은 추운 겨울밤을 지
나 막사로 돌아왔다. 클리브는 저녁 이후에 마신 술이 오르는
지 잠이 쏟아졌다. 가만히 제 숨소리에 귀를 기울이며 옷을
갈아입은 다음 철제 침대의 담요 속으로 깊숙이 몸을 파묻고
그대로 깊은 잠에 떨어졌다.

이튿날 일찍 아침을 먹자마자 전출 명령이 떨어졌다. 예상
한 대로 전선 바로 뒤 가장 유명한 비행단에 배속되었다. 짐을
싸는 데에는 채 몇 분도 걸리지 않았다. 마침내 전쟁 길에 오
른 것이다. 출발하기 전에 호리한 사내를 보지는 못했다.

2

한국의 해안을 지난 것은 정오가 가까웠을 때였다. 클리브는 수송기 날개 밑에 앉아 초조하게 밖을 내다보았다. 통렬한 성취의 순간을 그는 알았다. 이곳에서 지나간 날들에 걸맞은 고별 비행을 할 것이다. 이 순간을 위해 먼 길을 달려왔지만 아직도 앞길이 많이 남았다. 그는 스스로에게 지운 의무감과 자부심의 짐이 가벼워지는 것을 벌써부터 느낄 수 있었다. 아니, 그 짐을 훌훌 벗어던진 기분이었다. 승리의 환희와 비슷한 감정이 차오르기 시작했다. 그 어느 때보다 그는 확신했다. 알려진 모든 것을 지나 과감히 전진하는 사람처럼 자신 역시 이번 전쟁에서 뜻을 이루리라는 것을.

객실 안을 둘러보았다. 모두 하나같이 가장 가까운 창문으로 고개를 뺀 채 깨끗한 겨울 하늘 아래 잔해처럼 고요하게 펼쳐진 땅을 내려다보고 있었다. 전쟁의 흔적을 말해주는 것은 많지 않았다. 보드라운 눈밭이 시야 닿는 곳마다 흩뿌려진

가운데 강물이 정맥처럼 흐르고 있었지만 클리브가 생각하는 것은 인류의 어머니 대지가 아니었다. 그의 눈은 조종사의 눈이었다. 적대적인 산줄기며 랜드마크가 없는 지형, 위급한 상황에서 불시착할 수 있는 평평한 땅이 그의 눈에 들어올 뿐이었다.

그가 불과 한 시간 만에 날아온 거리를 보병들은 몇 주에 걸쳐 사투를 벌이며 걸어왔을 것이다. 그는 여행자처럼 편안하게 전장으로 향하고 있었다. 전문가의 초연함과 막중함이 느껴졌다. 앉은 자리에서 유일하게 시야로 들어오는 육중한 비행기 날개와 기체 바깥의 엔진실로 잠시 시선을 옮겼다. 번들거리는 시커먼 기름띠가 엔진 덮개 뒤로 넓게 퍼져 있었다. 그는 초조한 눈길을 다시 땅으로 돌렸다.

한 시간 뒤 서울에 도착했다. 푸르른 하늘에 바람이 매서운 2월의 오후였다. 클리브는 비행기에서 내려 석고처럼 얼어붙은 한국 땅에 발을 내디뎠다. 겨울바람이 평야를 지나 날카롭게 내리꽂혔다. 뺨이 아리고 귀가 얼얼했다. 숨을 쉴 때마다 쇠꼬챙이로 폐를 찌르는 듯했다. 눈에 눈물이 고였다.

그는 비행기에서 내리는 일행의 뒤를 따라 걸었다. 그들은 헐벗은 땅을 지나 건물 쪽으로 걸어갔다. 건물 주변에는 가방과 잡낭이 무더기로 쌓여 있었고 한 무리의 사람이 코트 입은 몸을 잔뜩 옹송그린 채 서 있었다. 그는 사람들 앞을 지나 제일 큰 막사로 들어갔다. 붐비고 춥기는 막사 안도 마찬가지였다. 사람들이 두 개의 석유난로 주위에 둘러서서 손을 녹이고 있었다. 클리브는 잠시 머뭇거리다가 막사 저쪽 끝에 보이는 카운터까지 사람들 사이를 비집고 힘겹게 걸어갔다. 그러고는 말할 기회를 잡자마자 김포행에 대해 물었다. 거기까지 또 얼마나 걸릴지 모를 일이었다.

"알아보겠습니다, 대위님." 상병이 대답하더니 고개를 돌려 옆에 있는 병사에게 물었다. "여기서 김포까지 어떻게 가요?"

"어디?"

"김포요."

"거기까지 가는 버스가 있어."

"버스가 언제 있는데요?"

"그걸 내가 어떻게 알아? 버스 시간표 찾아봐."

"버스 시간표가 어디 있는데요?"

"아, 미치겠네." 병사가 짜증스럽다는 표정을 지으며 저쪽으로 걸어갔다. 병장이었다. 그는 벽에 붙은 종이 뭉치를 휙휙 넘기더니 재빨리 버스 시간표를 찾았다. 그러고는 곧 손가락을 아래로 미끄러뜨리며 시간표를 읽었다.

"다음 버스가……," 병장은 손목시계를 흘끗 내려다보았다. "35분 후에 있네." 그러고 나서 클리브를 돌아보았다. "김포로 가십니까, 대위님?"

"그렇네."

"건물에서 나간 뒤 바로 그 앞에서 타시면 됩니다."

"고맙네."

클리브는 카운터 근처의 벤치에 앉아 불편한 기다림을 시작했다. 김포까지 얼마나 걸리는지를 물어본 것이었는데 불현듯 그런 거야 아무래도 상관없다는 생각이 들었다. 대신 그는 이야기의 파편에 귀를 기울였다. 모두들 일본으로 돌아가는 길 같았다. 일본에서는 모두 미국으로 귀국하는 길이었다. 혼자만이 흐름을 거슬러 가고 있었다. 언제나 이런 식이었다고 그는 생각했다. 모든 게 다 끝나고 뒤늦게 도착한 느낌.

반 시간이 지난 뒤 그는 밖으로 나갔다. 아직 버스는 오지 않았다. 어깨를 웅크린 채 바람을 등지고 서서 5분을 더 기다렸다. 금세 몸에서 온기가 사라졌다. 추위가 신발 바닥을 뚫고 뼛속까지 파고드는 듯했다. 마침내 '김포'라고 적힌 작은 나무판을 철사로 라디에이터에 매단 트럭이 모습을 드러냈다. 그는 가방을 들어 뒷문으로 던져 올렸다. 그런 다음 운전사 옆에 앉았다. 승객은 그밖에 없었다.

트럭은 비행장을 떠나 트레슬교trestle bridge를 지난 뒤 서울의 외곽을 따라 달렸다. 모든 것이 더럽고 초라해 보였다. 짓다만 판잣집은 시커멓게 그을어 있었고 지붕 위의 눈조차 온통 잿빛이었다. 거기다가 날도 춥고 을씨년스러운 때였다. 땟국이 흐르는 아이들은 먹을 것을 구걸하며 군인 뒤를 쫓아다녔다. 나무는 헐벗었고 도시 외곽의 논은 꽁꽁 얼어붙어 있었다. 언 강에는 노인 두엇이 물고기를 잡을 요량으로 구멍을 막 뚫어놓은 참이었다.

클리브는 장갑을 벗고 담배에 불을 붙였다. 쩡 깨지는 추위를 아주 잠깐 녹여줄 뿐 큰 맛은 없었다. 덜컹거리는 트럭에 앉아 그는 담배를 태웠다. 트럭은 오르막길을 치달아 올라 공장 지대가 내려다보이는 둑길을 달렸다. 곧이어 제대로 자라지 못한 나무들이 늘어선 길이 나오고 이내 시골 풍경이 펼쳐졌다.

"김포까지는 얼마나 되나?" 클리브가 물었다.

운전사는 어깨를 으쓱해 보였다. 무뚝뚝하고 퉁퉁한 얼굴에는 구레나룻이 길게 자라 있었다.

"20킬로미터 좀 넘을 겁니다." 운전사가 대답했다.

"길이 내내 이런가?"

"뭐 그런 셈이죠."

"'대위님' 호칭은 안 붙일 생각인가?"

운전사가 그를 힐끗 쳐다보았다.

"네, 알겠습니다, 대위님." 그가 짧게 대꾸했다.

트럭은 45분을 더 달렸다. 목적지에 거의 다다랐을 무렵 그들은 작고 가난한 마을을 지나왔다. 김포였다. 비행장은 바로 그 너머에 있었다. 입구에 서 있던 보초병이 손을 흔들어 그들을 들여보냈다. 클리브는 운전사에게 비행단 본부에 내려달라고 했다. 트럭이 그 앞에 당도하자 그는 트럭에서 내렸다. 본부는 비행장 끄트머리에 위치한 낮은 벽돌 건물이었다. 가장 가까운 전투기들은 50미터도 채 떨어지지 않은 모래주머니 방벽 안에 세워져 있었는데, 등지느러미 같은 짧은 꼬리를 방벽 위로 삐죽 내밀고 있었다.

건물 안은 꽤 따뜻했다. 그는 코트 단추를 풀고 장갑을 벗어 주머니에 집어넣었다. 타자를 치던 병장이 고개를 들고 올려다보았다.

"어떻게 오셨습니까, 대위님?"

"전입 신고하러 왔네."

"전출 명령서는 가지고 오셨습니까?"

클리브는 서류를 꺼내 내밀었다. 병장이 재빨리 서류를 훑어보았다.

"코넬 대위님 되십니까?" 병장이 물었다.

"그렇네."

"부관께 확인해보겠습니다." 자리에서 일어나며 병장이 말했다.

그는 금방 되돌아왔다. 그러고는 몇 분 더 기다려야겠다고 설명했다. 부관은 바빴다. 클리브는 고개를 끄덕였다. 하릴없이 난롯가에 서 있자니 여기까지 온 길이 눈보라가 일듯 희뿌옇게 머릿속을 스치고 지나갔다.

등 뒤에서 귀에 익은 소리가 들려오자 그는 창문 쪽으로 재빨리 몸을 돌렸다. 임무대가 이륙하고 있었다. 선두기들이 길게 뻗은 활주로를 따라 질주하는 모습이 보였다. 한 번에 두 대씩 리더와 윙맨은 굉음을 내며 활주로를 내달린 뒤 천공으로 가볍게 날아올랐다. 먼지가 뿌옇게 긴 얄따란 유리창이 달그락거렸다. 두 대가 더 나타났고 연이어 두 대가 또 모습을 드러냈다. 두 대씩 짝을 이룬 비행기들은 연달아 시커먼 연기를 내뿜으며 장엄하게 하늘로 솟아올랐다. 클리브는 마침내 모두 몇 대인지 세어야 할 것 같은 생각이 들었다. 이밀 대령이 임무대를 이끌고 압록강으로 향하고 있었다. 두 번째 비행대대가 뒤따랐다. 클리브는 마지막 두 대가 정적을 남긴 채 저 멀리 상공으로 사라질 때까지 지켜보았다.

그는 비행단장인 이밀 대령을 잘 알았다. 권투 챔피언 같은 그 커다란 머리통과 걸음걸이도 익히 아는 바였다. 더치 이밀. 어느 날 오후 이 세 개가 나갔을 때조차 빠진 이를 드러내고 활짝 웃던 미식축구 선수, 적기 열네 대를 격추한 제2차 세계 대전의 에이스, 최초의 제트기 조종사 무리에 속하는 인물, 소년이 아닌 지금도 여전히 공군의 골든보이로 불리는 사나이. 대령이 비행하는 모습을 본 사람은 누구나 그가 지나치게 무모하고 위험해서 머잖아 스스로를 죽음으로 몰아넣을 거라고 입을 모았다. 하지만 대령은 죽지 않았다. 다른 사람을 죽였을 뿐 자기 자신을 죽이는 일은 없었다. 운고雲高가 200미터에 불과한 어느 비 오는 날 아침—클리브도 이밀 대령과 함께 비행했다—대령은 비행기 열여섯 대를 이끌고 파나마의 발보아 상공에서 편대 에어쇼를 펼쳤다. 그날 대령은 비행기 두 대를 잃었다. 비행기 두 대가 짙은 구름 속에서 산으로 곤두박질친 것이다.

"전투기 조종사한테 필요한 건 자신감뿐이다." 이밀 대령은 브리핑에서 말했었다. "난 제군 모두를 책임질 자신이 있다."

군인들은 저마다 대령에 관한 일화를 알고 있었다. 그것은 한물간 농담처럼 누구나 알고 있는 이야기였다. 클리브가 예전에 들은 이야기는 한번 들으면 결코 잊을 수 없는 그런 종류의 것이었다. 이밀 대령이 하룻밤 사이에 여자 네 명과 잤다는 것이었다. 대령은 커다란 덩치에 거친 사내였다. 앉은자리에서 스테이크 두 덩이를 먹어치우고 우람한 몸집으로 세상을 작아 보이게 만드는 그런 사내였다.

클리브는 창가에서 몸을 돌려 난롯가로 돌아갔다. 그리고 나서 난롯불에 언 손을 쬐었다. 어딘지 분위기가 이상하다는 생각이 들었다. 확실하게 뭔지는 모르겠지만 어색한 엄숙함 같은 게 느껴졌다. 열린 문 사이로 상황실이 보였다. 벽에 커다란 한반도 지도가 걸려 있었다. 부대와 진지의 위치를 나타내는 상형문자 같은 군대식 지도기호가 특히 전선을 따라 어지럽게 표시되어 있었다. 지도 옆에는 으레 그렇듯 사진이 계급 순서대로 걸려 있었다. 극동 공군의 뮬크 장군, 제5공군의 브렉 장군, 그다음에 이밀 대령, 마지막으로 전대장으로 보이는 처음 보는 남자. 그는 본부 상황실이 모두 이렇게 생겼을 거라고 추측했다. 비현실적인 몇 분이 흐르는 동안 한국에 온 게 두어 시간 전이 아니라 그보다 훨씬 오래된 것 같은 느낌이 들었다. 이곳과 엇비슷하게 생긴 수많은 상황실이 머릿속에 떠올랐다.

"클리브!" 누군가 외치는 소리가 들렸다.

그는 고개를 돌렸다. 추위로 발갛게 상기된 낯익은 얼굴이 그를 향해 웃고 있었다. 잎사귀 모양의 소령 계급장을 단 칼 애벗이었다. 애벗은 클리브의 손을 반갑게 잡았다.

"잘 있었어, 칼? 여기에 있는 줄 몰랐어."

"온 지 얼마 안 됐어. 실제론 훨씬 오래된 것 같지만 말이야. 와, 정말 반갑다, 클리브. 여기 온다는 소리 듣고 기다리던 참이야. 더치 대령님도 기다리셔."

"대령님은 여전하시지?"

"당연하지. 조금도 안 변하셨어. 막 출격했는데."

"좀 전에 나도 봤어."

사냥꾼들

"정찰비행. 실은 지금 대령님이 제정신이 아니야. 다른 사람들도."

"왜 무슨 일이라도 있었어?"

"끔찍한 한 주였어." 애벗은 이상할 만큼 열띤 목소리로 말을 이었다. "아직 못 들었겠지만 어제 토네슨이 전사했어."

애벗이 전날 일어난 일을 들려주었다. 토네슨은 미그기 열세 대를 격추한 독보적인 조종사였다. 그 전날 토네슨과 그의 윙맨은 적군의 12기 편대와 교전을 벌였고 초반에 적기 한 대를 격추하는 데 성공했다. 토네슨의 열세 번째 격추였다. 이후 그는 다른 적기 뒤로 바짝 따라붙었다가 조종석 바로 뒤로 날아오는 포탄을 미처 피하지 못했다. 그 주위를 돌던 윙맨이 추락하는 리더의 비행기를 보고 탈출하라고 외쳤지만 토네슨의 비행기는 끝내 땅으로 곤두박질쳐 폭발하고 말았다. 애벗은 무슨 재미있는 이야기를 들려주기라도 하듯 막힘없이 술술 말을 이어갔다.

"대령님이 엄청 충격을 받은 눈치야." 말소리가 한층 빨라졌다. "오랫동안 봐왔는데 짬밥으로 그 정도는 알 수 있지. 하기야 대령님만 그렇겠어? 최고의 조종사였는데. 이 비보를 접하고 다들 얼마나 비통해했다고. 어떤 기분인지 알겠지?"

클리브는 고개를 끄덕여 보였다. 인간의 신경계가 어느 정도 민감한지 그는 잘 알았다. 그 미세한 흐름을 그 역시 예전에 느낀 바였다. 이제 보니 애벗도 평소 그답지 않게 불안해 보였다.

"자네가 필요해, 클리브. 경험 있는 조종사가 절실하다고.

노련한 조종사는 다 어디로 가버리고 온통 비행학교나 사격학교를 갓 졸업한 초짜들뿐이야. 지난주에만 애송이가 여덟, 지지난 주에는 비행 시간이 하나도 없는 놈이 둘이나 들어왔어."

찬 바람에 상기되었던 애벗의 얼굴이 원래의 칙칙한 낯빛으로 돌아와 있었다. 눈가에는 굵게 주름이 잡혀 있었다. 늙어 보였다. 클리브가 기억하는 그는 5년 전의 젊은 대위였다. 그들은 한참 동안 서서 적기가 얼마나 성능이 뛰어난지 그리고 이번 전쟁이 얼마나 끔찍한지와 같은, 적에 대한 이야기를 주로 주고받았다. 애벗은 끔찍하다는 단어를 절망적인 어조로 몇 번이나 반복했다.

"뭐가 그렇게 끔찍하다는 거야?"

"실은 나도 잘 모르겠어." 애벗은 얼빠진 사람처럼 중얼거렸다. "다 부질없어. 무엇을 위해 이렇게 싸우느냔 말이야. 우리가 무엇을 얻겠다고. 다 부질없는 짓이야. 자네도 곧 알게 될걸."

그는 괜히 이런 얘기를 꺼내 미안하다며 불편한 듯 말꼬리를 흐렸다.

애벗은 한때 유럽 전쟁의 영웅이었지만 세월은 과거의 영웅에게도 거스를 수 없는 흔적을 남겨놓았다. 살도 찌고 늙은 데다 어쩐지 억지로 달려온 길 어딘가에 서 있는 인상을 주었다. 비행단에 있는 사람은 누구나 아는 사실이었다. 임무를 중도에 포기한 적도 여러 번이었다. 그가 모는 비행기는 매번 결함이 생겼고, 그가 임무를 완수하리라고 기대할 수 있는 것도 그나마 비행이 가장 쉬울 때뿐이었다. 이밀 대령은 그를 전대

상황실에 배치한 데 이어 조만간 제5공군 사령부로 보낼 생각이었다. 이것 역시 모두 아는 사실이었다.

지난날의 자신을 기억하는 클리브와 얘기를 나누는 것은 부끄럽지 않은 과거에 속하는 일이기에 애벗은 가능한 한 오래 대화를 끌었다. 클리브에게도 곧 모든 것이 밝혀질 터였다. 마침내 대화가 끝났다. 클리브는 건물을 나서면서 그제야 조기가 게양되었음을 알았다. 문득 머리 위에서 들리는 비행기 소리에 그는 금속빛 하늘을 올려다보았지만 보이는 건 아무것도 없었다. 늦은 오후의 찬 기운이 비행장에 드리울 무렵 그는 병영으로 가는 차 안에 앉아 있었다.

그날 밤 모든 부대원이 클럽에 모였다. 이밀 대령은 부대원을 아꼈다. 이렇게 시끌벅적한 곳에서 생각에 잠기는 것은 불가능해도 어깨와 어깨가 부딪칠 때의 끈끈한 정은 느낄 수 있음을 그는 잘 알았다. 클럽은 마치 벌목장 같았다. 똑같은 차림의 조종사는 한 명도 없었다. 코트에 가죽점퍼와 스웨터, 격자무늬 셔츠도 보였다. 비좁은 실내에는 담배 연기와 고함이 가득했고 테이블에는 캔 맥주와 유리잔이 어지럽게 놓여 있었다. 클럽 한가운데에는 이밀 대령이, 그 옆에는 전대장인 몬카비지 대령이 앉아 있었다. 몬카비지는 귀덮개를 머리 위로 묶은 털모자를 쓴 채였다. 겨드랑이에는 38구경 권총을 차고 어깨에는 황동색 탄환이 꽂힌 매끄러운 가죽 탄띠를 두르고 있었다. 이밀 대령은 클리브를 보자 우렁찬 목소리로 그를 불렀다. 자기 옆으로 오라고 손짓을 한 뒤 그 큰 팔을 클리브의 어깨에 둘렀다.

"이봐, 몽크!" 이밀은 좌중을 압도하는 큰 소리로 불렀다.

몬카비지가 돌아보았다.

"여기 좀 보게. 진정한 전투기 조종사 클리브 코넬을 소개하겠네."

"반갑네." 몬카비지는 인사를 건네며 악수를 청했다. 몇 년 동안 후방에서 근무하다 비행단으로 복귀한 지 얼마 안 된 탓인지 그에게는 여전히 점잖은 신사의 풍모가 남아 있었다.

"파나마에서 함께 복무한 친구야." 이밀이 말을 이었다. "최고의 조종사지. 안 그래, 클리버?"

"저는 그저……."

"몽크, 진짜야." 이밀은 거듭 강조했다. "최고 중의 최고지."

몬카비지는 희미하게 웃으며 고개를 끄덕였다.

"정말 반가워." 이밀이 말했다. 그러고는 클리브의 등을 세게 두들겼다. "기다리고 있었어. 어때? 미그기 잡고 싶어서 죽을 맛이지?"

"제가 먼저 잡히지 않는다면요."

"유머 감각은 여전하구만." 이밀은 활짝 웃으며 큰 소리로 말했다. "자네가 먼저 잡힌다고? 내가 자네를 아는데. 미그기를 다 잡아야 직성이 풀릴 사람이. 여기서 영광의 길을 닦자고, 클리버. 두고 봐, 내 말이 틀림없을 테니."

말은 거칠었지만 클리브의 가슴 한편에 기쁨이 솟아오르는 것이 느껴졌다. 이처럼 환대받는 것은 언제나 기분 좋은 일이었다. 클리브는 그 순간의 감정에 온전히 자신을 맡기기로 했다.

"거기다 사격 챔피언이야, 몽크." 이밀이 말했다. "눈이 아주 밝은 정예 조종사지. 이 친구가 왔으니 우린 복 받았어."

"오늘 왔나?" 몬카비지가 물었다.

"네, 그렇습니다. 오늘 오후에 왔습니다."

"자네가 와서 나도 기쁘네. 뭐 마실 건가?"

"맥주 마시겠습니다." 클리브가 대답했다.

몬카비지 대령이 군인들로 북적이는 카운터에 대고 큰 소리로 외쳤다. 카운터에 앉아 있는 사람이 스무 명은 족히 넘어 보였다. 곧이어 맥주 세 깡통이 전달되었다.

"여기에 술 하나는 무진장으로 있네." 이밀이 활짝 웃었다. "전쟁이 없어서 탈이지. 그래도 어쩌겠나? 전쟁이 여기밖에 없는걸."

이밀은 매사가 운동경기를 하듯 열정에 넘쳤다. 클리브가 대령에게 친밀감을 느끼지 못하는 것은 그런 이유 때문이기도 했다. 삶을 게임의 연속으로 보는 대령의 태도에 그는 수긍할 수 없었다. 지금은 더더욱 그랬다.

얼마 안 있어 군인들이 모조리 자리에서 일어나 술 마시고 노래를 불렀다. 맥주 깡통이 바닥에 뒹굴었다. 고함과 웃음소리가 왁자하게 부딪쳤다. 유리잔이 여기저기서 깨졌다. 클리브는 아는 얼굴 몇을 발견하고는 이 사람에서 저 사람으로 옮겨 다니며 큰 소리로 인사를 나누었다. 나머지는 모두 처음 보는 얼굴이었다. 아주 앳돼 보이는 젊은이들도 두꺼운 옷을 겹겹이 껴입고 엉덩이께나 겨드랑이에 권총을 찬 폼이 제법 베테랑처럼 보였다. 그들 가운데 둘이 어떤 소령을 흥보는 소리를

클리브는 우연히 들었다. 전투훈련사령부의 교관인 그 소령은 지난 전쟁의 에이스였다. 비행 시간이 '닥상たくさん. 일본어로 많다는 뜻'으로 3000시간이 넘는다고 했다.

"근데 그거 알아?" 그중 하나가 말했다. "소령이 하늘에서 시공의 관계를 판단하는 데에는 완전 젬병이라는 거. 무슨 말인지 알겠어?"

"아니, 모르겠는데."

"무슨 말이냐면 비행 실력이 형편없다는 거야."

"그럼 전투도 헛방일 거 아냐? 어떤 게 더 나쁜 건지 모르겠네."

"빌어먹을! 그 인간이 출격할 때면 거의 매번 나도 같이 나간다니까."

"소령이 쫓겨날 날이 멀지 않았겠는걸."

"그거야 모르지. 확실한 건 그자가 격추당하는 일은 절대 없을 거라는 거야. 내가 장담해."

이밀은 자신의 행동을 거의 의식하지 못하는 듯 한 손으로 빈 깡통을 천천히 우그러뜨렸다.

"어딘가 특별한 친구야." 이밀이 몬카비지에게 말했다. "항상 그런 건 아니지만 분명 뭔가 있어. 몇 주만 지나서 자리를 잡으면 진가를 발휘할 게야."

"자신감이 충만해 보이더군요."

이밀은 큰 소리로 웃더니 우그러뜨린 깡통을 바닥에 내던졌다.

"자네 혹시 긴장한 건가?" 이밀이 물었다.

"아닙니다. 그저 본 대로 말씀드린 것뿐입니다."

"미그기 잡는 건 저 친구가 자네보다 먼저일걸."

"그거야 알 수 없는 일이죠." 몬카비지가 재빨리 받아쳤다.

이밀은 자기 눈 아래에 있는 몬카비지의 작은 머리통을 힐 끗 내려다보았다.

"기분 상했나?"

"비행에서 잠시 손을 놓은 건 사실입니다." 몬카비지가 대답했다. "그걸 부인하지는 않지만⋯⋯."

"아니, 왜 정색을 하고 그래?"

"단장님께서 그렇게 말씀하시니⋯⋯."

이밀은 몬카비지의 어깨를 기분 좋게 쳤다.

"금방 좋아질 텐데 왜 그래? 자네가 어떻게 반응하는지 궁금했을 뿐이야."

"걱정 안 하셔도 됩니다."

"잘할 거야, 자네. 대신 윙맨은 꼭 똘똘한 녀석으로 데리고 가게." 이밀은 이를 드러내 보이며 웃었다.

몬카비지는 잠자코 있었다. 전대장이 된 게 불과 얼마 전의 일이었다. 부대원의 신임을 아직 얻지 못했고 그것을 극복해야 한다는 사실을 그도 잘 알았다. 그러면서도 그는 끝내 자신이 실패하고 말 거라는 막연한 두려움을 느꼈다. 이밀은 그 큰 손으로 비행단을 진두지휘했다. 문제가 생기면 주저하는 법이 없었다. 몬카비지는 그런 태도에 화가 났다. 그가 전대를 온전히 통솔하려면 길고도 험난한 과정을 거쳐야 할 것이다. 그는 자신이 이밀만큼 강하진 않지만 적어도 더 똑똑하다는 사실을 알았다.

"저 친구한테 빨리 편대를 맡기게." 이밀이 말했다. "이제부터 시작이야."

몬카비지는 아무 말도 하지 않았다. 당신은 비행단을 이끄십시오. 나는 비행전대를 이끌겠습니다. 그는 속으로 생각했다. 예전부터 연습했던 문장이었다. 그렇지만 그는 묵묵히 고개만 끄덕일 따름이었다. 나이 차가 세 살도 안 나는 데다 계급도 같은 이밀을 처음부터 더치로 부를걸 하고 그는 후회했다. 그랬으면 상황이 좀 더 나았을지도 모른다는 생각이 들었다. 하지만 때는 너무 늦었다. 이미 자의식이 자리를 잡은 뒤였다. 거칠고 투박하지만 엉성한 구석이라곤 없는 이밀에 비해 군인처럼 깔끔한 자신의 모습도 자꾸 신경이 쓰였다. 그는 이밀이 맥주를 죽 들이켠 뒤 깡통을 쭈그러뜨리는 모습을 지켜보았다.

밤이 깊어감에 따라 파티의 흥도 고조되었다. 클럽에는 이제 더 이상 들어찰 수 없을 만큼 많은 사람이 몰려들었고 분위기는 한껏 무르익었다. 자정 무렵이 되어서야 클리브는 자리에서 일어났다.

밖에는 눈이 내리고 있었다. 그 어디에도 달라붙지 않을 정도로 미세한 눈가루가 어둠 속에서 날리고 있었다. 눈가루가 얼굴을 스치며 공중에 흩어졌고 눈 내리는 공기는 한층 상쾌했다. 병영으로 걸어가는 길 위에서도 낮게 깔린 노랫소리가 들려왔다. 그러나 등 뒤로 문을 닫음과 동시에 갑작스러운 고요가 엄습해왔다. 그는 야전침대에 앉아 신발 끈을 풀었다. 피곤했다. 집에서 멀리 떨어진 싸구려 호텔에 발이 묶인 채 홀로 크리스마스를 맞는 기분이었다. 밤을 지나 조용히 내리는 눈송이 너머로 거리와 철로가 물기에 젖어 반짝이고 있었다.

3

그는 비행대대에 배속되었다. 전대가 응용하는 편대비행술과 전술을 익히기 위해 후방에서 서너 번 비행을 하는 등 짧은 훈련 과정을 거쳐야 했다. 전투 방법과 무전 교신 장비 및 항법 보조 장비 사용, 비행기 식별, 암호 등속에 대한 강의도 들었다. 수업은 모두 약식으로 이루어졌는데 가장 중요한 건 비행 훈련을 완수하는 것이었다. 임무가 없을 때에만 비행기를 쓸 수 있는 까닭에 주로 늦은 아침이나 오후에 훈련이 이루어졌다. 남는 비행기가 없을 때가 많아서 며칠 동안 할 일 없이 지내기도 했다. 아침이면 그는 침대에 누워 창문 너머 기와지붕 사이로 네모난 하늘을 올려다보곤 했다.

나흘째 되던 날 아침 일찍 잠에서 깼다. 흡사 기와나 자갈길의 규칙적인 문양 같은 새털구름이 하늘에 점점이 널려 있었다. 얼마간 그는 따뜻한 침대에 가만히 누워 있었다. 활주로 끝에서 새벽 정찰대가 비행기 엔진을 돌리는 소리가 들려왔다. 병영의 처마 밑으로 참새들이 후룩 바람을 타고 날아가면서 차가운 울음소리를 냈다.

얼음장 같은 콘크리트 바닥에 발을 딛고 신을 신기란 어지간히 괴로운 일이었다. 이윽고 그는 침대에서 일어나 재빨리 발을 신발 속으로 밀어 넣었다. 으스스 몸이 떨려왔다. 그런 다음에 밤새도록 난로 위에서 데워진 대야의 물로 면도를 했다. 뜨거웠지만 참을 만했다. 난로 위에 있던 다른 대야에서 양철 컵으로 따뜻한 물을 떠서 면도 크림을 헹궈낸 뒤 문을 열고 대야의 물을 언 땅에 끼얹었다. 물이 뿌려진 땅에서 김이 피어올랐다. 시커먼 거울 앞에 서서 머리를 빗고 울 셔츠에 스웨터와 조종사 재킷을 입은 뒤 아침을 먹으러 밖으로 나갔다. 찬 공기에 콧물이 나오고 눈이 번쩍 뜨였다.

한국인 사동들이 음식을 내왔다. 짭짤한 베이컨 한 장에 달걀과 토스트, 스테인리스 주전자에서 막 따른 김이 모락모락 나는 커피 한 잔이 쟁반에 놓여 있었다. 식사를 마치고 그는 담배에 불을 붙였다. 이렇게 이른 시각에는 담배를 태우지 않기로 스스로 결심했지만 굳이 참지 않았다. 유한한 인생살이에서 그날의 첫 번째 굴복인 셈이었다. 잠시 뒤 그는 자리에서 일어나 1마일가량 떨어진 비행 대기선으로 향했다. 춥고 눅눅한 아침이었다. 매서운 바람이 뼛속까지 파고들었다. 갓 떠오른 아침 해가 언덕과 비행장이 있는 평야 위로 낮게 햇살을 던졌다.

첫 임무대가 활주로로 움직이기 시작했다. 흰색과 검은색의 얼룩말 무늬가 그려진 비행기들과 노란색 띠가 선명하게 그어진 비행기들이 활주로로 빠르게 미끄러져 갔지만 어쩐지 땅 위에서는 케이블카나 전차마냥 굼떠 보였다. 조종석 밑으로 빨간 별이 새겨진 비행기도 두엇 눈에 띄었다. 그 안에 헬멧과 까만 산소마스크를 쓴 얼굴 없는 조종사들이 어깨를 구부린 채 차갑게 앉아 있었다.

비행기 열두 대가 두 대씩 짝을 지어 활주로에 늘어섰다. 엔진 속도가 빨라졌다. 기체 꽁무니에서 하얀 연기가 하늘로 뿜어져 나왔다. 뒤이어 귀를 찢는 듯한 굉음이 마치 최후의 불바람처럼 대기를 가득 채우며 울려 퍼졌다. 잔인할 만큼 깊고 확신에 찬 소리였다. 영원할 것 같았다. 후미에 선 비행기들이 동체가 떨리도록 강한 바람을 내뿜었다. 물고기가 꼬리를 흔들며 조용히 조류를 거슬러 올라가듯 맨 앞의 두 대가 방향타를 좌우로 흔들며 서서히 활주로를 미끄러지더니 점차 속도를 높여 활주로 끝까지 질주한 뒤 마침내 하늘로 날아올랐다. 다른 비행기들이 곧 그 뒤를 따랐다.

비행대대의 작전장교인 데즈먼드는 클리브와 파나마에서부터 알던 사이였다. 클리브가 상황실에 들어갔을 때 데즈먼드는 무전 교신 장비에 귀를 세우고 있었다. 임무대의 동태를 파악하기 위해서였다. 미식축구 경기를 중계하면서 작전시간에 마이크를 들이미는 것과 비슷했다.

"이리 와 앉아, 클리브." 데즈먼드가 말했다. 그는 무전기를 손가락으로 가리켰다. "지금 막 출격했어."

"오는 길에 봤어."

"미그기든 뭐든 만나긴 힘들 거야. 너무 일러. 미그기는 이렇게 일찍 안 뜨거든."

"그래도 들었으면 좋겠는데."

"응, 그냥 둘게."

클리브는 언 몸을 녹이려고 난롯가로 가서 섰다. 조종사들이 연신 상황실로 들어왔지만 오래 머무는 사람은 없었다. 데즈먼드는 들어오는 조종사들에게 클리브를 소개했다. 다들 경계하는 기색이 역력했다. 클리브는 신참에게 던지는 차분한 의심의 눈길을 의식했다. 그들은 조용히 몇 마디를 건넨 뒤 임무대에 무슨 일이 있는지 물어보고는 상황실에서 나갔다. 무전기는 잠잠했다. 비행기들은 여전히 북쪽으로 향하고 있었다. 압록강까지는 320킬로미터가 넘었다.

"훈련은 잘돼가?" 데즈먼드가 물었다.

"아, 끝내주지. 비행기가 충분하지 않다는 게 문제지만."

"다들 겪는 일이야, 클리브."

"나도 알지, 알아. 오늘은 비행할 수 있을까?"

"남는 비행기가 있다면."

"여기 온 지 한 달은 된 거 같아."

무전기에서 소리가 났다. 그러나 짧은 두어 마디 외에 별다른 건 없었다.

"너무 일러." 데즈먼드가 손목시계를 내려다보며 단정적으로 말했다. "전투가 벌어졌다 하면 보통 압록강 위에서 시작하거든."

"미그기가 남쪽으로 내려오는 경우는 없어?"

"별로."

"왜 그런 거야?"

"그럴 필요가 없으니까. 전폭기를 잡으러 올 때면 모를까. 우리가 저희가 있는 데로 간다는 걸 알아, 저쪽이. 우리한테 전적으로 불리한 게임이지. 우리는 300킬로미터 넘게 날아가서 싸우고는 다시 300킬로미터 넘게 날아와야 하는데 저들은 저희 비행장이 빤히 내려다보이는 곳에서만 맴돌잖아."

클리브는 고개를 끄덕였다. 잠시 침묵이 흘렀다. 책상 모서리가 얼마나 날카로운지 확인이라도 하듯 그는 손가락을 모서리 위로 미끄러뜨리며 물었다. "저쪽 실력은 어때?"

"누구냐에 따라 다르지. 실력이 짱짱한 조종사, 아니면 젬병인 조종사?"

클리브는 잠자코 있었다.

"실력 좋은 조종사로 말할 것 같으면 겁나게 좋지." 데즈먼드가 말을 이었다. "근데 그런 조종사는 많지 않아. 나머진 다 쭉정이야. 생도보다 못한 놈들도 있지. 무섭다고 비행기에서 탈출하는 녀석도 봤으니까. 유일한 문제는, 그러니까 토네슨을 한번 생각해봐. 살아생전에 저쪽을 뭐 알 듯 알았거든. 신경 쓸 건더기도 없다고 입버릇처럼 말했지. 비행술도 형편없지, 그렇다고 사격술이 좋기를 하나. 그렇게 큰소리쳤는데 어느 날 딱 선수랑 마주친 거야. 어떤 상대를 만날지 절대 알 수 없다는 것, 그게 문제라고. 단 한 번의 실수도 용납되지 않지. 하기야 애벗 같은 놈도 있긴 하지만."

"칼이 어때서?"

"그 친군 실력이 좋고 나쁘고도 분간 못할 거야. 미그기라면 무서워서 벌벌 떠니까."

"독일 전투기를 여섯 대나 격추한 친군데 그게 무슨 소리 야?"

"다 옛날 일이야. 진짜야. 알 만한 사람은 다 알아. 그 친구 이제 더는 못 견딜걸."

"정말이야?"

"자네도 곧 알게 될 거야." 데즈먼드는 힘주어 말하고는 쓴 웃음을 지었다. "그 친구 아마 임무고 뭐고 다 팽개치고 도중 에 돌아와서는 비행 일지에 '이상 무'라고 적을걸? 내가 아는 한 그럴 수 있는 조종사는 애벗밖에 없어. 과장이 아니야. 슬 픈 이야기지. 미그기 조종사 중에도 실력이 좋은 놈들이 있지 만 결국에는……."

"실력이 얼마나 좋길래 그래?"

"아주 거칠지. 후미에 따라붙었다 하면 웬만해선 떨궈낼 수 가 없어. 줄곧 뒤에 붙어 있다가 지상 가까이까지 쫓아오는 경 우도 허다하다고. 나도 한 번 당한 적이 있어. 그 상황에서 바 랄 건 이거밖에 없어. 미그기의 탄알이 다 떨어지든가 연료가 바닥나든가 아니면 자네를 도와줄 아군이 나타나든가. 선수 중의 선수가 따라붙는 날은 운수 더럽게 없는 날이지. 그럴 땐 무조건 급선회한 뒤 기도하고 또 기도하는 수밖에 없어."

"달리 전쟁이야?" 클리브가 대꾸했다. "우리도 쏘고 저쪽도 쏘니까 전쟁이지."

"맞아. 전쟁보다 공평한 게 있을까?"

"없지."

"똑똑하게 처신하는 거, 그게 제일 중요해. 어떤 놈과 마주칠지 알 수 없는 일이니까. 모자라는 놈도 많지만 케이시 같은 자를 딱 맞닥뜨릴 수도 있지."

"누구?"

"케이시 존스."

"그게 누군데?"

"정말 몰라서 묻는 거야?" 데즈먼드가 물었다. "모르는 사람이 없는 줄 알았는데."

"난 처음 들어. 러시아의 챔피언이야?"

"정확히 누군지는 나도 몰라. 까만 줄이 그어진 비행기를 모는데 멀리서 봐도 한눈에 띄지. 이밀 대령님께 나중에 한번 여쭤봐. 신나서 말씀해주실 거야. 전부 다 믿지는 말고. 언젠가 대령님이 기관포를 세 군데나 맞고 귀환한 일이 있는데, 살아 돌아온 게 기적이었어. 조종석 바로 앞으로 구멍이 뻥 뚫렸는데 머리통 하나가 드나들 만큼 커다랬지. 날개에도 그만한 구멍이 두 개나 더 나 있었어. 케이시 짓이었지. 사람들 말로는 케이시랑 대령님이 20분 남짓 교전을 벌였다는데 정작 대령님은 기관총 한번 제대로 못 쏴보고 돌아왔다는 거 아냐. 대령님이 조종석에서 내리는데 꼭 심장마비에 걸린 사람 같더라니까. 진짜야. 디브리핑작전 수행 뒤의 결과 보고 시간에도 내내 정신이 나가 있더라고. 내가 여기에 처음 왔을 때 케이시가 떴다 하면 매번 큰 교전이 벌어졌어. 케이시가 언제 출격하는지 미리 아는 수가 있나 봐. 어떤 경로로 파악하는지는 모르겠지만 어쨌든 그런 날이면 지상관제소가 연신 케이시 이름을 외쳐댔어. 미그기가 기차 모양으로 편대를 이루어서 그자를 케이시 존스열차 사고에서 자신의 목숨을 바쳐 승객을 구한 미국의 기관사라고 부르게 된 거야. 1번 열차 안둥압록강 유역에 자리한 중국 요동반도 단둥시의 옛 이름에서 이륙, 케이시 존스 출격. 이런 소리가 들리면 그때부터 다들 정신을 바짝 차렸지."

"케이시는 어떻게 됐어?"

"군 복무를 마치고 제 나라로 돌아간 거 같아. 어느 날부터 안 보이더라고. 마지막으로 목격된 게 한참 전 일이야."

그들은 무전 교신에 다시 귀를 기울였지만 클리브는 사라진 적에 온통 정신을 빼앗긴 채였다. 이름조차 모르는 사내가 전설 같은 이야기만 남겨놓고 홀연히 사라졌다. 사내가 나타났을 때의 초조한 흥분 없이 하늘은 텅 비어 있었다. 비록 그와 한 번도 싸워본 적이 없지만 클리브는 가슴속에서 뭉글대는 자기 상실감을 애써 눌렀다. 그 무엇으로도 대신할 수 없는 것이 전장에서 사라져버렸다. 사기당한 기분이었다. 클리브가 이런 생각들을 헛된 망상으로 치부하고 정신을 차린 것은 시간이 꽤 지난 뒤의 일이었다. 위대한 인물은 언제나 과거에 있었다.

북쪽 상공에선 별다른 일이 없어 보였다. 선회하라는 외침과 연료를 확인하는 소리만 간간이 들릴 뿐 무전기는 조용했다. 이윽고 비행기들이 성과 없이 남쪽으로 기수를 돌리는 모양이었다. 데즈먼드는 무전기를 껐다.

"전투는 자주 벌어져?" 클리브가 물었다.

"대중없어. 하루에 세 번일 때도 있고 일주일 내내 잠잠할 때도 있어. 베팅할 경마를 고르는 거랑 비슷해. 경기 실적에 기수, 날씨, 배당률까지 오만 가지를 다 확인하지. 이렇게 따질 거 다 따지고 베팅해도 결국 승부를 가르는 건 운이야. 클리브 자넨 운이 좋은 편인가?"

"지금까진 그럭저럭 괜찮았어. 아주 좋은 건 아니지만."

"운이 최고야. 난 언제나 운 좋은 사내만 데리고 다니지."

정적이 흘렀다. 데즈먼드는 의자에 앉아 창문 너머 북쪽으로 솟은 산을 쳐다보았다. 15분이나 20분 후면 비행기들이 저 산을 넘어 돌아올 것이다.

"자네가 진정으로 미그기를 잡고 싶거든," 데즈먼드가 이윽고 입을 열었다. "뭐니 뭐니 해도 그게 제일 중요해. 몸을 사리면서 안전한 곳으로만 돌면 100번의 비행을 무사히 마치고 고국으로 귀환할 수는 있을 거야. 남들 다 타는 훈장을 목에 걸고서 말이야. 또 모르지, 기회를 엿보다가 얼떨결에 미그기 두어 대를 잡을지도. 그게 아니면 과감히 전장 한복판으로 뛰어들어서 영웅이 되어 금의환향하는 거야. 자네도 돌아갈 날이 오겠지. 순전히 자네가 무엇을 원하느냐에 달렸어. 곧 자네도 알게 될걸. 임무 열 번에 죄다 빠끔이가 되니까. 승리, 당연히 중요하지. 하지만 내 생각엔 한국에서 챙겨 갈 것 중에 그보다 더 중요한 게 있어."

"그게 뭔데?"

"내 궁둥이."

클리브는 웃음을 터뜨렸다.

"내 생각이 그렇다는 거야." 데즈먼드가 덧붙였다.

가식 없는 그 짧은 시간 동안 그들은 서로 눈길을 주고받았다. 그것은 진정한 자신감이었다. 그 순간 클리브는 이 싸움에서 이길 승산이 섰다는 사실을 깨달았다. 기량이 큰 차이를 만든다 해도 그보다 중요한 게 있었다. 바로 동기動機였다. 그는 조금의 주저도 없이 적과 대면하기 위해 이곳에 왔다. 데즈먼드와 이야기를 나눈 뒤에도 적수를 만날지 모른다는 불안감은 여전히 마음에 남아 있었다. 위험은 상존하는 것이었다. 하지만 그럼에도 불구하고 그는 자신감이 넘쳤다. 단지 살아남기 위해 이곳에 온 게 아니었다. 그는 불현듯 아등바등 살아가는 저차원의 사람들보다 자신이 한 수 위라는 생각에 가슴이 부풀어 올랐다.

4

새벽 5시 15분, 차가운 달이 여전히 하늘을 환히 밝히고 있고 날씨는 매섭게 추웠다. 클리브는 어두운 병영 창문 아래 길가를 따라 트럭이 세워진 식당 쪽으로 걸어갔다. 저만치 주차등을 켠 채 트럭이 천식 환자처럼 연기를 쿨럭쿨럭 내뿜고 서 있는 게 보였다. 발아래 진창길은 울퉁불퉁 파인 채로 얼어붙어 있었다. 추위가 장갑을 뚫고 손가락 끝을 에는 듯했다. 이런 날은 아예 아침 먹는 것을 포기했다. 오전 내내 배가 고프긴 했지만 잠을 더 자는 편이 나았다. 비행 훈련과 교육을 모두 마치고 지난주부터 임무에 투입되었다. 네 번 출격에 성과는 없었다. 이번이 다섯 번째 임무였다. 데즈먼드의 윙맨으로 배정되었다.

브리핑이 끝난 뒤 그들은 새벽빛이 어슴푸레하게 비치는 라커룸에서 옷을 갈아입었다. 천장에는 알전구 하나가 차가운 빛을 발하고 있었다. 데즈먼드는 언제나 과하다 싶을 정도로 많은 비상탈출용 짐을 챙겼다. 허리에는 권총을, 넓적다리에는 가죽 권총집을 두른 채 반대쪽 뒷주머니에는 묵직한 사냥칼과 캔버스로 만든 여분의 탄약통을 찔러 넣었다. 그 외에도 조종사복 주머니에는 비닐봉지에 든 사탕이며 담배, 손난로 따위를 넣은 다음 절연테이프로 주머니 입구를 단단히 봉해두었다. 그렇게 해두지 않으면 비행기에서 탈출할 때 낙하산이 펴지는 충격으로 주머니에 있던 것이 몽땅 쏟아질 터였다.

라커룸은 우스갯소리로 왁자지껄했다. 편대 리더 중의 한 명인 로비가 빅 스탠 스탈렌코비치한테서 받았다는 가상의 전보를 읽는 중이었다. "제군, 작년에 우리에게 시비를 걸어온 빅 스탠을 기억할 것이다." 스탠이 오늘 게임에 자신이 출격할 테니 한판 붙게 다들 덤비라고 큰소리쳤다는 것이다. 이에 로비는 빅 스탠을 위해서라도 이번 게임에서 꼭 이기겠노라고 화답했다고 했다.

로비는 적기 넉 대를 격추한 걸로 유명했다. 비행대대의 얼굴이지만 품새만 봤을 때는 전혀 그래 보이지 않았다. 짧고 희끄무레한 콧수염은 차돌맹이처럼 밋밋한 얼굴에다 갖다 붙인 것 같았고 안색도 나빴다. 하지만 후계자의 자신감 같은 것이 그에게는 느껴졌다. 적기를 한 대만 더 격추하면 에이스 칭호를 받을 터였다. 사람들이 그에게 경의를 표하는 것은 그 때문이었다. 그에 대한 그의 답례는 그들 위에 군림하는 것이었다. 그는 마치 아랫사람 다루듯 천연덕스럽게 사람들 사이를 휘젓고 다녔다.

"철물점이라도 열 생각이야, 데즈?"

"거 재밌군."

클리브는 별 할 말도 없는데 사람들 사이에 섞여 있는 게 싫어서 가급적 천천히 옷을 갈아입었다. 어딘가 마음이 편치 않았다. 가족 모임에 낯선 객으로 참석해 온통 모르는 이야기를 듣는 기분이었다. 사람들이 비행기로 이동할 때가 되어서야 마음이 놓였다.

드디어 숨 막히도록 황홀한 순간이 찾아왔다. 부드러운 이륙, 그리고 세상을 등 뒤에 두고 날아오르는 자유의 느낌. 이륙한 지 얼마 지나지 않아 계곡 사이에 빙하처럼 무겁게 걸려 있는 새하얀 안개구름 속을 지나갔다. 다섯 번째 북행. 여전히 사랑처럼 설레고 두려운 모험이었다. 클리브는 그 순간을 만끽했다.

그들은 해안을 따라 올라가며 고도를 높였다. 점차 바다와 뭍이 만나는 지점을 구분하기가 어려워졌다. 얼어붙은 강 하구는 하얀 땅에 섞여들었고, 평양 남쪽의 벼논은 마치 노릇한 프랑스식 페이스트리 위에 당의糖衣가 갈라진 것처럼 보였다. 데즈먼드가 기관총을 시험 발사하자 하얀 연기가 매듭을 지은 끈처럼 뿜어져 나왔다. 클리브도 시험 발사를 했다. 총소리가 왠지 든든하게 들렸다.

비행운이 생기는 상공에 다다랐다. 새하얀 구름 띠가 비행기의 자취를 따라 길게 그려졌다. 편대기가 지나는 자리마다 창공의 삼각기처럼 가느다란 비행운이 하늘 가득히 퍼져 나갔다. 조종석 덮개 뒤쪽에 서리가 앉았다. 클리브는 추웠지만 불편하지는 않았다. 이제 북녘땅이었다. 그는 자기 주변은 물론이고 데즈먼드와 편대의 다른 두 대 주변에 적기가 다가올세라 신경을 곤두세우고 사방을 살폈다. 하늘은 텅 빈 경기장처럼 고요했지만 적대적이었다. 무전기는 어쩌다 한 번씩 터질 뿐 잠잠했다.

반 시간 뒤 압록강에 도달했다. 저 아래 국경을 가르고 굽이도는 강줄기가 비현실적으로 보였다. 그새 해가 제법 높이 떴다. 하늘은 구름 한 장 없이 맑았다. 선글라스를 낀 탓에 하늘이 깊은 바다처럼 한결 짙푸르게 보였다. 수천만 민초가 뿌리를 박고 살고 있는 중국 땅 수백 리가 지평선 끝까지 아득하게 펼쳐져 있었다. 4만 피트 상공에서 그들은 남쪽과 북쪽을 커다랗게 선회하며 동향을 살폈다.

그렇게 10분쯤 지났을 무렵에 누군가 압록강 북쪽으로 비행운이 보인다고 소리쳤다. 클리브는 그쪽을 돌아보았다. 아무것도 보이지 않았다. 곧이어 그는 다급한 외침을 들었다.

"미그기다."

"알았다. 연료통 분리하라." 데즈먼드의 명령이 들렸다.

클리브는 연료통을 분리했다. 연료통이 기체에서 떨어져 나갔다. 그는 북쪽을 쳐다보았다. 여전히 아무것도 찾을 수 없었다. 그는 상반신을 내밀고 주위를 유심히 살폈다. 하늘을 빠짐없이 모두 훑어내렸다.

"몇 대인가?" 누군가 물었다.

"미그기다!"

"몇 대인가?"

"많다, 아주 많다."

클리브는 미친 듯이 사방을 둘러보았다. 미그기는 분명 어딘가에 있었다. 순간 걷잡을 수 없는 비현실감이 전신을 휩쌌다. 마치 하늘에 뚫린 구멍을 쳐다보는 느낌이었다.

"미그기가 어디를 지나고 있나?" 누군가 외쳤다.

"안둥 동쪽이다."

마침내 물체가 클리브의 시야에 들어왔다. 셀 수 없을 만큼 많았다. 몇 초 전까지만 해도 못 봤다는 것이 믿기지 않았다. 아직 기체를 분간할 수는 없었지만 거대한 물고기 떼처럼 적들이 비행운을 여기저기 흩뿌리며 남쪽으로 몰려오고 있었다. 적기가 강을 건너고 있었다. 곧 전투가 벌어질 것이다.

이제 식별이 가능할 만큼 가까워졌다. 가느다란 개울 물줄기가 흐르듯 넉 대에서 여섯 대로 구성된 편대가 연이어 밀려왔다. 모두 아군보다 높이 떠 있었다. 고도가 4만 5000피트에 이를 것으로 그는 추정했다. 선두기가 빠르게 접근해왔다. 순간 그는 미그기 편대를 기차로 부르는 이유를 알 것 같았다. 일생일대의 첫 전투가 시작되는 순간이었다.

"오른쪽으로 선회한다." 그는 데즈먼드가 말하는 소리를 들었다.

그들은 믿을 수 없을 만큼 나른한 동작으로 미그기를 향해 기수를 돌린 뒤 적기를 따라 남쪽으로 날아갔다. 문득 클리브는 조종석에서 외로움을 느꼈다. 적지 깊숙이 들어와 있다는 사실이 비로소 실감이 났다. 연신 자세를 바꿔 앉았다. 입과 목이 바싹 말랐다. 숨을 쉴 때마다 입이 타는 듯했다. 상공에 뜬 미그기와 함께 그들은 계속 남쪽으로 날아갔다. 퓨즈가 타들어가는 것을 지켜보는 듯했다.

현재 위치에서 4만 5000피트까지 고도를 높이면 속도가 떨어져 뒤처지거나 아니면 아예 상공에 거의 멈춰 서버린 채 공격에 무방비로 노출될 수 있다. 그런 까닭에 그들은 미그기 아래로 비스듬히 비행하면서 적기와 비행운이 바닷속에서 올려다본 수면처럼 머리 위에 떠 있는 모습을 지켜보았다. 클리브는 미그기가 이렇게 많은 걸 보고 깜짝 놀랐다. 지금까지 센 것만 해도 50대는 족히 되었다. 시야에 들어오는 아군은 자기 편대 외에 한 개 편대뿐이었다. 아군은 네 개 편대로 이루어진 열여섯 대가 전부였다.

갑자기 무전기에서 다급한 외침이 쏟아졌다. 어딘가에서 전투가 시작된 것이다. 그는 신경이 파르르 떨리는 것을 느꼈다. 이윽고 미그기 넉 대가 공격 태세로 하강을 시작했음을 데즈먼드가 알렸다. 그러나 미그기는 곧장 공격해 들어오는 대신 머리 위로 비스듬히 날아갔다. 클리브가 미그기를 이렇게 가까이서 본 것은 처음이었다. 날개에 실속失速 방지 펜스를 매단 은빛 미그기가 시야 가득히 들어오더니 커다란 물고기가 헤엄치듯 소리 없이 지나가는 모습을 그는 지켜보았다. 미그기들은 곧 사라졌다.

또 다른 두 대가 높은 곳에서 급강하하기 시작했다. 그러고는 그들 쪽으로 방향을 잡는가 싶더니 다시 고도를 높여 날아갔다. 일종의 스파링이었다. 데즈먼드는 신중했다. 그는 편대를 위험에 빠뜨리지 않았지만 연신 방향을 트는 통에 공격할 기회 또한 잡지 못했다. 그는 쉼 없이 발을 놀리며 기회를 엿보는 권투 선수 같았다.

이제는 비행운을 그리며 날아가는 미그기를 꽤 멀리서도 알아볼 수 있었지만 클리브는 미그기가 언제 사방에서 나타날지 모른다는 두려움을 느꼈다. 잔뜩 긴장한 채로 앉아 진땀을 흘리며 사방을 살폈다. 10분 남짓 그들은 미그기 사이를 불안하게 선회했다. 클리브는 멀리서 미그기 한 대가 자신을 향해 기관포를 발사하는 것을 보았다. 묵직한 예광탄탄도와 목표를 확인할 수 있도록 날아갈 때 빛이 나는 탄알이 폭죽처럼 선명한 선을 그으며 하늘을 갈랐다.

클리브와 데즈먼드는 미그기 넉 대를 쫓아 북쪽으로 향했지만 끝내 거리를 좁히지는 못했다. 미그기가 흩어지자 추격도 끝났다. 미그기는 등장만큼이나 퇴장도 극적이었다. 설면에 생긴 스키 자국처럼 비행운만 희미하게 떠 있을 뿐 하늘은 텅 비어 있었다.

그들은 기지로 기수를 돌렸다. 클리브는 피곤했다. 귀대하는 길에 무전기에서 철수에 관한 내용이 흘러나오는 것을 들으며 그는 그제야 전투가 개시된 후 데즈먼드 외에 다른 사람의 목소리를 들은 기억이 없다는 사실을 깨달았다. 그만큼 몰입해 있었던 것이다.

"오늘은 미그기가 일찍 떴어." 그들이 비행기에서 내린 뒤 장비와 조종사를 상황실로 실어다줄 트럭을 기다리는 동안 데즈먼드가 말했다. "그래도 전투가 그렇게 치열하진 않았지?"

"응." 클리브는 온몸에서 힘이 다 빠져나간 것 같았지만 수긍했다.

사냥꾼들

"오늘 적들이 아주 신중하던데. 일이 안 되려면 대개 그런 식이야. 우리를 일찌감치 발견하고 거리를 주지 않으니 도무지 다가갈 수가 있어야지. 게다가 싸울 마음도 별로 없었던 것 같아."

"저들은 할 만큼 한 거 같은데."

"무슨 소리야?"

"몸을 사린 건 우리 쪽인 것 같아서." 클리브가 대답했다.

"대신 무사히 돌아왔잖아, 안 그래?" 데즈먼드가 되받아쳤다.

"그건 저들도 마찬가지지."

침묵이 흘렀다. 클리브는 괜한 소리를 했다고 후회했다.

"오늘 비행 훌륭했어, 클리브." 데즈먼드가 대수롭지 않게 말했다.

"고마워." 클리브는 전투가 치열했든 아니든 자신이 기대했던 것과 다르다는 생각에 실망스러웠다. 예상했던 것 이상으로 밀고 나갔어야 했다. 일종의 패배감과 함께 피로가 몰려왔다. 메마른 나뭇가지처럼 자신이 나약하게 느껴졌다.

디브리핑 시간에 그들은 로비가 다섯 번째 격추에 성공했다는 사실을 알았다. 그날 유일하게 보고된 격추였다. 로비는 활짝 웃는 얼굴로 테이블 앞에 서서 자신을 에워싼 사람들에게 축하를 받으며 적기를 어떻게 격추했는지 대령들에게 설명하고 있었다. 이밀은 만면에 미소를 띤 채 서 있었고 몬카비지도 흐뭇한 표정으로 고개를 끄덕였다. 클리브는 승자와 악수를 나누기 위해 데즈먼드를 따라 군중 사이로 들어갔다.

"어떻게 잡았어, 로브?" 데즈먼드가 물었다.

"정면으로 붙었지. 제대로 몇 발 맞더니 바로 탈출하더군. 4만 피트에서 말이야. 낙하산도 곧바로 펴지던데. 아마 지금도 허공에 떠 있을걸."

"멋져."

"고마워."

"축하해." 클리브가 말했다.

"고마워."

클리브와 데즈먼드는 옆으로 물러났다. 다른 사람들이 이야기를 들으려고 안으로 밀고 들어왔다. 상황실 건물을 나서는데 누군가 데즈먼드에게 어떻게 된 일이냐고 물었다.

"미그기가 떴어."

"얼마나?"

"칠팔십 대."

"잡은 사람은 있고?"

"로비가 한 대."

"격추?"

"응."

"젠장. 다른 사람은?"

"내가 알기론 없어."

"이번엔 진짜 잡은 거 맞아?"

데즈먼드는 아무 대답도 하지 않았다. 그들은 가던 길을 갔다. 여전히 이른 아침이었다. 8시가 막 지나 있었다. 식사 시간이 지났지만 지금 식당으로 가면 요깃거리를 얻을지도 몰랐다. 차를 타고 식당으로 가는 길에 클리브는 마지막 질문이 무슨 뜻이냐고 물었다.

"로비가 미그기를 잡지 않았다는 건 아니야." 데즈먼드가 대답했다. "하지만 그중에 두 대는 좀 미심쩍은 구석이 있어."

"그런데 어떻게 인정을 받았어?"

"영상 기록이 어떻게 판독되든지 간에 윙맨의 확인만 있으면 되니까. 자, 일단 적기에 손상을 입혀. 기관총을 드르륵 긁었는데 두어 군데 맞은 것 같아. 그러곤 기지로 돌아와 윙맨하고 얘기하다 보면 명중한 게 되고, 디브리핑 시간에 다른 조종사들이 격추를 했네 뭐를 했네 하는 소리를 들으면서 분위기에 휩쓸리면 어느 순간 격추가 되는 거야."

"그런 일이 잦아?"

"종종 일어나지. 이를테면 로비의 첫 번째 격추가 그런 셈이야. 그 친구가 편대를 이끌고 신안주평안남도 안주 시에 있는 지역를 지나 북상하던 길에 3만 피트 상공에서 미그기 몇 대와 정면으로 붙은 거야. 근데 실은 그게 다야. 기수를 돌렸을 즈음에는 이미 미그기가 사라지고 없었지. 임무를 마치고 기지로 돌아와서는 로비가 적기 한 대를 격추시켰다고 주장하는데 윙맨이 확인을 안 해주는 거야. 그때 윙맨은 도스였거든. 도스가 아무것도 못 봤다면서, 다만 얼마 뒤에 땅에서 연기가 피어오르는 건 봤다고 했지. 그랬더니 로비가 그게 바로 미그기가 추락한 지점이라고 우기더군. 그때가 그러니까 일주일 이상 교전 없이 조용할 때라 더치도 실적이 간절했지. 더치가 조용히 도스를 옆으로 데리고 가더니 얘기를 나누더군. 대충 그림이 그려지지? 도스는 그때 소위였어. '자, 도스.' 더치가 말했어. '자네가 확인을 안 해주면 로비 대위가 미그기를 격추하고도 인정을 못 받는 불상사가 발생한다. 무슨 말인지 알겠나?' '네, 압니다, 대령님.' 도스가 대답했지. '좋아. 로비가 격추하는 걸 봤나?' '못 봤습니다, 대령님. 정말입니다. 전 아무것도 못 봤어요. 저도 기관총을 쏘느라 정신이 하나도 없었습니다.' '잘 기억해봐, 도스.' 이밀이 다그쳤어. '눈 깜짝할 사이에 일어난 일이겠지만 미그기가 추락하는 걸 분명히 봤을 거야, 안 그런가? 기억을 더듬어봐. 잘 생각해보라고.' '아닙니다, 대령님. 정말로 못 봤어요.' '왜 노력도 안 해보고 그래? 기억을 되살려봐. 자네 경력도 생각해야지.' '실은 말입니다,' 도스가 말했어. '미그기에서 연기가 피어오르는 걸 본 것 같습니다.' '그렇지?' '네, 맞습니다. 미그기가 화염에 휩싸여 있었어요. 곰곰이 생각하니까 기억이 납니다. 로비 대위가 격추한 게 맞아요. 분명합니다.'"

"그게 사실이야?" 클리브가 물었다. 좀처럼 놀라지 않는 그였다.

"도스한테 물어봐."

그들은 테이블에 앉아 커피를 마시면서 토스트를 먹었다. 지나던 몇 명이 새벽 임무가 어떻게 됐느냐며 테이블 옆에 멈춰 서서 물었다. 소식이 순식간에 퍼졌다는 걸 클리브는 알았다. 전투에 참여했다는 사실만으로는 큰 만족을 느낄 수 없었지만 한편으론 알 수 없는 성취감이 마음에 차올랐다. 마치 전투가 소량씩 꾸준히 복용하면 종국에는 면역이 되는 일종의 영양제나 독약쯤 되는 것처럼.

5

며칠 뒤 클리브는 편대장이 되었다. 같은 비행대대에 속한 네 개 편대가 한 병영에 기거했다. 기다란 병영 건물에는 편대별로 내무실이 배정되어 있었다. 사동이 먼저 가방을 들고 들어가 침대를 봐놓았다. 클리브는 안으로 들어섰다.

널따란 실내에는 온갖 잡동사니가 빼곡하게 들어차 있었고 한때 하얬을 벽에는 때가 새까맣게 묻어 있었다. 옷장과 캐비닛, 둔탁한 테이블, 엉성한 의자 서너 개 따위의, 나무 상자로 만든 가구가 잔해처럼 여기저기 널려 있었다. 한쪽 벽에는 넉자에서 다섯 자 너비로 온갖 크기의 여자 사진들이 천장부터 바닥까지 모자이크처럼 가득 붙어 있었다. 클리브는 이 쓰레기 같은 공간에 압도당하는 기분이었다. 창문에는 군데군데 날아간 유리창 대신 판자를 대어놓은 탓에 햇빛이 잘 들어오지 않았다. 문 근처의 기다란 나무 선반 위에는 일본으로 휴가 갈 때 입을 군복과 철모, 코트, 방독면 등속이 놓여 있었다.

내무실이 아니라 꼭 굴에 들어가는 것 같았다.

클리브가 안으로 들어갔을 때에는 사내 넷이 한복판의 테이블에 모여 앉아 잡담을 나누고 있었다. 그중에 둘은 소위였는데 며칠 전에 이곳으로 배치되었다. 무기력한 공기가 그들을 에워싸고 있었다. 외떨어진 기지에서 마냥 대기하는 그들 앞에 억겁의 세월이 놓여 있는 듯했다. 그들은 하던 이야기를 멈추고 클리브를 맞았다. 모두 일면식이 있는 친구들이었다. 클리브는 짐을 풀고 그들과 대화다운 대화를 처음 나누는 동안 마치 작은 배에 던져져 망망대해를 표류하는 일행처럼 서로가 서로를 탐색하고 있음을 느꼈다.

이곳에 온 지 두 번째로 오래된 들레오가 일어서더니 창가로 걸어가 유리창을 열고는 외벽에 붙은 채 안쪽을 마주하고 있는 나무 상자에 손을 뻗었다.

"맥주 드시겠습니까?" 그가 클리브에게 물었다. "얼음장처럼 차갑습니다."

"내 몸도 얼음장이야. 어쨌든 하나 주게."

들레오는 캔 맥주 세 개를 꺼내 테이블로 가지고 와서는 뚜껑을 땄다. 첫 깡통은 클리브에게, 그다음 깡통은 도터스에게 건넸다. 그러고는 의자에 앉아 자기 깡통을 들었다. 키는 훤칠하고 얼굴에는 자신감이 넘쳤으며 까만 머리에 시커먼 콧수염을 더부룩하게 기르고 있었다. 이가 새하얗고 골랐다.

"편대장님, 비록 별 볼일 없는 저희지만 건승을 빕니다." 그가 말했다. "미천한 편대원을 소개하자면 수학 교사 하나에 이탈리아 촌놈 하나, 보이 스카우트 단원 둘입니다."

"좋아, 건승을 빌며. 편대장도 보잘것없기는 마찬가지네."

"제가 들은 얘기랑 다른데요."

맥주를 마시는 동안 클리브는 자신을 힐끔거리는 소위들의 시선을 느꼈다. 짐짓 무심한 듯 쳐다보는 그들의 눈빛에는 존경이 담겨 있었다.

"미리 밝혀두지만," 도터스가 입을 열었다. "전 수학 교사로 일한 적이 없습니다. 들레오가 놀리느라고 그러는 거예요. 실은 야구팀과 농구팀을 지도했습니다. 교사는 아주 잠깐 대타로 일했을 뿐이에요."

"자네를 어떻게 불러줄까?" 들레오가 물었다. "코치님 어때?"

"그거 좋은데."

"인생에서 가장 어려운 것 중의 하나가 부수적인 것과 핵심을 구분하는 거야. 자네 경우엔 코치가 부수적인 부분이지. 역사는 자네를 수학 교사로 기억할 뿐 그 밖에 부수적인 건 모두 잊을걸."

"재미있는 얘기군." 클리브가 말했다. "자네가 역사 교사 같은데."

"저요? 제가 교사 같다고요?"

"그래."

"전 이탈리아계 미국인일 따름이에요." 들레오가 활짝 웃으며 대답했다. "그 이상도 그 이하도 아니죠. 솔직히 말해 부수적으로 제 몸속에 유대인 피가 조금 섞여 있긴 합니다."

들레오는 웨스트버지니아 주의 탄광 마을에서 태어나 그곳에서 자랐다. 그러나 성장 과정을 증언해줄 만한 가족도 친구도 없이 혈혈단신으로 자란 사람처럼 보였다. 군대에 오기 전에 무슨 일을 했는지 물어보면 그저 어깨만 으쓱 추어올릴 뿐이었다. 그냥 하는 행동이 아니었다. 그는 모든 의무로부터 완전히 자유로운 사람 같았다.

도터스는 달랐다. 비쩍 마른 체구에 삶의 굴레에서 벗어나지 못한 것처럼 늘 생각이 많아 보였다. 나이는 20대 후반으로 들레오와 비슷했다. 도터스는 지난 전쟁에도 참전했지만 외국에서 군 복무를 한 것은 아이슬란드가 전부였고 전투 경험도 전무했다. 제대한 후에는 뉴멕시코 주에서 고등학교 체육부 코치로 일했다. 아내와 어린 아들 셋이 그곳에 있었다. 1950년 예비역 장교로 소집되어 자신에게 맡겨진 일을 묵묵히 했지만 불평이 없는 만큼 열정도 없었다. 그는 주기적으로 장문의 편지를 집으로 부쳤다. 클리브가 편대장으로 부임했을 때 서른한 번의 비행을 마친 상태였다. 들레오의 경우는 스무 번이었다. 두 명의 소위는 비행 경험이라곤 없는 신참이었다.

"진짜 골칫거리가 저쪽에 있어요." 들레오가 소위들 쪽으로 손을 흔들며 말했다. "우리의 사관생도들."

"쳇." 빌리 리 헌터가 불만의 소리를 냈다.

그는 큰 키에 허스키한 목소리의 순박한 텍사스 청년이었다. 공군포병학교를 갓 졸업한 참이었다. 그의 부모님은 고향에서 이웃과 친지 들에게 아들의 편지를 자랑스럽게 읽어주었다.

"놀리는 건 상관없습니다." 헌터가 말을 이었다. "하지만 비행 임무는 빨리 시작하게 해주십시오."

"편대장님, 저도 그렇게 해주십시오." 페티본이 맞장구쳤다. 또 다른 소위였다. 한 대 얻어맞은 듯 불그스름한 뺨에 가느다란 머리카락은 금으로 만든 모자를 쓴 것처럼 환하게 빛났다.

클리브가 들어온 후로 소위들은 칵테일파티의 노처녀들처럼 반쯤 빈 깡통을 앞에 놓고 앉아 조용히 대화에 귀를 기울일 뿐 내내 입을 다물고 있었다. 이제야 말할 기회를 잡은 것이었다.

"툭하면 우리를 놀리는데요." 헌터가 순진하게 말했다. "다른 사람한테 그러면 모를까. 우리 편대에서 미그기를 한 대도 잡지 못했다는 건 다 아는 사실이에요."

"뭐야? 지금 한번 해보자는 거야?" 들레오가 발끈했다. "입조심하는 게 좋아. 그렇게 함부로 입 놀리다간 큰코다친다."

헌터는 얼굴이 새빨개져서는 우물거렸다.

"뭐 그러든가요."

편대 안에 미그기를 격추한 사람이 아무도 없다는 건 모두가 아는 그대로였다. 로비가 속한 바로 옆 편대는 로비의 다섯 대 말고도 석 대를 더 격추했다. 맞은편에 있는 놀런의 편대는 넉 대를 떨어뜨렸다. 그중 놀런이 두 대를 처치했다. 그 사이에 끼어서 지금껏 미그기를 한 대도 못 잡았으니 극명하게 대조될 수밖에 없는 일이었다. 편대의 분위기 쇄신을 위해 클리브가 투입된 것이었다.

클리브는 짐을 최대한 정리한 뒤 야전침대에 걸터앉았다. 흐뭇했다. 대원들도 괜찮고 그들도 자신을 좋아하는 것 같다는 느낌이 들었다. 벅찬 감정이었다. 다 같이 힘을 합쳐 이름을 빛낼 것이었다. 밑바닥에서부터 새로 시작해 영광에 이를 기회를 잡는 것, 클리브는 그걸로 충분했다. 이런저런 상념에 젖어들자 현실감이 사라졌다. 대원들이 유능한 조종사가 아니라고 해도 별로 걱정되지 않았다. 그가 그들을 좋아하고 사랑하는 이상 뛰어난 조종사로 키워내면 그만이었다. 어스름이 깔리는 한기 서린 내무실에 대원들과 함께 앉아 있노라니 이 모든 것을 해낼 수 있다는 자신감이 가슴을 가득히 채워왔다. 기대로 부푼 가슴을 끌어안고 말없이 앉아 있기가 어느새 고역처럼 느껴졌다. 곧 그날이 올 것이라고 그는 확신했다.

얼마 후 그들은 식당으로 향했다. 을씨년스러운 저녁 길에 몇몇이 들레오와 도터스에게 인사를 건네며 지나갔다. 클리브는 모두 처음 보는 얼굴이었다. 낯선 객의 어색함이 여전히 그의 곁을 맴돌았다. 그들은 클럽에 들러 한잔하자는 데 의견을 모았다. 소위들은 맥주보다 독한 술은 입에 대지도 않았지만 부지런히 발을 놀려 쫓아왔다.

술집은 사람들로 붐볐다. 로비는 네댓 명과 함께 테이블에 앉아 술 내기 주사위 게임을 하고 있었다. 여전히 로비의 전공에 관한 이야기가 오가며 그에게 관심이 쏟아졌다. 그는 뭇시선에 짐짓 무덤덤하게 반응했지만 어떤 만족감 같은 기운이 그를 에워싸고 있었다. 그는 변신한 것이었다. 비행기의 날렵함과 장비의 완전무결함에 감싸여 바로 옆에 있는 윙맨한테건 이륙한 비행기가 시야에서 사라질 때까지 바라보는 저 멀리 떨어진 정비병한테건 그가 기체의 아름다움을 현현한 존재로

비치는 것처럼, 그는 이제 그 자신에 머물지 않고 어떤 상징적인 존재가 되어 있었다.

그들은 카운터에 앉았다. 비좁은 실내에 출입구와 창문까지 모두 닫아놓은 터라 와자지껄 떠드는 소리가 술집을 가로질러 울렸다. 다른 목소리에 섞여 로비의 목소리가 이따금 들려왔다. 그럴 때마다 들레오는 역겹다는 표정을 지었다.

"저것 좀 들어봐." 그는 고갯짓으로 로비가 있는 쪽을 가리키며 말했다. "에이스가 신나서 떠들고 있군. 내내 저 소리를 들어야 하는 거야?"

"배울 것도 있지." 도터스가 대꾸했다.

"배우긴 뭘 배워? 디브리핑하는 요령?"

"저것도 일종의 사업이야. 어찌 됐건 이름을 날렸잖아."

"날리긴 날렸지. 제 어미도 못 알아볼 이름을."

클리브의 양옆으로 하나씩 앉은 소위들은 자신들이 언제부터 임무에 투입될 수 있는지 진지한 표정으로 물었다. 둘 다이틀 전에 교육을 마친 상태였다.

"편대장님, 언제부터 저희가 임무에 투입될 수 있을까요?"

"내일쯤."

"내일이요? 정말입니까?"

"장담은 못하네. 상황을 봐야지."

"이렇게 죽치고 앉아 있는 게 얼마나 힘든데요. 편대장님도 아시잖습니까."

"마음 편히 먹게." 클리브가 말했다.

"저치들한테 자기들 생각이 틀렸다는 걸 보여주고 싶어요.

그러면 원이 없겠어요."

"곧 기회가 올 거야."

"신입생일 때에는 이런 거에 신경도 안 썼어요. 사관생도일 때도요. 그때는 으레 그러려니 하니까요."

"대학은 어딜 나왔나?"

"텍사스대학교요."

클리브는 고개를 끄덕였다.

"고작 임무 몇 번 나가놓고선 전쟁이 제판이라도 되는 줄 알고." 헌터가 말했다.

"맞아요." 페티본이 맞장구쳤다.

"우릴 대체 뭐로 아는 거야?" 헌터가 투덜거렸다.

"신참 둘로 알겠지." 클리브가 대꾸했다. "실제론 셋이지만. 저 친구들은 빼고 말이야."

"그래도 편대장님께는 시비를 안 걸잖아요."

"두 달만 지나면 자네들도 신참한테 똑같이 굴 거야. 고참은 거저 되는 줄 알아? 못해도 임무 이삼십 번은 나가야지." 클리브는 이렇게 대답하며 속으로 웃었다. 데즈먼드가 옳았다. 클리브도 어느새 고참처럼 말하고 있었다.

노랫소리가 점차 커졌다. 로비는 테이블 세 개를 맞붙여놓고 분위기를 이끌고 있었다. 노래가 끝나고 다른 노래로 넘어갈 때에만 아주 잠깐씩 왁자한 소리가 잦아들 뿐 클럽은 떠나갈 듯 시끄러웠다. 심지어 들레오조차 목청을 높였다. 노래는 다 함께 공유할 수 있는 것이었다. 이밀 대령이 들어서자 다들 손을 흔들며 환호했다. 대령이 우뚝 서더니 활짝 웃었다. 그는 입소리로 흉내만 내면서도 줄곧 노래를 따라 불렀다. 이것이야말로 부하 조종사들에게서 보고 싶어 했던 모습이었다. 대령에게 그들의 존재보다 더 중요한 것은 없었다. 대령은 그들이 있기에 비행단이 있다고 힘주어 말하곤 했다. 전설로 남을 영광의 비행단을 만드는 것, 그것이 이밀 대령의 진정한 목표였다. 그 밖의 것, 심지어 사사로운 이익조차도 그 목표에 반한다 싶으면 가차 없이 버렸다. 그런 점으로 보면 그는 꽤 훌륭한 지휘관이었다. 그에게 비행단의 이익보다 우선하는 것은 없었다.

대령이 카운터 쪽으로 걸어가다가 클리브를 보더니 그 옆에 멈춰 섰다.

"지내기 어때, 클리브?" 그가 물었다.

"오늘 편대를 맡았습니다."

"좋아, 좋아. 임무는 몇 번 나갔나?"

"여덟 번 나갔습니다."

"감을 잡으려면 시간이 걸리는 법이지." 대령은 목소리를 낮춰 말했다. "그래도 자네가 아주 잘하고 있다던데."

"전투는 딱 한 번 치렀을 뿐입니다."

"누구와 비행하느냐가 아주 중요해. 하지만 이제부턴 자네가 리더야. 전투는 앞으로 얼마든지 있어. 필요한 건 단 하나, 미그기를 잡겠다는 간절한 마음뿐이네. 무슨 말인지 알지? 그것만 있으면 돼. 이런 맙소사, 클리브, 우리가 함께 비행했던 적 기억나나? 그때 전투기 조종사가 아침에 먹는 거라곤 담배한 개비와 커피 한 잔, 토사물 찌꺼기가 전부였지. 자네도 잘

75

알 거야. 그런데 지금은, 맙소사, 미그기 한 대 못 잡은 작전장
교에 비행대대장까지 모두 내 휘하에 있어. 전투기 조종사가
말이야! 하지만 난 진정한 조종사만 챙기네, 클리브. 그것도
아주 잘 챙기지. 내 옆에는 늘 그런 조종사가 있었어, 안 그런
가?"

어떻게든 항상 그랬죠, 클리브는 생각했다.

"곧 첫 승리를 맛보게 될 거야." 이밀은 빈 술잔을 바텐더 쪽
으로 내밀며 말했다. "머지않았어."

"네, 저도 그랬으면 좋겠습니다."

"걱정하지 말게, 클리브. 간절한 마음, 그것만 있으면 돼."

점점 더 많은 군인이 클럽으로 몰려들었고 불협화음의 노
랫소리가 근처 병영과 식당에까지 가닿았다. 그들은 대대별로
앉아 누구 목청이 더 큰지 경쟁적으로 노래를 불러댔다. 제각
기 다른 두세 곡을 동시에 부르기도 했다. 대대장 둘이 그 자
리에 있었고 또 다른 대대장은 전화로 호출된 상태였다. 술 마
시고 노래 부르는 광란의 유희가 이제 막 시작된 것이었다.

"끝내주는데." 도터스가 중얼거렸다. "어째 그저께 밤 이후로
잠잠하다 했어."

"닥치고 노래나 불러." 들레오가 대꾸했다. "안 그랬다간 이
밀이 비행금지령을 내릴걸."

6

금속성의 칼바람이 불어왔다. 미세한 흥분이 감돌았다. 12
시 15분에 그들은 덮개를 씌운 트럭 짐칸에 앉은 채 울퉁불퉁
한 길을 덜커덩거리며 달렸다. 다들 말이 별로 없었다. 혈액의
점도가 달라졌다고 클리브는 생각했다. 실제로 피가 더 묽어
진 것 같았다.

브리핑 시간에 쿨럭거리는 기침 소리와 발 바꾸는 소리가
연신 들려왔다. 지시봉이 중요 지점을 톡톡 건드리며 지도 위
를 움직였고 최전선에서의 암호를 비롯한 기밀 사항은 모두
가려져 있었다. 기상장교가 북쪽 날씨가 안 좋다며 우스갯소
리를 했다. 군인들이 예방주사를 맞는 사람들처럼 한 줄로 걸
어 나갔다.

"출격 명령이 취소될 거 같은데요." 도터스가 말했다.

클리브는 동의했다.

"그러게 말이야." 그가 말했다. "눈이 쏟아지겠어."

잿빛 하늘이 낮게 드리워져 있었다. 헌터와 페티본은 울상을 지었다.

"그래도 브리핑을 했잖아요." 헌터가 이의를 제기했다.

"일단 취소하고 브리핑은 다시 하면 그만이야." 도터스가 대꾸했다. "그것까지 다 생각한다고."

"그게 무슨 소리예요?"

"100번 출격하든가 아니면 1000번 브리핑을 하든가 둘 중의 하나야. 자네가 어떤 걸 먼저 할지는 모르겠지만."

13시에 그들은 라커룸에서 장비를 몸에 대강 두르고 조종복 지퍼는 열어놓은 채로 대기했다. 도터스는 손수건으로 산소마스크 안쪽을 닦고 있었다. 헌터와 페티본은 벤치에 나란히 앉아 있었다.

"최저 연료가 얼마라 그랬지? 도저히 못 외우겠네."

"1500파운드." 페티본이 대답했다.

"맞다. 자꾸 까먹어. 외워야 할 숫자가 좀 많아야지." 헌터가 클리브를 힐끗 쳐다보고는 민망한지 웃었다.

"많기는 많지." 페티본이 동조했다.

"자네들한테 제일 중요한 걸 안 가르쳐준 모양이군." 클리브가 입을 열었다.

"편대장님, 그게 뭔데요?"

"내 옆에 바짝 붙어서 비행할 것."

13시 25분에 그들은 제각기 비행기에 앉아 이륙 순간을 기다리고 있었다. 시간이 천천히 흘렀다. 이윽고 첫 번째 엔진이 웅 하고 돌아가는 차가운 소리가 대기를 흔들었다. 이제 곧 출격이었다.

14시에 그들은 지상의 모든 기억을 뒤로한 채 압록강 근처의 너른 구름 빙원을 비행하고 있었다. 사위가 고요했다. 텅빈 잿빛 하늘을 날고 있으려니 마치 전쟁이 끝난 것만 같았다. 새털구름이 처마 끝 고드름처럼 대기에 걸려 있었다. 소요보다 정적이 더 불길한 법이었다. 강줄기로 보이는 곳을 따라 날아갔지만 어디까지나 추측에 불과했다. 땅은 보이지 않았다. 연료 계기판이 유일한 현실이었다. 계기판 바늘이 최대치에서 서서히 밑으로 내려갔다. 2600파운드…… 2500파운드.

14시 50분에 그들은 기지에 거의 다다랐다. 헌터와 페티본에게는 평생 잊지 못할 경험이었지만 클리브는 별다른 감흥이 없었다. 바퀴가 지상에 닿자 공행空行했다는 공허감이 가슴을 채울 뿐이었다. 엔진을 끄자 미관에서 미세한 물방울이 김처럼 허옇게 뿜어져 나왔다. 조종사들이 하나씩 따뜻한 건물 쪽으로 터덜거리며 걸어갔다.

디브리핑 시간에 미그기와 교전을 벌인 자가 아무도 없음이 밝혀졌다. 제일 큰 걱정거리가 사라진 것이었다. 어쨌건 최악은 피했다. 모두 다 실패했고, 비로소 동지애가 되살아나기 시작했다.

클리브는 늦은 오후에 병영으로 천천히 발걸음을 옮겼다. 낯설고 외로운 임무였다. 헌터는 그만하면 위치도 잘 잡고 꼭 필요한 말만 아주 간략하게 하면서 비행에 제법 잘 적응했지만 페티본은 어딘가 어설픈 구석이 있었다. 페티본 생각을 하자 클리브는 불안해졌다. 페티본은 뒤처지거나 아니면 적시보다 빨리 총을 쏘았다. 지시도 잘 못 듣는 것 같았다. 그것은 언제나 그렇듯이 불길한 징조였다. 그와 비행하는 것은 군중 속에서 어린아이를 돌보는 것과 비슷했다. 페티본은 노력과 집중이 필요했다. 그는 진창길을 걷는 고양이처럼 잘못된 장소에와 있는 것처럼 보였다. 실력을 쌓는 데 남들보다 시간이 유난히 오래 걸리는 사람이 있었다.

문손잡이가 헛돌았다. 클리브는 한 번도 장갑 낀 손으로 문손잡이를 제대로 돌려본 적이 없었다. 그는 오른손 장갑을 벗어 맨손으로 매끄럽고 차가운 놋쇠 손잡이를 돌렸다. 문이 열렸다. 어두침침한 내무실 안으로 들어서자 훈기가 기분 좋게 밀려왔다.

"정!" 그는 사동을 불렀다.

"여기 없어요. 담요 가지고 오라고 내가 좀 보냈어요."

낯선 소위가 이미 짐을 다 부린 채 여섯 번째 침대에 앉아 있었다. 서류 뭉치를 뒤적이고 있었는데 구겨진 종이를 반듯하게 펴는 눈치였다. 종이가 옆에 흩어져 있었다. 클리브가 다가가자 그가 앉은 채로 악수를 청했다.

"에드 펠이라고 해요." 그가 말했다. "다들 닥터라고 부르죠."

도쿄에서 여종업원에게 추근대던 흰 피부의 소위였다. 그 눈동자를 잘못 볼 리 없었다. 매처럼 매서운 그 눈을.

"우리 편대에 배속되었나?"

"그렇게 하라고 하던데요. 같은 편대세요?"

"우리 전에 만나지 않았나? 후추도쿄 서쪽 근교 다마 지구에 있는 시에서."

펠은 클리브의 얼굴을 유심히 쳐다보았다.

"그래요?" 그가 대답했다. "난 기억에 없는데." 그러고는 클리브의 이름표를 힐끗 올려다보았다. "코늘?"

"코넬. 편대장이네."

"아, 그래요?" 펠은 그제야 몸을 일으키며 침착하게 말했다.

이 세상 모든 것을 다 안다고 착각하는 사람 특유의 불쾌한 오만함이 그에게서 엿보였다. 동기들보다 나이가 많아 보였다. 나중에 안 일이지만 나이는 스물다섯에 미시간의 드넓은 평야 지대 출신이지만 빈민가에서 자란 아이처럼 이상주의와는 거리가 먼 사내였다.

클리브는 겨울용 비행 재킷을 벗고 권총을 뺀 다음 어깨에서 권총띠를 풀어 머리 위로 벗었다. 몸에 지니고 있던 것을 모조리 침대 위로 던졌다.

"비행 마치고 돌아오는 길인가요?" 펠이 물었다.

클리브는 고개를 끄덕였다.

"성과는 있었어요? 적기는 출현했나요?"

"아니."

클리브는 난로 근처 의자에 앉아 군화를 벗었다. 가죽이 뻣뻣하게 얼어 있었다. 언 발을 난롯불에 쬐며 두 손으로 문질렀다.

"한 대도 못 봤다고요?" 펠은 안됐다는 듯이 머리를 절레절레 흔들며 말했다. "안습입니다."

"뭐라고 했나?"

"안습이라고요. 모르세요, 편대장님? 안타깝다는 뜻이에요."

클리브는 고개를 살짝 끄덕였다. 처음 듣는 표현이었다. 몇 분 뒤 그는 군화를 다시 신었다. 그런 다음에 수건과 비누를 들고 밖으로 나가 다른 건물에 있는 샤워실로 뛰어갔다. 수증기가 가득 찬 샤워실에는 천장을 따라 파이프가 길게 뻗어 있었고 그 중간중간에 샤워기가 매달려 있었다. 그는 세차게 쏟아지는 뜨거운 물줄기 아래 한참 동안 서 있었다. 살갗을 타고 온기가 돌기 시작하더니 온몸에 나른함이 기분 좋게 퍼져 나갔다. 손끝이 쪼글쪼글해질 때까지 물줄기 아래 서 있었다. 이윽고 그는 샤워를 끝내고 몸을 닦은 뒤 다른 방으로 가서 옷을 입었다. 난로 두 개에서 뿜어내는 열기로 방 안이 후끈후끈했다. 그는 내무실로 돌아왔다. 펠은 없었다. 술집에 들어서자 데즈먼드가 카운터에 앉아 있었다.

"오늘 어땠어, 클리브?" 그가 물었다.

"허탕이야. 구름만 실컷 보다 왔어."

"신참들은 잘했고?"

"뭐 딱히 문제 될 건 없었어. 최소한 길은 잃어버리지 않았으니까. 하기야 그게 놀라운 일은 아니지. 여하튼 하나는 꽤 잘하는데 다른 한 녀석은 잘 모르겠어."

"페티본?"

"응."

"오늘 자네 편대에 신참 하나 넣었어." 데즈먼드가 잠시 뒤 말했다.

"알아."

"소위야. 이름은 펠."

"응. 조금 전에 만났어. 얘기 좀 해봤어?"

"응. 잘난 척을 좀 하지만 그래도 멀쩡해 보이던데." 데즈먼드가 대답했다. "비행 솜씨가 제법이래."

"그럼 다행이고. 자기를 닥터로 소개하더군."

"뭐?"

"다들 자기를 그렇게 부른대."

"괜찮은 녀석일 거야." 데즈먼드는 안심시키려는 듯이 말했다.

클리브는 아무 대답도 하지 않았다. 모든 것이 달라진 기분이었다. 어느 날 느닷없이 시댁 식구가 찾아와서 함께 살자고 눌어붙는 통에 부부 금실이 나빠지는 것 같다고 할까. 그는 실망감을 애써 참았다.

나중에 알고 보니 소위 셋이 외국으로 전출 명령을 받기 전까지 한 교실에서 공부한 비행학교 동기였다. 얼마 뒤 펠이 동기들에게 제 경험담을 큰 소리로 떠들어대고 있었다.

"너희도 그걸 봤어야 해. 팬아메리칸항공 비행기에 미끈하게 빠진 스튜어디스까지 있었다는 거 아니야."

"으, 그만."

"실은 나도 어찌 된 영문인지 모르겠어." 펠이 인정했다. "아무튼 비행기를 타러 캘리포니아로 왔는데 삐까번쩍한 비행기가 떡하니 세워져 있는 거야. 활짝 웃는 스튜어디스를 보고는 혼잣말로 중얼거렸지. '닥터, 징조가 좋아. 넌 지금부터 운수

대통이야.'"

"끝내줬겠네."

"죽여줬지. 뜨거운 커피에 샌드위치, 뒤로 젖혀지는 의자까지. 최고였어." 펠은 엄지와 검지를 입술에 댔다 키스를 날리는 시늉을 했다.

"우리 셋 다 이 비행전대에 배속되다니 운이 좋았나 봐." 페티본이 말했다.

"당연하지. 내가 후추에서 얼마나 개고생을 했는지 알아? 열흘 동안 그 지옥 같은 전폭기에 꼼짝없이 붙잡혀 있었다고."

"근데 어떻게 나왔어?"

"아, 그거." 펠이 대답했다. "부대 배치 업무를 보는 친구를 알게 됐는데 그 친구 백 좀 썼지. 그나저나 다른 애들은 어떻게 됐어? 다들 어디로 갔는지 알아?"

"가만있자, 멀린스, 보이드, 벡틀, 톰 슬라재크 모두 전폭기 부대로 갔어."

"불쌍한 놈들." 펠은 혀를 찼다. 얇은 입술에는 표정이 풍부했다.

"걔들은 거기가 좋대. 우릴 보러 여기에도 한 번 왔었어."

"걔들이 뭘 알아? 가라면 가야지."

"하긴 그래." 헌터가 동의했다.

"비행은 해봤어? 한 열 번은 나갔을 거 같은데."

"오늘 오후에도 출격하고 왔어."

"뭐야, 벌써 베테랑이라는 거야?"

헌터는 어깨를 으쓱해 보였다.

"미그기는 봤어?" 펠이 물었다.

"아니."

"오늘 날씨가 아주 더러웠어." 페티본이 덧붙였다.

"그래? 안됐군."

펠은 제 물건을 뒤적뒤적하더니 시가 케이스를 꺼내 능숙하게 손톱으로 포장지를 뜯었다. 그런 다음 동기들에게 한 대씩 권했다.

"피울래?"

헌터는 시가를 받아 들었지만 페티본은 고개를 가로흔들었다.

펠은 시가 두 대를 집어 하나에는 불을 붙이고 다른 하나는 셔츠 주머니에 집어넣었다. 그는 자신감이 한결 충만해지는 것을 느꼈다.

"여기서 진 러미 하는 사람 본 적 있어?" 그가 물었다. "카드가 당기는데."

"재미 좀 봤어?"

"안습이야. 일본에서 개털 될 뻔했어."

"네가 잃었다고?"

"그건 아니고." 펠이 인정했다. "막판에 간신히 만회했어."

"그럼 그렇지."

"노친네 소령이랑 한판 붙었는데 초반에는 거의 다 털렸다가 막판 이틀 동안 만회해서 결국엔 좀 땄지." 펠은 씩 웃었다. 사람을 얕잡아 보는 교활한 웃음이었다.

"얼마나?" 헌터가 이윽고 물었다.

"넉 장."

"400불?"

펠은 고개를 끄덕였다.

"한 달 월급보다 많잖아. 설마 그 돈을 다 챙긴 건 아니겠지, 닥터?"

"그럴 리가 있나."

"정말이야?"

"그게 뭐 그리 중요해? 한판 할래?" 펠이 물었다. "너랑 나랑, 어때?"

"아니. 지금은 별로 생각 없어."

"에이, 아깝다." 펠은 아무렇지 않게 말했다. "나중에 봐."

그는 머리를 손으로 매만지면서 일어섰다. 그런 다음 모자를 쓰고 밖으로 나갔다. 문이 등 뒤로 쾅 닫혔다.

"여전하네." 페티본이 중얼거렸다.

헌터는 문만 쳐다볼 뿐 아무 대답도 하지 않았다.

"하는 소리 들었지?" 페티본이 말을 이었다. "완전 제 세상이야. 여기 온 지 한나절도 안 됐는데."

"보통 물건이 아니야. 400불을 땄다고? 대단해."

"그것도 소령한테서." 페티본이 말했다. "하기야 소령쯤은 돼야 그림이 되지."

"예전에 카드 하는 걸 봤는데 꾼이 따로 없더군."

"나도 봤어. 에잇, 알 게 뭐야?"

그들은 어둠이 내린 내무실에서 서로 시선을 교환하며 왠지 모를 불안을 느꼈다.

사냥꾼들

"역시 잇속에 빠른 녀석이야." 페티본이 마침내 말했다.

나중에 클리브는 헌터가 도박꾼 펠에 대해 들뜬 어조로 설명하는 소리를 들었다. 펠은 도박을 좋아했고 또 지금까지 운도 좋았다. 했다 하면 돈을 땄다. 언젠가 한번은 라스베이거스에서 오밤중에 팔구백 불 가까이 잃었는데 클럽에서 손에 택시비를 쥐여 주며 부대로 돌아가라고 한 일이 있었다. 하지만 그는 얼마 지나지 않아 되돌아와서는 끝내 블랙잭으로 3000불이 넘는 돈을 땄다. 클리브는 의심하지 않았다. 펠의 손을 보았기 때문이었다. 유난히 기다란 손가락에 수도승처럼 여윈 손이 그의 신체 부위에서 가장 지적인 부분이 아닐까 싶었다.

"클럽이 택시비 준 걸 후회했겠군." 클리브가 말했다.

클리브는 언제부터인가 내무실이 벽장처럼 답답하게 느껴졌다. 그는 자리에서 일어났다. 성치 않은 다리에 처음으로 체중이 실린 기분이었다. 그는 불현듯 자신의 위치를 자각하고는 마음이 편치 않음을 느꼈다. 그는 리더였다. '리더'라는 단어가 새겨진 밝은색 셔츠를 입고 있는 것처럼 어딘가 기분이 언짢고 거북했다. 모든 게 순조롭게 진행되다가 느닷없이 일이 복잡하게 꼬여버린 것 같았다. 일진이 사나운 하루였다.

7

커다란 구를 추켜든 손처럼 조종사는—다 합쳐서 100명 남짓으로 조종사는 그리 많지 않았다—비행단의 극한 강도를 홀로 떠받치는 존재였다. 3개 비행대대에 각각 조종사 서른 명씩이, 그리고 여타의 조직에 열댓 명의 조종사가 배속되어 임무에 투입되었다. 규모가 작은데도 불구하고 모든 사람이 알아보는 얼굴은 이밀과 벤거트, 로비 이렇게 세 사람뿐이었다. 그들은 마치 그루터기로 이루어진 숲을 가로질러 성큼성큼 걸어가는 사람들처럼 두드러지게 눈에 띄었다. 금박을 입힌 듯 이름에서도 또한 광채가 났다. 미그기 다섯 대 이상씩을 격추한 에이스들이었다. 벤거트는 일곱 대를 격추했지만 위대함의 영역에 발을 내딛는 데에는 다섯 대면 충분했다. 다른 조종사들처럼 클리브도 그 구조가 얼마나 견고한지를 점차 깨닫게 되었다. 그 외에 중요한 가치는 없었다. 그것은 돈과 같았다. 그 자리에 오르기만 하면 될 뿐 어떻게 올라갔는지는 하등 중요하지 않았다. 그 자리에 서는 것만이 최종적인 판단이었다. 미그기는 그들의 전부였다. 미그기를 잡았을 때에만 우수한 조종사의 반열에 오를 수 있었다. 태양은 그들의 머리 위를 환하게 비추고 정비병은 제 손으로 정비한 비행기를 그들에게 기꺼이 내준다. 순회공연 중인 여배우들은 앞다투어 몰려들고 그들은 찬사와 환호와 선망을 몰고 다니는 세계의 중심이 된다. 반면에 미그기를 잡지 못하면—그 자체로는 수치스러운 것도 아니요, 유능하고 용감한 조종사가 승리를 거두지 못하는 데에는 나름의 이유가 있을 수 있지만—에이스 3인방이 맨 앞줄에서 광휘를 뽑아내는 동안 저쪽 뒤편에서 어슬렁거릴 도리밖에 없다. 한낱 하찮은 존재로 전락하고 마는 것이다. 클리브는 매일같이 그들 사이를 걸으면서 이 사실을 뼈아프게 절감했다.

그중 로비와 친해지기가 가장 힘들었다. 우정은커녕 데면데면한 두 명의 통근자처럼 최소한의 유대감조차 형성되지 않았다. 클리브는 나름으로 애를 썼다. 자존심이 상했지만 자신을 억지로 떠밀었다. 때론 클럽에서 술잔을 기울이기도 하고 때론 밤에 로비의 내무실을 찾아가—언제나 로비의 내무실이었다—한담을 나누기도 하면서 사이가 차츰 좋아지는가 싶었는데 어느 날 저녁 그는 뜻하지 않게 로비를 너무 많이 알게 되었다.

클리브가 로비의 내무실로 들어갔을 때에는 훈장 이야기가 한창이었다. 로비의 3등 공군수훈십자훈장Distinguished Flying Cross 추천서가 제5공군 사령부에서 막 반려된 참이었다.

"훈장 때문에 이러는 게 아니야." 로비가 말했다. "훈장은 이미 받을 만큼 받았다고. 질리도록 많이 받았지. 근데 이 개떡 같은 원칙이 사람 돌게 만들잖아."

미그기를 격추한 조종사에게 십자훈장이 아니라 공군수훈장이 수여되도록 정책이 바뀐 것이었다. 로비는 분개했다.

"다음엔 공훈 배지를 주겠군." 그가 말했다.

그는 한 손으로 추천서를 와락 구겼다가 곧바로 종이의 접힌 주름을 깨끗이 펴기 시작했다. 자기 편대의 소위이자 비행대대 훈장 담당 장교와 추천서를 다시 쓸 때 참고해야 했기 때문이었다. 그들은 내용을 수정했다.

"그 잘나빠진 십자훈장 하나 받겠다고 명예훈장Medal of Honor. 미국 군인이 받을 수 있는 최고의 무공훈장감처럼 써야 한다니." 로비가 말했다.

추천서에는 "탁월한 능력으로 적기를 압도했고"처럼 전공이 간략하게 기술되어 있었다. 로비는 좀 더 과장된 표현으로 문장을 바꿔 구술했다.

"그때…… 미그기…… 1개 분대가…… 집중포화를…… 퍼붓는……," 로비는 소위가 받아 적는 모습을 쳐다보며 천천히 말을 이어갔다. "위험한…… 상황에서도…… 위급으로 바꾸는 게 낫겠어. 위급한 상황에서도…… 로비 대위는…… 또 다른 미그기 분대에…… 적시 공격을…… 가했습니다. 따라오고 있나?"

"잠시만 기다려주십시오. 적시…… 공격을…… 가했습니다. 됐습니다."

"매우 가파른…… 각도임에도…… 최대사거리에서…… 총을…… 발사하여…… 적군의 선두기를…… 명중하여…… 격추하는 데…… 성공했습니다."

"명중하여…… 격추하는 데…… 성공했습니다. 됐습니다."

로비는 종이를 들고 읽어내려갔다.

"좋아." 그는 중얼거리면서 자신을 쳐다보는 클리브의 시선을 느꼈다. "이만하면 됐겠지?"

"그래 보이는군."

"웃기지 않나?" 로비는 무슨 비밀을 털어놓듯 목소리를 낮추었다. "하지만 자네도 곧 알게 될 거야. 제5공군의 책상물림들한테서 뭔가를 받아내려면 이렇게 쥐어짜야 한다는 걸."

"지금 자네처럼?"

"이번엔 퇴짜 못 놓겠지."

"글쎄, 두고 보면 알겠지. 한데 자네 십자훈장으로 족하겠나?"

로비는 대번에 얼굴이 굳어졌지만 가볍게 받아넘겼다.

"당연히 아니지." 그가 대답했다. "훈장 하나 때문에 이렇게 난리법석을 떨게 만드는데 특별히 하나 더 받아내야 되지 않겠어? 관료주의 행정에 용감하게 맞선 공로로 말이야."

"그런 걸로 치면 자네가 받아 마땅하지."

"마다하지 않겠어."

"어찌 자네가 마다하겠나?"

순간 로비의 얼굴이 뻣뻣하게 굳었다.

"마다하지 않는다고 했네."

클리브는 자리에서 일어섰다.

"알아." 그가 말했다. "나도 들었어."

"들었다고? 계속 떠들엄낸 게 아니고?" 로비가 대꾸했다. "코넬, 소위 자네 편대라는 곳에서 하는 일이라곤 입을 놀리는 것밖에 없나 본데, 지금 나한테 이럴 게 아니라 자네 편대로 돌아가서 자네 생각 따위에 대해 실컷 지껄여보지그래?"

"난 자네한테 내 생각을 얘기한 적 없네. 시작도 안 했어."

"아무도 자네 생각 따위엔 관심 없어." 로비가 대답했다.

클리브가 들어갔을 때 내무실에는 들레오와 도터스가 앉아 있었다. 클리브는 테이블을 덮고 있는 담요 한쪽을 들춘 뒤 그 아래 위스키를 보관하는 선반으로 손을 뻗었다. 임무를 마칠 때마다 1인당 꽤 넉넉한 양의 술을 지급받았지만 보통은 편대별로 한 달에 두세 병씩을 할당받았다. 그는 위스키 한 병을 꺼내 테이블 위에 놓았다.

"짐, 한잔하겠나?" 그가 도터스에게 물었다.

"아니요, 됐습니다."

클리브는 들레오에게는 물어보지도 않고 술을 따랐다. 손이 떨렸다. 그는 들레오와 술병 사이로 가서 서고는 창밖의 나무 상자에서 물통을 꺼내 차가운 물을 위스키에 섞었다. 그런 다음 의자에 등을 붙이고 앉아 주위를 둘러보았다. 들레오와 침대에 두 무릎을 세우고 앉아 편지를 쓰고 있는 도터스를. 나날이 부하들의 존재가 커지면서 한결 더 친숙해지는 느낌이었다. 그 순간 그는 그들이 없었더라면 자신을 주체하지 못했을 것이라는 확신이 들었다. 소위 그의 편대. 그랬다. 저들이야말로 자신의 편대라고 그는 분노에 차서 생각했다.

"영웅들을 위하여." 클리브가 건배를 들었다. "할 수만 있다면 영웅 따윈 모르고 지내게."

"무슨 말씀이세요?"

"로비와 아주 즐거운 대화를 나누다 왔네." 클리브가 대답했다.

"무슨 일 있으셨어요?"

클리브는 그들에게 로비와 있었던 일을 이야기했다. 클리브가 말을 마치자 들레오는 바닥에 침을 퉤 뱉었다.

"로비에게 바치는 거예요." 들레오가 말했다. "신경 쓰지 마세요. 로비가 영웅이면 전 천재게요."

"한데 문제는 그자가 전투기 조종사라는 거야."

"그렇긴 하지만 그건 로비가 미쳤다는 뜻이기도 해요."

"우스운 소리 그만하게. 딱히 뭐라 표현하기 어렵지만 여하튼 그자는 기량을 상징하는 존재 아닌가. 넓은 의미로 말이야. 적기를 격추했으니 응당 할 일을 한 셈이지. 두어 대도 아니고 무려 다섯 대씩이나 잡지 않았나. 어떤 의미에선 이제 더 이상 우리 비행대대에만 국한된 인물이 아니야. 전투기 조종사 모두를 대변하는 인물이 된 셈이지. 사실 조종사 다 해봤자 몇 명이나 되겠나. 조종사를 생각하는 모든 사람에게 유의미한 존재가 됐다고 할 수 있지. 그곳에 그자가 서 있는 걸세. 사람들은 그자를 한번 쳐다보고는 우리를 볼 거야. 뼈 빠지게 애만 쓰는 우리를. 로비는 가슴에 훈장을 주렁주렁 매단 채……."

"훈장이요?" 들레오가 말허리를 잘랐다. "그게 무슨 의미가 있는데요? 가방이 훈장으로 터져나간다고 해도 다 소용없어요."

"자네한텐 그렇지. 자넨 미개인 아닌가?"

"제가 미개인이라고요? 콧구멍을 파서요?"

"그것도 한몫하지."

"오늘 밤 저희 모두를 욕보이기로 작정하셨군요."

클리브는 미소를 지어 보였다.

"술이나 마시자고." 그가 말했다. "그만 까칠하게 굴고. 나는 영웅만을 모욕할 뿐이네."

도터스는 편지지로 다시 고개를 숙였다.

얼마 후 펠이 내무실로 들어왔다. 헌터, 페티본과 함께 클럽에 있었는데 둘은 심야 영화를 보러 갔다고 했다. 헌터와 페티본은 어떤 영화가 내걸리건 교회 가듯 수시로 영화관을 들락거렸다. 펠은 자신의 시간을 할애할 일이 너무나 많은 탓에 영화관에는 발을 들이지 않았다. 그 무렵 그는 영등포에 있는 병원 간호사들을 만나는 데 지극정성을 쏟고 있었다. 그다음 날 밤에는 영등포로 나가기 위해 지프까지 빌려놓은 참이었다. 여자 꾀는 솜씨가 귀신과 같다는 그의 명성은 실은 끊임없는 자기 계발의 결과였다. 그는 난관 속에서 거두는 승리에 흥미를 느꼈다.

펠이 제 손으로 술을 따르더니 테이블에 앉았다. 그러고 나서 손가락으로 술을 휘휘 저었다. 평소 그답지 않게 머릿속이 복잡한 모양이었다.

"진창에 박힌 기분이에요." 그가 투덜거렸다. "임무를 세 번이나 나갔는데도 전투는 한 번도 벌어지지 않고."

"아직 많이 남았잖아." 클리브가 대꾸했다.

"이 젠장맞을 전쟁이 언제 끝날지 모르니까 그렇죠. 오늘 저녁 뉴스 들으셨어요? 휴전회담에서 딱 하나만 빼고 모두 합의가 이루어졌대요."

클리브는 전쟁이 끝나건 말건 크게 신경 쓰지 않는 제 자신에 대해 그때 처음으로 수치심 비슷한 감정을 느꼈다. 분위기가 불편해졌다. 펠이 내무실로 발을 들여놓는 순간 친밀한 분위기는 깨지고 말았다.

"진 러미 할 사람 없어요?" 펠이 이윽고 물었다. "한판 하실래요?"

"난 됐네." 클리브가 대답했다.

들레오도 고개를 저었다.

"다들 왜 이러세요?" 펠이 못마땅한 표정을 지었다. "카드할 사람이 정말 아무도 없어요?"

침묵이 흘렀다. 잠시 뒤 도터스가 쓰고 있던 편지지를 접고는 몸을 돌려 바닥에 발을 내려놓았다.

"나랑 한판 하지, 펠." 그가 말했다.

도터스는 언제나처럼 조용히 테이블에 앉아 펠이 가느다란 손가락으로 카드를 잡은 뒤 능숙하게 섞는 모습을 지켜보았다. 그는 손가락 사이에서 카드가 섞이는 소리도 의식하지 못하는 것 같았다.

"돈내기는 어떻게 할까?" 뜻밖에도 도터스가 물었다. 그는 노름과는 거리가 먼 사람이었다.

펠이 시가에 불을 붙이더니 모자를 뒤로 젖히고 나무 의자에 털썩 등을 기대었다. 그러고는 어깨를 추어올려 보였다.

"편할 대로 하세요." 그가 대답했다. "저는 아무래도 상관없어요."

"1점에 0.5센트로 할까?"

"좋아요. 돈 따려고 하는 건 아니니까." 펠은 빙긋이 웃었다. "그저 연습이 필요할 뿐이에요."

펠은 빠른 손놀림으로 카드 패를 돌렸다.

처음에는 막상막하였다. 클리브는 45분가량 자리에 앉아 게임을 지켜보면서 도터스가 카드를 꽤 잘한다는 사실에 적잖이 놀랐다. 그러는 한편 도터스가 이기기를 마음속으로 응원했다. 도터스가 어찌 보면 체념한 듯 점잖게 카드 패를 놀리는 반면 펠은 모든 것이 세련되고 냉정했다. 카드를 집어 들 때마다 은근히 즐기는 눈치였고 카드를 던질 때에도 자신감이 넘쳤다. 자신의 말마따나 그저 연습을 하고 있다는 인상을 풍겼다. 도터스도 실력이 제법이었지만 중요한 순간마다 운이 따르는 쪽은 펠이었고 시간이 지남에 따라 차이는 점차 벌어졌다. 클리브가 자러 갈 때쯤에는 펠이 20달러도 넘게 따고 있었다.

8

비행기 편대가 임무를 마치고 귀대하는 모습을 모든 사람이 지켜보고 있었다. 보통은 에어쇼를 펼치듯 비행기 넉 대로 이루어진 편대가 대열을 유지한 채 상공을 날아와 시커먼 연기를 나란히 내뿜으며 활주로 상공에서 장주비행활주로 근처에서 비행기가 이착륙을 할 때 일정한 패턴으로 비행하는 것에 들어간다. 그 무엇도 그들을 파괴할 수 없는 순간이다. 기체에는 차가운 은빛 광채가 돌고 우아함은 그 무엇으로도 가려질 수 없다. 적군조차 그 사실을 부인할 수 없을 것이다. 이륙할 때도 장관이지만 기지로 귀환할 때의 모습은 공중전이 없었을 때조차도 초현실적인 아름다움을 띠며 마치 어서 일어나 환희의 물결에 동참하라는 외침처럼 보인다. 광휘를 번쩍 내쏘며 그들이 북녘땅에서 돌아오고 있었다.

동체에 연료통이 그대로 매달려 있으면 임무 중에 별일이 없었다는 뜻이다. 이것이 첫 번째 징후다. 반면에 연료통 없이 편대 대열이 깨진 채 두 대씩 돌아오거나 간혹 한 대가 홀로 돌아온다면 전투가 벌어졌다는 신호다. 최종 접근을 한 뒤 활주로에 내리는 비행기의 총구 주위를 유심히 살피면 발포 여부를 가늠할 수 있다. 여러 개의 총구가 시커멓게 그을어 있다면 교전이 크게 벌어진 것이다. 귀대하는 비행기가 모습을 드러내기 훨씬 전부터 전투상황실의 무전 교신 장비로 임무대의 동향을 파악할 수 있지만 그곳에서 교신 내용에 귀를 세우는 사람은 많지 않았다. 대부분은 기지로 돌아오는 비행기의 외관을 먼저 살폈다.

클리브는 스물네 번의 임무를 마쳤다. 데즈먼드의 윙맨으로 나섰던 다섯 번째 출격을 빼고 교전은 한 번도 일어나지 않았다. 설령 적기가 출현했다 하더라도 언제나 하늘 저 높이 파리보다 작게, 때론 굴뚝새만 하게 떠 있다 사라질 뿐이었다. 미그기를 향해 고도를 높이는 것은 땅에서 펄쩍 뛰어 새를 잡으려고 하는 것만큼이나 어리석은 짓이었다. 비행고도로 인한 불이익은 그만큼 컸다. 클리브는 얼마간은 이런 상황을 그저 운의 문제로 치부했지만 무의미한 시간이 길어지자 더 이상 할 말이 없어졌다. 더욱이 그가 할 수 있는 일도, 상황을 바꿀 방법도 전혀 없었다. 절망의 늪에 빠진 기분이었다. 어처구니없게도 매일같이 텅 빈 하늘로 날아오르는 수밖에 없었다.

짧은 해가 저물고 어느덧 어스름이 내리고 있었다. 물기 머금은 석양이 서산을 넘어갈 무렵 클리브는 병영 뒤 언덕에 올라가 비행기들이 늦은 오후의 임무를 마치고 돌아오는 모습을 바라보았다. 꽁꽁 얼어붙은 땅에서 한기가 발을 타고 올라오더니 온몸을 돌아 순식간에 귓바퀴에까지 전달되었다. 칼바람에 눈물이 나왔다. 비행기들이 두 대씩 짝을 지어 날아오고 있었다. 그 어떤 비행기에도 연료통은 매달려 있지 않았다. 교전이 벌어진 게 틀림없었다. 순간 가슴이 철렁 내려앉았다. 대열을 유지한 4기 편대는 하나밖에 없었다. 날카로운 통증이 가슴을 훑고 지나갔다. 짙은 어둠 속에 총구가 잘 보이지 않았는데도 그는 비행기가 연이어 부드럽게 바람 가르는 소리를 내며 착지할 때까지 감정의 동요 없이 지켜보았다. 최악의 순간이 앞에 기다리고 있다는 건 클리브도 아는 그대로였다. 조종석에 다시 오르는 순간까지 그 어떤 것으로도 채울 수 없는 텅 빈 우울의 시간. 한번 시작되면 몇 시간이고 지속되는 극심한 두통이 다시 엄습해오는 것 같았다.

소식은 언제나 뜻밖의 순간에 전해졌다. 클리브는 비행장 쪽으로 걸어가던 중에 소식을 들었다. 누군가 트럭을 타고 지나가다 알려준 것이다. 이밀 대령이 여섯 번째 격추에 성공했고 놀런도 또 한 대를 잡았다. 도합 넉 대였다.

클리브가 전투상황실로 다가가자 안쪽 문가에서 담배를 피우는 대령이 보였다. 눈 밑에는 반달 모양의 산소마스크 자국이 아직 남아 있었다. 대령은 임무 보고의 마지막 부분을 듣고 있었다.

"또 한 대를 격추하셨다고 들었습니다, 대령님." 클리브가 입을 열었다. 자신이 듣기에도 억양 없는 목소리였다.

"그렇네. 그나저나 자네 어떻게 된 거야? 대체 어디에 있었어?"

"오늘 임무에 나가지 않았습니다."

"어쩌다가?"

"일정이 그렇게 돼 있었습니다, 대령님."

"흠, 오늘 자네가 있었어야 했는데. 미그기가 하늘을 새까맣게 덮었어. 2만 5000피트까지 내려온 놈도 여럿 있었다고."

"다음을 기약하는 수밖에요." 클리브가 말했다.

"그래, 그래야지. 하지만 하늘을 날지 않으면 미그기도 못 잡는다는 사실을 명심하게." 이밀은 고개를 흔들며 말했다.

클리브는 묵묵히 듣고만 있었다. 무너진 자존심과 싸우며 그는 돌아섰다. 자신이 처한 상황을 그도 잘 알고 있었다. 여느 편대장처럼 적기를 잡아야 했지만 그를 향한 기대는 사실 그 이상이었다. 모든 사람이 그를 지켜보고 있었고 그중에는 냉소를 머금은 시선도 꽤 되었다. 그의 능력을 증명할 증거를 모든 사람이 기다리고 있었지만 그는 지금껏 어떤 공훈도 세우지 못했다. 자신을 향했던 존경 어린 시선이 썰물처럼 빠져나가는 것을 그는 느낄 수 있었다. 시간이 지날수록 그런 변화는 더욱 두드러졌다.

외로움과 무력감이 그를 에워쌌다. 혼자 있고 싶을 뿐 그 누구와도 얘기를 나누고 싶지 않았다. 어느 정도 시간이 지나면 붐비지 않는 시간을 골라 클럽에서 술 한잔 기울이거나 하다못해 영화라도 보러 갈 수도 있는 일이다. 눈에 보이지 않는 작은 상처만을 남긴 채 이 참혹함도 서서히 잦아들 것이다. 예전에 먼 길 떠나 미식축구에서 지던 날에도 군중과 함성을 뒤로한 채 차갑게 얼어붙은 축구장에서 이렇게 천천히 걸어 나오곤 했다. 라커룸으로 이어진 긴 복도에는 축구화 소리가 텅 텅 울리고, 서로 주고받는 말도 공허하기 이를 데 없었다. 전 세 버스를 타고 집으로 돌아가는 길은 또 얼마나 멀게 느껴졌는지 모른다. 깜빡깜빡 선잠이 들거나 뿌옇게 김이 서린 차가운 창밖을 응시할 뿐 모두 입을 굳게 다물고 있었다.

인간은 실패를 겪으며 성숙하고, 승자도 실은 승리를 거둘 적마다 기력을 잃어서 원기를 되찾느라 더 큰 고생을 한다는 것은 어쩌면 사실일지 모른다. 패배를 당하면 처음에는 혼란스러웠다가 시간이 지남에 따라 어떤 각성에 이르게 되고, 이런 일련의 과정을 통해 정신이 더욱 강인해진다는 것 역시 맞는 이야기일지 모른다. 그러나 클리브가 보기에 그것은 빈곤이 곧 강성해지는 길이라고 주장하는 것과 같았다. 결코 가난해서 강성해질 수는 없는 노릇이다. 가난은 영혼을 좀먹는 것이다. 마치 가슴에 달라붙은 거머리가 온몸의 진을 몽땅 빨아먹는 통에 껍데기뿐인 육신 하나조차 지탱하기 어려워지는 것과 같은 이치였다. 가난을 이겨내는 사람이 드문 것처럼 패배속에서 눈물 외에 다른 것을 발견하는 사람도 드물었다.

그는 자신이 왜 이런 상황에 처했는지, 승리와 패배만이 존재하는 견고한 틀 속에 어떻게 해서 자신이 갇히게 되었는지 의아했다. 뛰어남의 정의가 오직 하나인 이 황폐한 땅에서는 승리와 패배만이 존재할 뿐 그 어떤 타협도 없었다. 성공과 실패 사이에 중간 지대가 얼마간이라도 존재한다면. 그런 공간이 절실했다. 갈망으로 가슴이 텅 비는 듯했다. 불현듯 그는 자신이 이 싸움에서 명예롭게 벗어나기를, 그래서 더는 이 싸움의 일부가 되지 않기를 바라고 있음을 깨달았다. 그러면서도 한편 눈앞에 험로가 가없이 펼쳐진 것을 보고는 어찌할 수 없는 절망감에 빠졌다. 한마디로 도덕적 판단력을 상실한 것이었다. 처음 있는 일이라 그는 무엇을 해야 할지 도무지 감을 잡을 수가 없었다.

적기가 그에게 허락되지 않는 이유가 무엇이든지 간에 그는 적기를 만나 패배시키고 싶었다. 단지 운이 나빠서라면 얼마든지 기다릴 수 있었다. 그러나 차마 직시할 수 없는 그 어떤 내밀한 이유가 있을지도 모른다는 생각이 그를 괴롭혔다. 스스로도 모르는 문제가 자신에게 있다면 그는 패배한 것이다. 불안이 가슴을 옥죄어왔다.

그는 생각에 잠긴 채 어두운 방에 앉아 있었다. 놀런의 편대가 들어오는지 왁자한 소리가 옆방에서 들렸다. 신이 나서 저희끼리 떠들고 또 몰려든 사람들에게 전투담을 들려주느라 야단이었지만 그 모든 것이 클리브에게는 몽롱하게만 들렸다. 한순간 헌터의 목소리도 들리는가 싶었지만 단어들이 귓가를 웅웅 맴돌 뿐이었다.

한참 동안 그는 그렇게 불안이 떠도는 고독 속에 앉아 총검의 숲을 헤쳐나가듯 머릿속을 헤집는 생각을 앞으로 밀고 나갔다. 그는 불행했다. 계속 그럴 수는 없었다. 이때껏 패배를 당한 적이 없는데 지금 그럴 수는 없었다. 그러나 자신이 혼신을 다해 지켜온 모든 것을 집어삼킬 기세로 저 앞에 어둠이 도사리고 있었다. 인간의 영혼을 지탱해주던 신비로운 조직이 일시에 와해되는 것 같았다. 그는 해내야 했다. 상공에서 적기와 맞닥뜨릴 수만 있다면. 의심의 눈초리를 거둘 수 있게 아주 조금의 승리만 있으면 됐다. 그거면 충분했다.

몇 분, 아니 몇 시간이 흘렀는지 그는 알 수 없었다. 어느 순간 눈앞에 환상이 펼쳐지면서 절망감이 서서히 잦아들었다. 예광탄이 하늘을 가르며 날아가고 뒤이어 적기가 땅으로 추락하는 모습이 마치 현실에서 일어나는 일처럼 생생하게 보이기 시작했다. 그가 원한 것은 오직 기회였다. 점차 그는 내무실이라는 공간에서 벗어나 언제나처럼 꿈을 좇아 한 장소로 향했다. 그가 살아남는다면 기필코 승리를 거머쥘, 고요한 대기의 바다가 감싸는 저 너머 북쪽 땅으로.

9

어느 날 땅거미가 깔릴 무렵에 애벗 소령이 클리브를 찾아 왔다. 무언가 간절히 하고 싶은 말이 있는 눈치였다. 참을 수 없는 허기 같은 게 안에서 꿈틀댔지만 말은 쉽게 나오지 않는 모양이었다. 처음에는 무의미한 몇 마디만이 오갔다. 개가 새를 노려보듯 사동이 꼼짝도 하지 않고 창가에 서서 밖을 내다 보았다.

"일이 몇 번 꼬이잖아," 마침내 애벗이 입을 열었다. "그러면 어느 순간 미운털이 박히게 돼. 모두한테서. 실력 문제가 아니야. 저들이 그토록 자랑스러워하는 이 반 푼도 안 되는 전쟁. 맙소사, 내가 전쟁, 그러니까 진짜 전쟁에 나가 싸우고 있을 때 저들은 문법 수업을 듣고 있었다고. 맞춤법이라니!"

마음속에 하도 오랫동안 담아왔던 말들이라 고통스러운 듯 단편적인 문장이 튀어나왔다. 애벗은 일자리가 간절한 구직자 처럼 의자에 웅크리고 앉아 있었다. 믿기지 않는 일이지만 그는 지금 모든 것을 잃은 상태였다. 한때 용기와 능력이라는 두 가지 덕목이 그의 삶을 환히 밝혔고, 더욱이 그는 이 소중한 보석들을 일찍이 발견했다. 자신을 칭송하는 소리를 들으면서 그는 세상에서 가장 큰 상을 거머쥔 듯한 성취감을 맛보았다. 그런데 일순간 지난날의 영광이 망국의 화폐처럼 한낱 휴지 조각으로 전락해버렸다. 그가 젊어서 손에 넣은 뒤 오랫동안 누렸던 모든 것이 허망하게 사라져버렸다. 제 생명을 자식에게 나누어 준 사람처럼 그에게 중요한 것은 이제 아무것도 없었다. 그가 하는 말에 귀 기울이던 사람들, 그의 비행기를 돌보고 싶어 하던 정비병들, 존경 어린 시선, 창공에서 맛본 숱한 짜릿한 공포와 희열, 이 모든 것이 끝났다. 달리는 소년들 틈바구니에 서야 하는 절름발이의 잔혹한 현실처럼 그는 철저히 혼자였다. 소년들이 저마다의 담대함을 겨루는 동안 그를 기다려줄 시간은 없었다.

"여기서 벗어난 걸 나중에는 다행으로 생각하겠지." 애벗이 비통한 목소리로 말했다. "정말이지 더는 못하겠어, 클리브."

"100번을 다 채우지도 않았잖아."

"쉰한 번. 지난 전쟁에선 이탈리아에서 일흔 번이었어. 일곱 대 격추. 그중 여섯 대 확인. 한데 말이야, 조종을 하다가 비행기가 좀 이상하다는 느낌이 와서 임무 중에 몇 번 회항을 했거든. 그랬더니 사람들이 대뜸 생각한다는 게…… 에잇, 사람들이 뭐라고 생각하건 그게 무슨 상관이야?"

"근데 왜 그렇게 신경을 써? 임무가 다 끝난 것도 아닌데. 쉰 번이나 남았잖아. 충분히 만회할 수 있어."

"아니. 제5공군으로 전출 명령이 떨어졌어. 임무는 이제 끝이야."

"언제?"

"내일."

"그렇게 빨리?" 클리브가 말했다.

"뭐가 빨라. 할 수만 있다면 오늘 밤에라도 가고 싶어."

"누구야? 이밀?"

"응. 내 오랜 벗 더치. 그래도 대령이 손을 써서 제5공군에서 요청하는 형식으로 해놨더군." 애벗이 메마르게 웃었다. "그러면 모양새가 좀 낫잖아. 자기 손으로 코도 안 풀고. 어찌 됐든 난 상관없어."

"어디로 배속됐어?"

"상황실. 하기야 그렇게 나쁠 것도 없어. 대령의 자리잖아. 이밀에게 손 좀 비비면 누가 알아? 승진까지 할지."

"그래, 잘됐네."

애벗은 허공을 올려다보았다. 그러고는 멀리서 들려오는 리듬에 몸을 맡기듯 반사적으로 고개를 까닥거렸다. 그는 일이 이 지경까지 된 연유와 마음의 위안을 찾아 필사적으로 주위를 휘둘러보았고, 마치 취객이 무한無限을 이해했다고 여기는 것처럼 그것들을 아주 잠깐이나마 찾았다고 생각했다. 느닷없이 애벗의 두 눈에 눈물이 차올랐다.

"그럼, 잘됐지. 빌어먹을, 소위의 윙맨이라도 되면 좋겠어. 그거면 족하다고." 애벗은 몸을 획 돌려 울기 시작했다. "죽고 싶어."

클리브는 재빨리 숨을 들이마시고 마음을 진정시켰다. 이렇게 적나라한 상황에 놓이면 그는 언제나 당황했다. 다른 사람과의 신체 접촉도 꺼리는 그였다.

"칼." 그가 입을 뗐다.

애벗은 소녀처럼 어깨를 들썩이며 깊이를 알 수 없는 흐느낌 소리를 토해냈다. 사동은 고개를 돌리지도 않고 여전히 창밖만 응시하고 있었다. 아예 울음소리를 못 듣는 것처럼 보였다.

클리브는 어떻게든 끝이 나야 한다고 생각했다. 그는 의자에 불편하게 앉아 저 혼자의 생각에 잠겼다. 자의에 의해서건 타의에 의해서건 이 순간이 찾아온 것이다. 어느 쪽이건 똑같이 힘들었다. 준비를 했건 안 했건, 예상을 했건 안 했건 달라질 건 없었다. 삶은 멈추었고 세상은 다른 사람의 손으로 넘어가버렸다.

"갑자기 북받쳐서." 잠시 뒤 애벗이 고르지 않은 숨을 내쉬며 입을 열었다. 여전히 고개를 돌린 채였다. "시간 나면 서울 한번 들러."

"장군들한테 보고하느라 어디 시간이 나겠어?"

"농담 아니야. 꼭 한번 와."

"알았어." 클리브는 대답했다. 그보다 더한 것도 동의할 판이었다. 근사한 인사말이 떠오르면 좋겠다고 생각했다.

"아무 때나 와." 애벗이 거듭 당부했다. "자네는 속내를 털어놓을 수 있는 유일한 친구야."

그 말은 클리브의 마음에 오랫동안 남았다. 운동부 선수들이 서로 얼싸안은 가운데 모범생들이 나란히 그 옆을 지나가던 학창 시절의 기억이 날카롭게 뇌리를 스쳤다. 그는 그렇게 말한 애벗이 야속했다. 떨쳐낼 수 없는 악몽처럼 차갑고 공허한 날들이 지날수록 더더욱 그랬다. 돌이켜보면 하루하루를 구분할 수 없는 그런 나날이었다.

그는 임무에 나갈 때마다 일말의 희망을 품었지만 매번 수포로 돌아갔다. 클리브보다 뒤늦게 온, 비행대대의 네 번째 편대장 가브리엘이 미그기를 격추한 날 클리브도 임무에 함께 나섰지만 그는 아무것도 보지 못했다. 스물여덟, 스물아홉, 서른 번의 비행이 지나갔다. 그의 편대는 이제 하나의 독립체로서 서서히 자리를 잡기 시작했다. 펠은 경험을 통해 재빨리 많은 것을 습득하는 훌륭한 조종사였다. 처음부터 위치를 잘 잡았고 편대비행을 할 때에는 건방지다 싶을 만큼 바짝 붙어서 날았다. 그와 반대로 페티본은 들쭉날쭉했고 가까이 붙는 적이 없었다. 보이지 않는 벽이 저만치서 그를 가로막는 것 같았다. 클리브는 애써 태연한 척, 한 번에 한 가지만을 가르치면서 참을성 있게 그를 인도했다.

"앞일을 미리 내다보게." 클리브는 말하곤 했다. "비행기보다 앞서가야 해. 그게 잘 안 되고 있잖아."

"스로틀을 너무 많이 쓰면 어떡하죠?"

"왜 쓸데없는 걱정을 해? 성능이 좋아졌잖아. 원하는 건 모조리 다 쓰라고. 필요하면 착륙장치 경보 시스템부터 화재경고등까지. 필요할 때 쓰라고 있는 것들이니까. 하지만 제때 써야지, 너무 늦게 쓰면 안 돼. 스로틀을 반응이 아니라 의도로 사용하란 말이야. 무슨 소린지 알겠나?"

"네, 알겠습니다, 편대장님."

"좋아." 더디지만 종국에는 결실을 맺을 것이다.

어느 날 오후 도터스가 클리브 대신 편대를 이끌고 나가 적기 한 대에 손상을 입히고 돌아왔다. 도터스의 윙맨은 헌터였다. 그날 저녁, 임무 중에 있었던 일을 열띤 목소리로 설명하는 헌터의 이야기에 모두 귀를 기울였다. 그들이 합심해서 거둔 최초의 전훈이었다. 클리브도 함께 기뻐하려고 했으나 그것은 그에게 독이나 마찬가지였다. 좌절한 나머지 자신이 이성을 잃어가고 있음을 인지하는 사람처럼 의식은 명료했지만 심한 무력감을 느꼈다.

브리핑실에 앉아 일정 게시판을 훑던 그는 눈길이 편대 맨 앞쪽의 자기 이름에 닿는 순간 수치심으로 얼굴이 달아올랐다. 놀런과 로비, 이밀 같은 이름 옆에서 자기 이름만 홀로 두드러지는 듯했다.

지금껏 공훈을 세우지 못한 몬카비지 대령도 마침내 미그기를 격추했다. 그것도 한꺼번에 두 대였다. 그 소식을 들었을 때 클리브는 하늘이 무너지는 기분이었다. 몬카비지 대령마저…… 바에서 클리브가 축하를 건네자 대령은 웃는 얼굴로 화답을 하고는 곧장 옆자리의 로비 쪽으로 고개를 돌려 하던 이야기를 계속했다. 클리브는 대령의 전투담을 들으며 외따로 떨어진 듯한 공허감을 느꼈다. 로비는 자기 경험담으로 살을 붙이며 대령의 전공을 풍성하게 꾸미는 중이었다. 클리브는 덧붙일 얘기가 아무것도 없었다.

"진작에 이렇게 됐어야 했는데. 안 그렇습니까, 대령님?" 로비가 기분 좋게 대령을 띄웠다. "그동안 운이 좀 안 좋았을 뿐이에요. 역시 운때가 다 있는 모양입니다."

"한꺼번에 두 대는 얘기가 좀 다르지." 대령이 비밀을 털어놓듯 은밀하게 말했다. "솔직히 나도 운이 없는 게 아닐까 하고 생각했었네. 한데 이제는 적기가 꽁무니를 빼게 만들라는 게 무슨 말인지 알겠어. 두 번째 미그기는 제때 기수를 돌리지 않았으면 놓치고 말았을 거야. 마침 내 밑으로 딱 지나가더군. 그래서 잽싸게 방향을 돌려 총탄을 날렸지. 거리가 한 150미터도 안 됐을걸."

대령은 클리브 쪽으로 몸을 돌렸다.

"한 방에 끝냈지." 그가 말을 이었다. "귀대할 때 보니까 총알이 반도 더 남아 있더군."

"적기가 가까이 다가올 때까지 기다리셨나 봅니다." 클리브가 대꾸했다.

"진짜 가까웠지."

"중요한 게 하나 더 있어요." 로비가 끼어들며 거들었다. "가능한 한 편대의 꽁무니에 있는 놈을 노릴 것."

로비가 그렇게 안 하는 바람에 미그기를 놓친 적이 있다고 떠드는 동안 대령은 로비를 바라보며 알겠다는 표정으로 연신 고개를 끄덕였다. 클리브는 자리에서 일어났다.

모든 것이 믿기지 않았다. 어느 날 갑자기 중병에 걸린 사실을 알게 된 사람처럼 그는 지금 자신에게 맡겨진 이 역할이 어색하기만 했다. 꿈이 아니었다. 현실을 인정해야 했지만 어딘가 잘못된 게 분명했다. 영혼이 빠져나가는 기분이었다. 그러나 그는 평소와 다를 바 없게 행동했고 어찌 보면 자신감마저 넘쳐 보였다. 그런 노력이 얼마간은 효과를 발휘했을지 모르지만 그의 내면은 처참히 무너져내렸다. 그는 스스로를 다잡을 뿐 동정을 구하지도, 불평을 늘어놓지도 않았다. 아무런 말을 하지 않았다. 감정을 혼자서 삭였지만, 그것은 구렁이처럼 그의 심장과 위장과 영혼을 통째로 집어삼켰다. 그는 페티본을 지도하고 헌터를 격려하는 한편 펠에게 조심스레 마음을 열면서 편대에 자신을 헌신했다. 그사이 줄어드는 희망에 기대어 하루하루를 버텨냈다. 내일을 위한 희망은 그래도 늘 조금씩 남아 있었다.

10

가을날 박물관의 긴 대리석 복도에 내려앉을 법한 아침이
찾아왔다. 잠든 대지의 표면 위로 태곳적 같은 햇살이 부서져
내리고 있었다. 대기는 고요했다. 그날의 두 번째 임무에 나서
는 길이었다.

"최고야, 빌리." 브리핑실을 나와 따뜻한 겨울 대낮의 햇살
속으로 걸어가면서 클리브가 헌터에게 말했다. "자넨 나무늘
보, 난 기름 먹는 하마."

비행 순서가 거의 마지막인 까닭에 그들은 가장 오래되고
말썽 많은 비행기를 배정받았다. 헌터의 비행기는 느리기로 으
뜸이었고 클리브의 비행기는 기름 잡아먹기로 악명 높았다.
헌터가 싱긋 웃었다.

"오늘 아무래도 미그기를 한 100대는 마주칠 거 같은데요."
헌터가 대꾸했다.

그날 압록강 근처에서 한차례 교전이 벌어졌지만 이렇다 할

성과는 없었다. 며칠 만에 미그기가 출현한 터라 이번 임무에서도 적군과 맞닥뜨리지 않을까 하고 클리브는 내심 기대를 걸었다.

"저 고물 비행기로 북쪽 하늘까지 갔다 오는 것 자체가 기적이야." 클리브가 말했다.

클리브는 라커룸에서 편안한 적이 한 번도 없었다. 옷을 갈아입는 동안 언제나처럼 임무를 앞두었을 때의 긴장감을 느꼈다. 입으로 말은 하고 있어도 무릎에선 힘이 빠져나갔고 마음 한구석엔 지금 이곳에서 무엇을 하고 있는 것일까 하는 불안이 자리 잡았다. 조종복으로 갈아입을 시간은 충분했다. 오히려 매번 시간이 너무 많다고 느꼈다. 그는 들레오, 펠과 대화를 나누며 추가 브리핑을 했다. 마침내 각자의 비행기로 향했다. 출격하지 않는 다른 편대의 대원 둘이 문가에 서 있었다.

"우리를 위해 한 놈 잡아 와." 그들이 큰 소리로 외쳤다.

이륙 직전도 힘들기는 마찬가지였다. 정신은 그런대로 다잡을 수 있었지만 심장은 제멋대로 뛰었다. 클리브는 조종석에 앉아 손목시계의 초침을 눈으로 확인했다. 그러고는 기체의 금속 외판을 손가락으로 두드렸다. 이윽고 시동을 걸 시간이었다. 그는 기능의 영토로 기꺼이 들어갔다.

맑고 푸른 하늘에 햇살이 눈부시게 쏟아지고 있었다. 이런 하늘이라면 내일도 볼 수 있겠다는 생각이 들었다. 그는 자신의 날개 옆에 떠 있는 헌터를 돌아보았다. 3번인 들레오는 반대편에 저만치 떨어진 채 막 자리를 잡았고 그 너머로 4번 펠이 보였다. 그들은 고요한 해주 반도를 지나 황해 연안을 가로

질러 북쪽으로 올라갔다. 안둥으로 가는 가장 빠른 길이었다.

어디선가 전투가 벌써 벌어진 모양이었다. 아군 편대가 적기에 둘러싸였는지 다급한 외침이 무전기에서 흘러나왔다. 늦게 도착한 사실에 클리브는 화가 치밀었다. 상승 속도가 떨어져도 전진 속도를 높이기 위해 그는 기수를 살짝 밑으로 향하게 했다. 최대한 빨리 압록강에 도착하고 싶었다.

3만 4000피트 상공에 오르자 부드러운 비행운이 하늘에 길게 그려졌다. 비행운이 생기면 눈에 잘 띄는 까닭에 클리브는 몇천 피트 고도를 낮추었다. 인적이 끊긴 압록강이 저 아래 흐르고 있었다. 전투 지점은 여전히 찾을 수 없었다. 클리브는 몇 번이나 물었지만 무전기에서는 여럿의 목소리가 한꺼번에 쏟아져 나올 뿐 명확한 답을 들을 수 없었다. 지상관제소에서 "4번 기차" 하고 외치는 소리가 들렸다. 미그기가 창공 어딘가를 가득 메우고 있음을 그는 알았다.

"5번 기차 안둥 이륙." 관제소장의 목소리가 울리는 가운데 또 다른 목소리가 말했다. "5번 기차 안둥 이륙. 기수 방향 350도."

"연료통 분리한다." 클리브는 대원들에게 명령했다.

그는 두려움과 기대가 교차되는 흥분을 느꼈다. 적기를 빨리 찾아야 한다. 지금부턴 시간과의 싸움이다. 강을 거슬러 올라가는 동안 이따금 아군의 분대만 눈에 띄었다. 그는 드넓은 창공을 샅샅이 훑었다. 플렉시글라스 덮개에 작은 티끌이 묻어 있어서 눈길이 그곳을 스칠 때마다 저 멀리 비행기가 떠 있는 것처럼 보였다. 빤히 알면서도 매번 깜짝 놀랐다. 그 밖에는 아무것도 없었다. 기수를 강구 쪽으로 돌리자 저 아래 아군기 넉 대가 흰 눈밭 위로 은빛 섬광처럼 미그기 두 대를 쫓는 모습이 눈에 들어왔다. 무전기에서는 적군의 동향을 알리는 목소리가 숨 가쁘게 흘러나왔다.

"6번 기차 안둥 이륙."

교전이 이렇게 치열하게 벌어지고 있는데 적기와 맞닥뜨리지 않는다는 게 비현실적으로 느껴졌다. 참기 힘든 절망감이 그를 사로잡았다. 방향을 잘못 잡은 게 틀림없지만 기수를 돌린 게 불과 1분 전이었다. 속도도 더 빨리 낼 수 없었다. 그저 허공에 가만히 떠 있는 느낌이었다.

미그기 열여섯 대가 남하 중이라고 누군가 외쳤다.

"그게 어딘가?" 클리브가 물었다.

응답이 없었다.

"미그기 열여섯 대가 어디 있나?"

"남쪽으로 향하고 있다! 열여섯 대가 강을 건너고 있다!"

"빌어먹을, 대체 어디냐고?"

여전히 응답이 없었다.

그때 갑자기 펠이 3시 방향에 물체가 보인다고 소리쳤다. 클리브는 그쪽을 돌아보았다. 처음에는 정체를 가늠할 수 없었다. 꿈속처럼 저 멀리서 기괴한 은빛 빗방울이 후둑후둑 떨어졌다. 연료통이 기름과 허연 김을 흩뿌리며 하늘에서 떨어지고 있었다. 클리브는 한눈에 몇 개인지 세었다. 가냘픈 비명이 정적 속에 묻히듯 10여 개의 연료통이 허공을 가르며 하강하고 있었다. 미그기였다. 그는 고개를 들어 위를 살폈지만 아무것도 볼 수 없었다. 그러나 저 짙푸른 하늘 어딘가에 미그기는 있었다. 그곳에 있어야 했다. 비행기가 멀리서 선회하거나 공중회전을 할 때는 각도에 따라 보였다 안 보였다 하지만 지금은 가까이 있는 게 분명했다. 미그기를 찾아야 했다. 하늘 구석구석을 살폈다. 머리 위 하늘은 아닌 것 같았다. 그 순간 느닷없이 미그기 두 대가 나타나더니 반대편으로 날아갔다.

"왼쪽에 두 대가 있다!" 클리브가 외쳤다. "그쪽으로 간다!"

그는 기수를 돌려 쫓아갔지만—고고도에서의 선회는 정교함을 요할뿐더러 비행 속도도 현저히 떨어뜨린다—적기는 이미 저만치 앞서가고 있었다. 또다시 길고 무의미한 추적이 이어지겠지만 적기는 남쪽으로 날아가고 있었다. 머잖아 되돌아온다는 뜻이었다. 클리브는 그 사실에 기대를 걸었다. 계속 쫓아가는 것은 승산 없는 싸움이었다.

고개를 뒤로 돌려 헌터를 살폈다. 들레오와 펠은 뒤따라오지 않았다. 조금 전에 들레오는 다른 미그기를 쫓겠다며 대열에서 벗어났다. 그 둘은 보이지 않았다. 클리브는 다시 전방을 주시했다. 얼마 지나지 않아 남쪽으로 향했던 미그기 두 대가 위쪽으로 큰 반원을 그리며 방향을 돌리고 있었다. 그가 예상했던 것보다 빨랐다. 그는 안쪽으로 파고들며 거리를 좁혀갔다.

"다른 적기 없다! 다른 적기 없다!" 그는 헌터가 외치는 소리를 들었다.

미그기는 계속 방향을 틀었다. 거리가 점점 좁혀졌다. 미치도록 쉬워 보였다. 클리브는 적기가 자신을 보았을지 궁금했다. 두 번째 미그기가 거의 사정거리에 들어왔다. 그는 반사경에 비친 사격조준기의 영상을 보기 위해 고개를 숙였다. 미그기가 밝은 망선 안으로 점점 크게 들어왔다.

"계속 엄호하라!"

"안전하다."

클리브가 발사하려는 찰나에 미그기가 별안간 방향을 꺾더니 급선회를 시도했다. 그를 본 게 틀림없었다. 미그기를 쫓아 기수를 돌리자 조준기 영상에서 미그기가 사라졌다. 미그기는 고도를 높이기 시작했다. 미그기가 다시 망선 안에 잡혔다. 모든 것이 꿈결인 듯 천천히 움직이는 것 같았다. 그 어떤 것도 움직이지 않았다. 공간의 빙하에 갇힌 채 꼼짝 않고 떠 있는 듯했다. 적군의 리더는 보이지 않았다. 두 번째 미그기만 보일 뿐이었다. 그는 총탄을 짧게 발사했다. 예광탄이 궤적을 그리며 날아가더니 잘못 던진 공처럼 미그기에 못 미쳤다. 미그기가 계속 고도를 높이며 방향을 틀 때 그는 조준점을 살짝 앞으로 당겼다. 다음 순간 방아쇠를 당겼다. 날개에 적중했다. 섬광이 두어 번 번쩍이더니 동체의 여러 군데에서 파편이 날았다. 그는 거리를 좁히며 조준점을 다시 앞으로 당겼다.

"적기 한 대가 다가온다." 헌터가 외쳤다. "대열을 깨야 할 것 같다."

"알았다." 클리브가 응답했다. "때가 되면 말하라."

"두 대가 다가온다."

시간이 조금만 더 있으면 해낼 수 있을 것 같았다. 망선 안에 떠다니는 비행기 외에 다른 생각은 없었다. 몇 초면 충분했다. 그는 뒤돌아보고 싶은 충동을 간신히 참았다. 조준점이 잘

고정되지 않았다. 그는 침착하게 총구를 겨눈 채 때를 기다렸다. 특급열차는 이미 지축을 울리며 맹렬히 달려오고 있는데 마치 그 앞에 등을 돌리고 서 있는 듯한 느낌이었다. 또 한 번 방아쇠를 당겼다. 둔중한 폭발음. 은빛 기체가 하얀 섬광으로 번쩍였다. 순간적으로 오락장에서 게임을 하는 듯한 착각이 들었다. 갑자기 무엇인가 미그기에서 날아가는 게 보였다. 조종석 덮개였다. 잠시 후 단단히 싸맨 사내가 조종석에서 튕겨 나갔다.

"자네도 봤나, 빌리?" 클리브가 외쳤다.

"왼쪽으로 급선회!"

클리브는 힐끗 뒤를 돌아보며 방향을 꺾었다. 미그기 두 대가 뒤에 바짝 붙은 채 포탄을 날리고 있었다. 미그기의 앞부분이 햇빛에 반사되어 반짝였다. 미그기가 여전히 후미에 있었지만 아직 포탄에 맞은 느낌은 없었다. 그가 안 돼 안 돼, 하고 속으로 부르짖으며 힘껏 기수를 돌리는 순간, 미그기가 고도를 높이더니 강 쪽으로 사라져갔다.

더 이상의 교전은 없었다. 잠깐 북쪽 하늘을 선회했지만 전투는 모두 끝나 있었다. 무전기에선 전장에서 철수한다는 조종사들의 건조한 대화만이 흘러나왔다. 모든 것이 종료되었다. 싸움은 소멸되었고 미그기는 사라졌다.

클리브는 고요한 창공을 지나 남쪽 기지로 향하고 있었다. 그토록 벅찬 희열은 처음 맛보는 것이었다. 찬연한 환희의 순간이었다. 드디어 그도 승리의 기분을 맛본 것이다. 그는 헌터를 돌아보았다. 헌터의 비행기가 마치 깃털 모양의 꼬리를 삐죽 내민 은색 맹어猛魚처럼 저만치 떨어진 채 하늘에 떠 있었다. 창천에 붙박아놓은 것처럼 보였다. 그 순간 그는 자신이 이토록 가슴 벅찬 감동을 느낄 수 있을지 의심했다는 사실을 기억조차 하지 못했다. 기대했던 그대로였다. 그는 자신이 결코 패배하지 않으리라는 것을 그때 알았다.

그렇지만 그는 착륙한 뒤에 무슨 일이 벌어질지에 대해서는 까마득히 모르고 있었다. 정비병이 말하는 소리를 얼핏 들은 것 같지만 확실한 것은 디브리핑실로 가는 동안 조종사들이 말해줘서 알게 되었다. 펠도 미그기를 한 대 잡았다. 모래주머니를 쌓아놓은 상황실 건물 밖에서 들레오가 클리브를 기다리고 있었다. 분노가 치미는 표정이었다.

"무슨 일이야, 버트?" 클리브가 물었다.

"아직 못 들으셨어요?"

"펠이 미그기를 잡았다는 거 말인가?"

"네. 그 개자식이 저 혼자 가서 잡았어요."

"혼자라니? 확실해?"

"네, 확실해요." 들레오가 대답했다.

"자네한테 아무 말도 없이?"

"네, 한마디 말도 없이 갔어요. 저는 미그기 넉 대를 쫓는 중이었습니다. 편대장님 옆을 떠난 지 얼마 안 됐을 때였어요. 펠이 옆에 미그기가 있다기에 알았다고 했는데 어느 결에 보니까 그 자식은 안 보이고 미그기 두 대만 제 꽁무니에 붙어 있더라고요. 그놈들 떼어내느라 하마터면 골로 갈 뻔했습니다."

펠이 다가왔다. 짐짓 진지한 표정이었지만 웃음을 참는 눈치였다.

"좋은 소식이 있다면서요." 펠이 툭 던지듯이 말했다. "편대 장님도 한 건 하셨다고요."

"그래. 자네도 미그기를 잡았다고 들었네."

"네." 펠이 기분 좋게 대답했다. "운이 좋았죠. 그 자식을 벌 집처럼 쑤셔놓긴 했지만요."

"교전 중에 대열을 이탈해도 좋다는 건 어디서 배웠나?"

펠은 조금도 움찔하는 기색이 없었다.

"혼자라는 걸 몰랐어요." 그가 항의했다. "미그기를 향해 기 관총을 냅다 갈기려고 하는데 그때 보니까 혼자더라고요. 이 미 너무 늦어서 어떻게 달리 방법도 없었어요. 미그기 뒤에 바 짝 붙어……."

"혼자라는 걸 몰랐다고?" 클리브가 말허리를 잘랐다. "무슨 생각으로 리더 곁을 떠나 단독 비행을 했나?"

"리더가 그러라고 했다고요. 전 분명히 들었어요."

"이 더러운 개자식." 들레오가 와락 덤벼들었다. "네가 언제 나한테 물어봤어?"

"전 분명히 물었어요. 오른쪽에 미그기 두 대가 있다고 소리 치니까 추격하라고 하셨잖아요. 전 내내 저와 함께 있는 줄 알 았죠."

"난 추격하라고 말한 적 없어." 들레오는 단호하게 말했다.

"전 그렇게 들었어요. 그렇지 않고서야 리더 곁을 떠났겠어 요?"

"개수작 집어치워, 펠. 넌 나한테 한마디 말도 없이 갔다. 설령 네가 나한테 물어봤다고 해도 난 추격하란 소리를 한 적이 없어. 윙맨의 임무는 리더를 엄호하는 거다. 네가 무엇을 보건 무슨 생각을 하건 리더 곁에서 리더를 엄호하는 거야. 오늘 넌 나를 죽일 뻔했다."

펠은 아무 대답도 하지 않았다.

클리브는 서로 오해한 것이라며 적당히 넘어가고 싶은 유혹을 느꼈다. 그런 일은 교전 중에 흔히 일어나는 일이라고 그는 판단했다. 그사이 10여 명이 주위에 모여들더니 그에게 악수를 청하고 미그기를 어떻게 잡았느냐고 물었다. 불쾌한 일을 계속 마음에 담아두기가 싫었다. 환희의 물결에 자신을 맡기고 싶었다. 자신의 편대에서 미그기를 두 대나 잡은 날이었다.

"클리브," 이밀이 클리브의 어깨를 주먹으로 치며 말했다. "해낼 줄 알았어. 시간이 좀 걸렸지만 결국은 해냈군."

"낙하산이 쫙 펴지는데," 클리브가 활짝 웃었다. "키스라도 날리고 싶은 심정이었어요."

"총을 갈겨줬어야지."

"제 친구한테 그게 무슨 말씀이세요? 내일 미그기를 몰고 또 나타날지 누가 압니까?"

대령이 껄껄 웃었다.

"이제 시작에 불과해." 그가 말했다. "지금부터가 진짜라고. 자네 편대에 있는 윙맨도 미그기를 잡았다고 들었네."

"네, 맞습니다."

"그게 누군가?"

"펠 소위입니다."

"음, 펠이라고? 겨우 일곱 번째 비행이라고 하던데. 대단하군."

모든 사람이 축하를 해주었다. 놀런에 이어 데즈먼드도 왔다. 디브리핑은 몇 번이나 중단되었다. 병장 하나가 언론사에 배포할 사진을 찍기 위해 연신 카메라 셔터를 눌러댔다. 클리브는 가슴이 터질 듯한 흥분을 느꼈다. 승리는 바로 이런 것이었다. 지난날의 허기와 절망 따위는 기억조차 없었다.

들레오는 상황실 뒤편에 말없이 서 있었다. 클리브는 기회를 엿보아 그에게 다가갔다. 문제를 적당히 무마하고 싶었다.

"이런 일이 다신 없을 거야." 클리브가 말을 건넸다.

"저 자식 언젠가는 당할 거예요." 들레오는 장담했다. "저 혼자 깝죽거리다가 골로 갈 게 분명해요. 똑똑한 놈이죠. 하지만 지가 아무리 똑똑한 척, 잘난 척을 해도 별수 없어요. 혼자서 어떻게 스스로를 엄호하겠어요? 미그기한테 잡힐 날이 꼭 올 겁니다. 그래도 전 눈 하나 깜짝 안 할 거예요. 죽고 싶어서 용을 쓰잖아요. 오늘 같은 일은 이제 없을 겁니다. 저 자식과 두 번 다시는 비행하지 않을 테니까요."

"그렇게 나쁜 친구는 아니잖나." 클리브는 펠을 두둔하면서도 입안의 단어가 어색하게 느껴졌다. "서로 간에 오해일 수도 있잖아. 저 친구 말을 한번 믿어보자고."

"오해가 아닙니다."

"그렇게 단정 짓지 말게. 이런 일은 늘 있게 마련이야."

"대체 누구 말을 믿으시는 겁니까?" 들레오가 물었다. "접니까 아니면 저 자식입니까? 둘 중 하나만 고르십시오."

"그런 문제가 아니잖아."

"그럼 뭡니까?"

"내 말은 고의가 아니라 실수였을 수도 있다는 거지."

"실수라고요?" 들레오가 되물었다. "저 자식은 지가 무슨 짓을 하는지 분명히 알고 있었다고요."

"글쎄, 두고 보자고."

그들은 퀀셋 막사의 안쪽 벽에 가까이 선 채 한동안 말없이 있었다. 지도가 놓인 테이블에 둘러선 채 그날 임무에서 무엇을 하고 보았는지 설명하는 조종사들의 열띤 목소리로 상황실은 여전히 시끌벅적했다. 문가에서 이밀 대령과 펠이 대화를 나누는 모습이 보였다. 대령은 아주 흡족해 보였다. 펠도 무척 기뻤겠지만 자신감에 찬 미소만 살짝 머금었을 뿐 표정은 침착했다.

헌터가 다가왔다. 흥분의 언어가 목구멍까지 차오르는 모양이었다.

"직접 보셨어야 해요." 헌터가 들레오에게 말했다. "앞에도 미그기, 뒤에도 미그기. 완전 서커스였어요."

헌터는 클리브 쪽으로 고개를 돌렸다. "어떻게 미그기를 잡았는지 지금도 얼떨떨해요."

"오늘 훌륭했다, 빌리."

"아닙니다." 헌터가 큰 소리로 외쳤다. "편대장님이 최고였어요. 사실 전 무서웠습니다. 진짜예요. 그래도 편대장님 뒤에 있는 미그기에서 내내 눈을 떼지 않았어요. 정신 똑바로 차리려고 얼마나 노력했다고요. 편대장님 말씀처럼 최후의 순간까지 말이죠."

"오늘 자넨 흠잡을 데가 없었어. 완벽했어."

"정말 끝내줬어요. 조만간 또 잡을 수 있겠죠?"

"그럼, 그렇고말고, 빌리." 클리브는 활짝 웃었다.

11

얼마 동안은 모든 것이 좋았다. 행복에 겨워 경박하다 싶을
만큼 발걸음이 가벼웠다. 매서운 바람을 맞고 돌덩이처럼 꽁
꽁 얼어붙은 길을 걸어갈 때조차도 마치 그곳이 황량할지언정
모두 자신의 영토인 양 느껴졌다. 그의 이름에 어떤 의미가 부
여된 탓이었다. 사람들과 함께 있건 혼자 있건 간에 점점 더
승리를 실감할 수 있었다. 비로소 자기 자신을 발견한 것이었
다. 아무것도 아닌 일에 웃음이 나오고 미소가 지어졌다. 그러
다 느닷없이 그 일이 터진 뒤에야 그는 마냥 웃고만 있을 수
없다는 사실을 깨달았다. 하룻밤의 사랑이 지난 뒤 찾아오는
뼈아픈 자각처럼.

첫 승리를 거둔 지 닷새째 되는 날 그는 전투상황실에 앉아
교신 장비에 귀를 세우고 있었다. 리더는 몬카비지 대령이었
다. 임무대가 유리 바다처럼 고요한 새벽하늘을 뚫고 출격한
지 반 시간이 지났다. 클리브의 편대에서는 네 명이 나갔다.

들레오가 편대를 이끌고 페티본, 3번 도터스, 그리고 펠이 출격했다. 기상 보고에 따르면 일상적인 비행으로 그칠 가능성이 높았다. 북쪽 하늘에 구름이 짙게 껴 있었다. 게다가 사진 촬영을 위한 정찰기 엄호가 임무의 목적인 터라 교전이 일어날 가능성은 더더욱 낮았다. 클리브는 창문 너머 하늘을 올려다보았다. 두터운 구름 사이로 조각하늘이 보일 뿐이었다. 쌀쌀한 잿빛 아침이었다. 음산한 날씨에 어떤 말을 주고받아도 겉돌 것 같은 날이었다. 그는 다른 삶을 선택했더라면 지금쯤 자신이 어디에 있을까를 상상하며 수천수만의 다른 장소를 머릿속에 그려보았다.

무전기에서 흘러나오는 짤막한 대화에 귀를 기울였다. 이럴 때면 으레 그렇듯이 참을 수 없는 불길함이 마음속에서 점점 커져갔다. 그는 출격했기를 바랐다. 딱히 까닭이 있어서가 아니었다. 이런 날은 언제나 그랬다. 되풀이되는 오래된 불안이었다. 출격하지 않는 날에는 실수를 한 게 분명하다는 생각이 들곤 했다. 그렇다고 매번 출격할 수도 없는 노릇이었다. 단지 어떤 날을 고르느냐의 문제였다. 별다른 이유가 있는 것도 아닌데 그는 괜스레 의구심을 떨치지 못한 채 초조하게 앉아 있었다.

목표 지점이 비교적 화창하다는 보고를 들었을 때에는 마치 경보음이 울리는 듯했다. 구름 한 장 없었다. 그럴 줄 알았다. 그 빌어먹을 기상장교 말은 맞는 법이 없었다. 날씨가 맑다고 하면 비가 억수같이 퍼부었다. 판단을 잘못했을지도 모른다는 두려움이 가슴을 내리눌렀다. 불안했다. 심장을 옥죄는 초조함 속에서 기다린 게 벌써 반 시간째였다.

그는 자리에서 일어나 상황실을 서성이며 마음을 진정시켰다. 벽에 걸린 지도와 도표, 전공 게시판에 눈길이 갔다. 전공 게시판 앞에 멈춰 섰다. 한국전쟁에서 적기를 격추한 조종사의 이름이 모두 적혀 있었다. 이름 옆에 작은 빨간 별이 몇 개씩 붙어 있었다. 격추한 비행기, 격추한 걸로 추정되는 비행기, 손상을 입힌 비행기별로 그래프가 각각 있었지만 중요한 건 첫 번째 그래프였다. 조종사의 이름을 훑어 내려갔다. 모르는 이름이 대부분이었다. 몇몇은 오래전에 이곳을 떠났고 또 몇몇은 전사했다. 별 다섯 개가 붙은 로비의 이름이 보였다. 놀런은 셋, 벤거트는 일곱, 이밀은 여섯 개였다. 토네슨 옆에는 별 열세 개가 두 줄을 꽉 채우고 있었다. 그리고 별 하나가 붙은 자신과 펠의 이름이 있었다. 사람들이 매일 이곳을 오가며 게시판을 존경에 찬 시선으로 바라본다는 사실을 클리브는 알았다. 이곳은 명예의 전당이었다. 헌터는 저곳에 자신의 이름이 오르면 더 바랄 게 없겠다고 클리브에게 말했었다. 어찌 보면 부조리한 제도이지만 그 힘은 절대적이었다. 인간이 기꺼이 제 목숨을 바치는 일이라면 진지하게 대할 필요가 있다. 저 게시판 혹은 그와 유사한 게시판에서 국가가 요구하는 영웅의 이름이 나올 것이다. 유일무이한 전공으로 길이 남을 이름.

무전기에서 흘러나오는 다급한 외침이 그를 상념에서 깨웠다. 북쪽 하늘에서 물체가 목격된다는 내용이었다. 클리브는 교신 장비 쪽으로 재빨리 걸어갔다. 볼륨을 높였다.

"……12시 방향이다, 블루 리드." 누군가 말했다.

"보인다, 오버."

"10시 방향에 넉 대가 더 있다."

무전기가 잠시 지지직거렸다. 조종사들이 일시에 목소리를 높였다.

"미그기로 추정된다."

"아직 안 보인다."

"1시 방향! 1시 방향!" 누군가 외쳤다.

참을 수 없는 짧은 정적이 흘렀다. 이윽고 "미그기다! 연료통 분리한다, 블루".

서로가 서로의 말을 막는 외침으로 공기는 터질 듯했다. 그는 또 다른 편대가 연료통을 분리한 뒤 전투에 합류하는 소리를 들었다. 물에 빠져 서서히 질식하는 기분이었다. 모든 것이 잘못되고 있었다. 무력감이 사지를 옭아맸다. 무전기에서는 한꺼번에 여러 명의 목소리가 어지럽게 흘러나왔다. 전황이 어떻게 돌아가는지 정확히 파악할 수는 없었지만 누군가 미그기를 잡은 게 분명했다. 날카로운 외침이 귀를 울렸다.

"적군이 탈출한다! 낙하산이 펴진다!"

그는 침울한 표정으로 말없이 앉아 있었다. 파티에 초대받지 못한 아이처럼 별거 아니라고 애써 스스로를 위로했다. 하지만 그를 위로할 수 있는 것은 아무것도 없었다. 절망감에 사로잡힌 채 그는 무전기에 귀를 기울였다. 승자의 외침이 욕지기처럼 그의 귓전을 사정없이 때렸다.

이밀 대령이 들어왔다. 그는 출격하지 않는 날에는 동태를 살피기 위해 수시로 상황실에 드나들었다.

"여, 클리브." 이밀이 말했다. "상황은 어떤가?"

"참혹합니다."

"무슨 소리야? 뭐가 잘못됐나?"

"아닙니다. 교전이 벌어졌습니다."

"치열한가?"

"확실하진 않지만 그런 것 같습니다, 대령님."

"적기는 잡았나?"

"한 대는 틀림없습니다." 클리브가 대답했다. "아마 그보다 더 될 겁니다."

"잘됐군."

그들은 함께 앉아서 무전기에 귀를 기울였지만 별다른 내용은 없었다. 싸움은 이미 종료되었다. 폭풍우처럼 교전 전후에는 괴괴한 정적이 흘렀다. 대령이 볼륨을 조절했다. 볼륨은 이미 최대로 높여져 있었다.

"상황 종료된 모양이군." 대령이 입을 열었다. "미그기를 누가 잡았는지 아나?"

"그건 못 들었습니다."

"비행 명단에 누가 있지?" 대령은 벽 쪽으로 성큼성큼 걸어가서는 일정 게시판을 훑어보며 마땅찮은 듯 말했다. "뭐 대단한 게 없군. 몬카비지가 아닐까 싶은데. 명단만 봐서는 몬카비지일 가능성이 가장 높아."

"그런 것 같습니다." 클리브가 대답했다. "저희 편대도 출격했습니다."

"누구? 들레오?"

클리브가 고개를 끄덕였다.

"그 친군 아직 잘 모르겠어. 지금까지 이렇다 할 게 없잖아, 안 그런가?"

"그렇긴 합니다만."

"실력은 쓸 만한가?"

"기회가 오면 잘할 겁니다."

"두고 보자고. 그 친구일 수도 있겠군."

"네, 들레오도 때가 됐지요."

이밀은 전공 게시판을 손가락으로 가리켰다.

"난 저걸로 판단해." 그가 말했다. "저게 모든 걸 보여주지. 조금 전에 기회라고 했나? 저걸 한번 보게. 토네슨은 열세 대를 격추했어. 복권 당첨과는 달라. 다른 사람은 기회를 한 번도 못 잡고 토네슨만 기회를 열세 번 잡았다고 누가 말할 수 있겠나? 토네슨에게는 다른 사람을 앞서가려는 굳은 의지가 있었어. 물론 매번은 아니지만 거의 그런 셈이지. 그게 바로 저 게시판에 표시되는 거야."

"네. 비행 실력도 아주 특출했던가 봅니다."

"그럼, 아주 대단했지. 중요한 건 용기와 자존심을 남들보다 얼마나 더 갖고 있느냐 그거야. 거기서 차이가 생기지."

"네."

"암, 그렇고말고." 대령은 힘주어 말했다. 그는 잠시 사이를 두었다 말을 이었다. "한데 말이야, 정작 그런 조종사들이 자신들이 얼마나 중요한 존재인지 모를 때가 있어. 자신들의 두 어깨에 아군의 미래가 달려 있다는 사실을 모른다고. 내 말 잘 새겨들어, 클리브."

"네, 알겠습니다, 대령님."

대령은 생각에 잠겨 테이블을 손가락 마디로 톡톡 두드리며 서 있었다. 갑자기 무전기가 터졌다. 몬카비지의 목소리였다. 첫 번째 편대가 귀대하는 중이었다. 이밀은 잠시 보고에 귀를 기울이고 있다가 송화기를 들고는 큰 소리로 임무대를 불렀다.

"말하라. 여기는 레드 리더다." 몬카비지가 응답했다.

"몽크, 더치다. 상황은 어떤가?"

"안 들린다. 반복하라."

"더치다, 몽크. 몇 대나 잡았나?"

"넉 대로 추정된다." 몬카비지가 대답했다.

"누가 잡았나?"

"잘 모르겠다. 난 아니다."

클리브는 바닥을 응시했다. 대령이 송화기를 내려놓는 소리가 들렸다.

"넉 대를 잡았다는군." 대령은 문가에 서 있는 정보장교와 기상장교, 그 뒤의 행정병들에게 흡족한 표정으로 전과를 알렸다.

"20분 후면 올 걸세." 대령은 클리브를 쳐다보며 덧붙였다. "나가서 맞이하자고."

그들은 활주로로 나가 착륙 유도 트럭 옆에 차를 세웠다. 기다린 지 얼마 지나지 않아 비행기들이 모습을 드러내더니 비행장 상공을 돌며 장주비행에 들어갔다. 클리브는 비행기들이 빠른 속도로 최초 접근을 시도하는 모습을 지켜보았다. 맑은 개울 바닥을 가로지르는 송어처럼 비행기들이 저 너머 자개구름을 배경으로 더욱 빨리 다가오는 것처럼 보였다. 홀로 들어오는 비행기도 간간이 눈에 띄었지만 대부분 두 대씩 짝을 지어 날아왔다. 비행기들이 활주로 끝에 착지하자 그 뒤로 모래먼지가 뿌옇게 일어났다. 뒷바퀴만 땅에 내린 채 그의 곁을 빠르게 미끄러져 가는 비행기들을 클리브는 유심히 살폈다. 발사한 흔적이 있는 비행기는 많지 않았다. 점점 더 많은 비행기들이 물고기 떼처럼 비행장 주위로 몰려들차 그는 자신의 편대가 있는지 눈과 귀로 쫓았다. 마침내 편대원들의 비행기 소리가 들렸다. 그들 역시 두 대씩 들어왔다. 도터스와 펠이 먼저였다. 그들은 짝지어 비행하다 머리 위 상공에서 쪼개졌다. 클리브는 장주비행하는 모습을 지켜보았다. 바퀴가 내려왔다. 베이스 레그base leg. 항공기가 최종 진입 전에 착륙을 준비하기 위해 활주로에 접근하는 짧은 운항 구간에 들어갔다. 그러고는 최종 선회를 마친 뒤 빠르게 고도를 낮추었다. 한 대씩 연이어 활주로에 내려섰다. 클리브는 멀리서 그들을 보았다. 마치 처음부터 알았던 것 같았다. 펠의 총구는 시커멓게 그을어 있었다.

사실이었다. 마지막 한 대까지 모두 착륙한 후 차를 타고 오면서 그들은 펠이 미그기를 또 한 대 격추했다는 소식을 들었다. 임무 중에 펠은 지면 위로 낮게 떠서 압록강을 따라 비행하는 미그기 한 대를 발견했다. 그는 적기의 출현을 도터스에게 큰 소리로 알리지만 도터스는 끝내 미그기를 발견하지 못하고 펠에게 미그기를 추격할 것을 명령했다. 펠은 3만 5000

피트 상공에서 급강하하며 미그기를 쫓았다. 마지막 순간에 그는 미그기가 두 대이고, 더욱이 거리를 잘못 가늠해서 총탄이 미그기 앞쪽으로 떨어질 것임을 깨달았다. 그런 까닭에 그는 사정거리 밖에서부터 방아쇠를 당기기 시작해 거리를 좁히는 동안 총탄을 쉴 새 없이 날렸고, 마침내 적군은 펠이 그 옆을 스쳐 지나가는 순간 비행기에서 탈출했다.

"펠이 또 한 대를 잡았다는군." 이밀 대령이 말했다. "대단해. 그 친구 자네 편대라고 했나, 클리브?"

"네, 그렇습니다, 대령님."

"보통 물건이 아니야. 분명 에이스가 될 거야."

클리브는 잠자코 있었다. 좁은 곳에 갇힌 기분이었다. 더 이상 아무 말도 듣지 않게 어서 밖으로 나가고 싶은 마음뿐이었다.

데즈먼드도 그날 출격조에 들어 있었다.

"저 친구 어떤 거 같아?" 그가 클리브에게 물었다.

"펠 말이야?"

"비행 실력이 좋다고 내가 말했잖아. 기억나?"

"응."

"오늘 아침 멋지던데."

"그래." 클리브가 말했다. "비행 솜씨는 나쁘지 않은 것 같군. 내가 그 친구를 잘못 생각했을지도 모르지."

"아무래도 그런 거 같아."

"두고 보면 알겠지. 이번이 처음은 아닐 테니까."

클리브는 자신의 편대원들이 모여 서서 그날 임무에 대해 이야기를 나누는 테이블 쪽으로 걸어갔다.

"여, 편대장님," 펠이 히죽 웃었다. "오늘 신나는 구경거리를 놓치셨어요. 같이 나가셨어야 했는데."

클리브는 아무 대답도 하지 않았다. 대신 도터스를 한쪽으로 데리고 갔다.

"오늘 어떻게 된 건가?" 클리브가 물었다.

그는 직접 듣고 싶었다. 도터스의 설명은 그가 조금 전에 들은 그대로였다.

"펠이 어떻게 미그기를 발견했는지 저도 모르겠어요." 도터스가 인정했다. "전 2만 피트로 내려가서야 보였거든요. 매의 눈을 가진 게 틀림없어요."

누가 더 멀리 보느냐가 언제나 가장 중요한 관건이었다. 클리브는 그럴 리 없다고 단정 짓고는 기계적으로 반박했다. "미그기에 반사된 햇빛을 봤을 수도 있지 않나."

"그건 아닌 거 같아요. 펠은 아마 4만 피트 상공에서도 새 둥지가 보일걸요. 진짜예요."

디브리핑실의 분위기는 최고조에 달해 있었다. 아침에 교전이 크게 벌어진 뒤라 흥분이 넘실댔다. 모두 무슨 일이 벌어졌는지 자세히 듣고 싶어 했고, 자신의 전공을 확인받기를 원했다. 여기저기서 외치는 축하의 소리가 상황실을 가로질렀다. 단편적인 보고를 한데 모으니 격추된 미그기는 도합 다섯 대였다. 정찰기는 미처 사진 촬영을 못하고 돌아왔다. 전투가 치열하게 벌어진 탓에 몬카비지 대령이 정찰기에 귀환을 명령한 것이다. 비록 소기의 목적은 달성하지 못했지만 대승을 거두었다. 적기 다섯 대 격추에 아군기는 한 대의 손상도 없었다. 클리브는 우울한 암류에 귀를 기울이며 서 있었다. 온통 펠 얘기뿐이었다. 한갓 소위가 그것도 윙맨으로 나서 미그기를 두 대째 잡은 것이다. 흔치 않은 공훈이었다.

"하필 저 자식이야." 들레오가 괴로운 목소리로 말했다. "젠장. 아, 미치겠네."

"도터스 말로는 펠이 아주 잘했다는데." 클리브가 대꾸했다.

"도터스가 대충 넘어가고 싶어서 그러는 거예요."

"그런 것 같지는 않아. 내가 도터스와 얘기해봤는데."

"편대장님께만 드리는 말씀인데요," 들레오가 말했다. "짐이 나쁘다는 말은 아니에요. 하지만 그 친군 한시라도 빨리 학교로 돌아가고 싶어 하잖아요. 펠은 제가 잘 알아요. 수십 명도 넘게 그런 놈들을 봐왔다고요. 약삭빠른 놈이죠. 우리 고향에서 그런 놈들은 필시 으슥한 골목길에 얼굴을 처박고 죽거나 경찰에 잡혀가서 신세를 조지든가 해요. 펠도 그렇게 될걸요. 두고 보세요."

"펠한테 기회를 한번 줘보는 게 어때, 버트?"

"기회는 이미 줬어요."

클리브는 쓴웃음을 지었다.

"자네도 지독하군." 그가 말했다.

정오 무렵 펠은 식당에서 헌터와 페티본에게 자신의 전투담을 들려주고 있었다. 헌터와 페티본은 먹을 생각도 없이 집중한 채 귀를 기울였다. 펠 혼자 게걸스레 먹으며 이야기에 열을 올렸다.

"운이 지독하게 좋았어." 그가 은밀히 말했다. "미그기를 향해 날아가는데 대박, 완전 대박이었어. 내가 먼저 잡지 않았으면 그 자식이나 윙맨한테 당했을 거야. 근데도 내가 그 자식을 명중시켰다는 거 아니야. 그 섬광을 너희도 봤어야 했어. 온통 번쩍였지. 그 옆을 지나는 순간 펑!"

펠은 쥐고 있던 주먹을 활짝 펴 보였다. 적군이 탈출한다는 뜻이었다.

"멋지다, 닥터." 헌터가 말했다.

펠은 그게 얼마나 어려운 일인지 아느냐는 듯이 손을 홰홰 저었다.

"1킬로미터 남짓 떨어진 곳에서부터 내내 총을 쏴댔지." 그가 설명했다. "거리가 하도 빨리 좁혀져서 다른 걸 할 수도 없었어. 필름이 기대된다. 끝내줄 거야. 현상소 애들한테 특별히 신경 좀 써달라고 미리 얘기해뒀지."

"도터스는 왜 두 번째 미그기를 놓쳤을까?"

"도터스?" 펠은 코웃음을 쳤다. "미그기한테 안 잡힌 게 천만다행이야."

점심을 먹는 동안 사람들이 테이블 옆에 멈춰 서서 펠에게 인사를 건네며 존경을 표했다. 대부분은 호기심 어린 눈빛으로 쳐다보았지만 펠을 처음 보는 몇몇은 달랐다. 의식까지는 아니지만 어떤 격식 같은 게 느껴졌다. 건네는 말은 한결같았고 어투는 조심스러웠다. 헌터와 페티본은 부러움과 자부심—그들은 가슴 한편이 뿌듯해오는 걸 어쩔 수 없었다—이 교차된 눈빛으로 이 모든 것을 조용히 지켜보았다. 그들은 펠과 같은 편대의 윙맨이었다. 무슨 일이 벌어졌건 펠은 그들과 같은 윙맨이었고 그들에게 희망을 보여주었다.

12

이튿날 아침, 하늘이 낮게 내려앉더니 비가 내렸다. 궂은 날씨의 시작이었다. 비행 없는 날이 며칠이고 계속되었다. 시간은 더디게 가다 못해 아예 멈춘 것처럼 보였다. 음울하고 지루한 오후가 되면 그들은 내무실에 앉아 하늘이 개기를 기다렸다. 라디오 음악이 쉼 없이 흘러나오는 가운데 그들은 감옥이나 다름없는 내무실에 처박혀 책을 읽거나 실없는 농담을 주고받았다. 작은 시골 마을의 일요일 아침이 무한정 반복되는 느낌이었다. 하릴없이 빈둥거리는 시간은 길기만 했다. 처음에 클리브는 그럭저럭 그 시간을 견뎌냈지만 무위의 삶은 무자비한 맷돌이나 다름없었다. 차분한 사람도 이렇게 며칠을 보내고 나면 신경이 곤두서고 짜증이 치밀어 오를 터였다.

두어 번 출격 명령이 떨어졌지만 번번이 구름이 짙게 드리운 한계기상작전 수행에 지장을 초래하는 날씨 속에서 임무를 수행했다. 어디에서도 미그기는 목격되지 않았다. 모든 것이 죽은 것 같았다. 비현실적인 시간이 흘렀고, 주사위 게임에 판돈을 걸었다가 순식간에 빈털터리가 되듯 기대는 빠르게 사라졌다. 화창한 날이 있었던가 기억조차 가물가물했고 그런 날이 또다시 올 것 같지도 않았다.

한번은 안개를 뚫고 출격을 했는데 마치 어제를 지나 비행하는 기분이었다. 이윽고 3만 피트 상공에 오르자 편평한 평상 같은 구름 지대가 나타났고 저 너머 지평선에는 푸른 안개가 띠처럼 둘러쳐져 있었다. 그들은 드넓은 구름 평원 사이를 오래도록 직선 코스로 비행했지만 아무것도 볼 수 없었다. 귀환하는 길에 내려다본 바다에는 안개가 한결 엷어져서 물비늘이 마치 금박을 한 거울처럼 햇살에 부서져 반짝이고 있었다.

이착륙할 때를 빼고는 뭍 구경도 못하고 영원의 바다만 항해하다 돌아온 적도 있었다. 또 한번은 기지와 목적지의 중간 쯤 되는 평양에 이르렀는데 이어폰에서 레이더파로 추정되는 삑삑거리는 고음이 들렸다. 무선 교신 장비가 우연히 잡아낸 것이었다. 희미한 소리를 쫓아 하늘을 샅샅이 뒤지다 마침내 무엇인가를 발견하고는 구름을 헤치며 추격에 나섰지만 끝내 놓치고 말았다. 그 어느 때보다 고요한 하늘을 비행하며 클리브는 생각했다. 그것은 지상에서 보내는 외로운 메시지이자 운명의 소리라고. 이 모든 것을 뒤로한 채 마침내 그들은 낮게 내려간 연료 계기판 바늘과 이번에도 실패했다는 자각과 함께 기지로 돌아왔다.

빌리 리 헌터는 우울했다. 어느 어두운 오후 그는 클리브에게 속내를 털어놓았다. 밖에는 비가 내렸다. 유리창을 때리는 빗소리가 모래바람이 이는 듯한 소리를 냈다. 헌터는 뭘 어떻게 해야 할지 모르겠다고 말했다. 모든 게 잘못된 것 같았다. 아무래도 자기는 조종사 타입이 아닌 것 같다고 했다.

"조종사 타입이 아니라니?"

"무슨 말인지 아시잖습니까?" 헌터가 대답했다. "조종사 타입은 닥터잖아요."

"맙소사." 클리브가 중얼거렸다.

"뭐라고 하셨어요?"

"'맙소사'라고 했네. 그것 때문에 이렇게 괴로워하는 건가?"

"날씨 탓도 있고요."

"날씨는 곧 좋아질 거야. 봄이 멀지 않았어."

"저도 알아요. 그렇다고 뭐가 달라질 거 같진 않아요. 기를 쓰고 덤벼들어도 미그기를 영영 못 볼 것 같단 말이에요."

"날이 들면 미그기를 지겹게 보게 될 거야."

"정말로 그럴까요?"

"당연하지."

"어디를 가나 미그기 얘기뿐이에요. 고국에서도 신문으로 다 확인하는 모양이에요. 아버지가 신문을 보시고 왜 네 기사는 안 나오느냐고 하세요."

"미그기 잡는 게 그렇게 쉬우면," 클리브가 말했다. "아버지께 여기로 오셔서 직접 잡아보시라고 해보게."

"편대장님은 이해 못하실 거예요. 우리 아버지가 저를 얼마나 자랑스러워하시는데요."

"곧 자랑스러운 아들이 될 텐데 무슨 소리야. 그러니 이제 그만 징징거리게." 클리브는 말을 내뱉고 나서 곧바로 후회했다.

"말씀이 좀 지나치신 거 아녜요?" 텍사스 청년의 자존심이 얼굴에 번뜩였다. "제가 언제 징징거렸다고 그러세요? 절대 아닙니다, 편대장님."

"미안하네. 진심이 아니었어. 자네가 그렇지 않다는 건 나도 잘 알지."

겸연쩍은 침묵이 흘렀다.

"마음을 다잡게." 클리브가 말을 이었다. "상황이 좋아질 거야. 우리 모두를 위해. 나라고 지금이 좋을 것 같은가?"

"그건 아니지만, 자꾸 기분이 울적해져요."

"걱정 말게, 빌리. 자네한테도 분명 기회가 올 거야."

"정말 그러면 좋겠어요."

"분명 그리될 거야."

"막상 기회가 와도 왠지 다 망쳐버릴 것 같아요."

"말도 안 되는 소리. 기회가 왔을 때 우리 편대에서 가장 잘 해낼 사람이 바로 자네야."

헌터는 깜짝 놀란 눈으로 클리브를 쳐다보았다.

"빈말이 아니야, 빌리."

헌터는 어린애 같은 구석이 있는 착하고 용감한 청년이었다. 그를 보고 있노라면 클리브는 모든 일이 규칙에 따라 처리되고 인생이 전기傳記만큼이나 명쾌한 초등학교 시절이 생각났다. 헌터의 세계에는 모호한 파스텔 톤이 없었다. 소년기와 조부와 성경, 코튼볼미국 댈러스의 코튼볼 스타디움에서 열리는 포스트시즌

대학 미식축구 경기이 그의 세계를 단단히 에워싸고 있었다. 클리브는 이처럼 단순하지만 정직한 사내를 좋아하지 않을 수 없었다. 더욱이 헌터는 조종사로도 손색이 없었다. 비행술도 빨리 터득했다. 그는 곧 분대의 리더가 될 것이고 제대하기 전에는 편대도 이끌 것이다. 여러모로 페티본보다 나았다. 페티본이 편대 대열에 머무는 것 이상으로 나서지 않는 반면 헌터는 펠만큼 공격적이진 않지만 비행술에서는 결코 펠에 뒤지지 않았다. 헌터는 믿음이 갔다. 윙맨에게 꼭 필요한 자질이었다. 종국에는 헌터가 펠보다 더 큰일을 해낼 것이었다. 클리브가 그렇게 만들 것이다. 그것은 거의 책임감에 가까운 감정이었고 클리브는 그 일을 해내고 싶었다. 그는 스스로에게 다짐했다.

"머잖아 자네도 나도 미그기를 잡을 테니 걱정 말게." 클리브가 말했다.

"그러면 얼마나 좋을까요? 진짜예요."

"자넨 할 수 있어. 내 장담하네."

클리브는 생각에 잠겨 담배 연기를 길게 내뿜고는 푸르스름한 연기가 천장까지 퍼져 나가는 모습을 바라보았다. 그는 창문 너머 비 뿌리는 하늘로 시선을 옮겼다. 비가 그렇게 오래 내릴 수는 없었다. 일주일 동안 궂은 날씨가 지속되었다. 이제 날이 갤 만도 했다.

하지만 기대도 헛되게 기다림은 계속되었다. 그들은 음울한 나날 동안 하늘을 올려다보았다. 온통 잿빛이었다. 슬픔의 켜가 첩첩이 쌓인 듯했다. 눈에 띄는 변화 없이 봄은 그렇게 아무도 모르게 찾아왔다. 날씨는 여전히 찌뿌드드했다. 뿌옇게 흐린 하늘은 온종일 우울한 빗방울을 흩뿌렸다. 파도처럼 영원할 것 같았다. 자갈을 굴리듯 굵은 빗방울이 쏟아지더니 이내 빗줄기가 뜸해졌다. 슬레이트 지붕이 비에 젖어 번들거렸다. 흙탕물이 물길이 되어 흐르고 건물 바닥은 군화에서 묻은 진흙으로 질척거렸다. 개구리 군단이 몰려왔다. 마치 앙갚음이라도 하듯 추운 겨울 유배지에서 돌아온 것이었다. 밤이면 더한층 그악스럽게 울어대는 개구리 소리가 밤공기를 채웠다. 저녁마다 클럽에서는 광란의 파티가 벌어졌다. 클리브가 들레오와 함께 일본으로 며칠 휴가를 떠나기로 결심한 것은 바로 그런 밤들 가운데 하나였다. 진흙 속에서 동전을 발견한 것 같았다. 하늘은 갤 기미가 없고 그 사이 무슨 일이 일어날 것 같지도 않았다. 휴가 가기에 더없이 좋을 때였다. 클리브는 흥분되었다.

도터스도 처음에는 함께 가기로 했다가 날이 밝자 마음을 바꿨다. 임무가 얼마 안 남았다는 이유에서였다. 그는 임무를 여든 번 넘게 마친 상태였다. 휴가 간 사이 많아봤자 한두 번밖에 비행에 나서지 못한다고 해도 임무를 가급적 빨리 끝낼 수 있도록 부대에 남겠다고 했다. 귀국할 날이 멀지 않은 지금 그는 오로지 고향 생각뿐이었다. 여름이 시작되기 전에 집으로 돌아갈지도 모른다는 편지를 그는 아내에게 보냈다. 끝이 가까워왔을 때 찾아오는, 고향과 가족에 대한 참을 수 없는 갈망이 열병처럼 그를 사로잡았다. 거역할 수 없는 힘이었다. 그 어떤 고난에 직면하더라도 그는 불길 속에서 출구를 찾는 사람처럼 앞을 향해 나아갈 것이었다.

클리브는 기대에 들떠 있었다. 긴 휴일을 앞둔 기분이었다. 출발 전날, 그는 서울에 들러 저녁에 스테이크를 먹을 것을 들 레오에게 확실히 해두었다.

"일단 몸을 풀자구." 클리브가 설명했다.

도터스도 서울까지는 함께 가기로 해서 셋은 날이 저물자 마자 길을 떠났다. 김포로 온 뒤 첫 서울행이었다. 길은 클리 브가 기억하는 것보다 훨씬 험하고 울퉁불퉁했지만 의무와 책임으로부터 벗어나 서울로 간다는 생각에 묘한 해방감이 느 껴졌다. 서울은 처참하게 부서져 있었다. 질척한 거리에는 오 가는 차량 없이 창문 두어 개에 희미한 불빛만이 어려 있었다. 유리창도 판자벽도 없이 뼈대만 남은 건물 사이로 텅 빈 전찻 길이 길게 뻗어나가는 그곳은 유령의 도시였다. 큰길을 걷고 있자니 마치 퀴퀴한 냄새가 나는 고대 유적지를 배회하는 듯 했다.

제5공군 클럽 바는 예전에 무슨 사당인가로 쓰인 곳이었다. 삼면에 서로 맞닿은 채 벽 대신 세워져 있는 쌍여닫이문은 따 뜻한 철에만 열렸다. 금박을 한 나무 문에는 화려한 문양이 새 겨져 있었다. 클럽 안의 거울이 그 효과를 더했다. 마치 커다 란 보석함 속에 앉아 있는 기분이었다. 다양한 군복의 군인들 이 클럽을 가득 메우고 있었다. 그들은 샴페인을 주문했다. 바 깥에 비가 내리기 시작했다.

"빗소리 좀 들어보게."

종잇장이 바람에 날리는 소리 같았다. 눈에 보일 듯 거센 바람이 불고 있었다.

사냥꾼들

"짐, 일본 같이 가는 게 어때?" 클리브가 말했다. "날씨는 계속 이럴 거야."

"샴페인 좀 더 따라주십시오."

"샴페인은 원하는 만큼 따라줄게. 도쿄에서 아예 샴페인으로 목욕을 하게 해줄 수도 있어."

"제 취향은 아니에요. 버트한테는 제격이겠지만."

"내일 아침 우리랑 같이 가자고. 즐기다 오는 거야."

"날이 갤지도 모르잖아요. 열아홉 번만 더 나가면 이제 끝인데. 빨리 끝내고 싶어 죽겠어요. 전 결혼도 한 몸이잖아요."

"도쿄에서는 아니지."

"편대장님, 전 안 갈래요."

"술이나 더 마시게."

두 번째 술병이었다. 어느새 빗줄기가 잦아들었다. 갈대가 스치는 듯한 가느다란 빗소리에 섞여 굵은 빗방울이 처마에서 떨어지는 리드미컬한 소리가 들려왔다. 옆 테이블에 앉은 사내가 브리핑 시간에 브렉 장군 때문에 혼쭐이 났다고 툴툴댔다. 심기가 어찌나 언짢은지 장군은 시가에 불붙일 생각조차 안 하더라고 했다.

"클리브!"

애벗이 테이블 사이를 지나 그들 쪽으로 다가오며 소리쳤다. 처음 보는 소령이 그 뒤를 따랐다. 애벗과 소령이 그들이 앉은 테이블로 다가왔다.

"그동안 잘 지냈어?" 애벗이 웃는 얼굴로 물었다.

"그렇지 뭐. 자네는?"

"지옥이 따로 없어." 애벗이 대답했다. "난로에 서류 뭉치를 넣다 보면 하루해가 다 가는걸."

그는 자기 옆에 서 있는 소령을 소개했다.

"여기는 벤 그로스. 똥구덩이에서 나랑 함께 일하는 친구지." 애벗과 소령은 의자에 앉았다. "자네도 드디어 미그기를 잡았더군." 애벗이 말했다.

다른 사람에게 그 소리를 듣는 것은 기분 좋은 일이었다. 클리브는 고개를 끄덕여 보였다.

"원래 처음이 제일 어려운 법이야." 애벗이 말을 이었다.

"정말?"

"다들 그렇게 말하지. 어떻게 잡았어?"

"아, 그게……." 클리브가 설명을 시작했다.

어떻게 잡았어? 애벗은 물었다. 지금 와서 그게 대체 무슨 소용이란 말인가? 하지만 애벗은 알아야만 했다. 마음은 이곳이 아닌 머나먼 저곳, 북쪽 하늘을 다시 비행할 순간을 기다리며 비좁은 조종석에 가 있었다. 공기가 희박한 신의주 상공에서 그는 그물에 걸린 물고기처럼 심장이 펄떡펄떡 뛰는 것을 느꼈다. 애벗은 이런 자리에서 애써 편안함을 가장하지 않았다. 의자에 어색하게 앉은 모습이 꼭 홰에 올라앉은 들새 같아 보였다. 옆자리의 소령은 까마득히 잊은 것 같았다. 지금 그는 오랜 벗과 함께 있었다. 그 밖의 모든 사람은 낯선 객에 불과했고, 그 밖의 모든 것은 불길 앞의 천 조각이나 다름없었다.

"어떻게 잡았어, 클리브?"

사냥꾼들

"미그기가 내 앞으로 날아왔을 뿐이야."

"그러지 말고 자세히 좀 말해봐."

애벗은 알아야만 했다. 한때 마음의 고향이었던 그곳의 소식에 그는 망명자처럼 굶주려 있었다. 그는 낯선 이국의 바다에서 길을 잃고 표류하는 사람이었다. 다시는 그곳으로 돌아갈 수도, 지금 있는 곳에서 평온을 찾을 수도 없었다. 추억에 기대 연명하다가 오랜 벗이 지나가면 죽어가는 사람의 손아귀로 꽉 붙들어두는 것 말고 그가 할 수 있는 일은 없었다.

애벗을 보는 일은 괴로웠다. 클리브는 살갗이 불에 덴 것처럼 고통스러웠다. 교수형을 당하는 남자를 보는 것 같았다. 손은 결박당하고 무릎은 꺾인 채로 클리브는 자신의 목에 감긴 줄이 느껴지는 듯했다. 클리브는 물론이고 자신이 믿는 바를 너무 사랑하거나 그 믿음에 충실한 사람 누구에게나 쉽게 일어날 수 있는 일이었다. 맞은편 테이블에 앉아 운 좋게 발견한 콩고물을 게걸스럽게 먹는 애벗에게서 그는 자신의 모습을 발견했다. 차마 보고 싶지 않았으나 영안실에 안치된 죽은 친구의 화장한 얼굴을 마지막으로 내려다볼 때처럼 마음이 불편했다. 애벗에게서 자신을 보는 까닭에 다들 애벗을 싫어하는 거라고 클리브는 생각했다.

그는 현실로부터 아주 잠깐도 벗어날 수 없었다. 사는 길이 있다면 죽는 길도 있다. 클리브는 대원들에게 그 차이를 보여주어야만 했다. 리더라면 응당 해야 할 일이었다. 하지만 그런 순간이 다가오면 그는 자신이 잘못된 곳에 와 있다는 생각이 들었다. 부하들에게 보여줄 게 없었다. 어쩌면 그는 인간을 그만큼 사랑하지 않는지도 몰랐다.

그에게 결점이 있다면 지나치게 이성적이라는 것이었다. 그것은 맹목과 다를 바 없었다. 진작 알았어야 했다. 들레오는 자존심이 셌지만 굴복을 용납하지 않을 정도는 아니었다. 클리브를 위해 기꺼이 무릎을 꿇었을 것이다. 도터스는 두려웠지만 용케 그 사실을 숨겼을지도 모른다. 리더는 자신이 부하들에게 신과 같은 존재라는 사실을 알지 못하고, 그들이 자신에 대해 하는 소리를 듣지 못한다. 리더는 외로움에 떨지만 그것의 의미를 깨닫지 못하고, 앞만 보느라 자신을 따르는 부하들의 모습을 놓치고 만다. 리더는 넘어지고 그들이 승리했다는 사실을 까맣게 모른다.

"……미합중국 공군의 유구한 전통에서 최악의 날씨로 기록될 악천후 속에 귀관은 수적 열세에도 불구하고 적군의 포화를 뚫고……." 도터스는 클리브의 무공을 위한 표창장 문구를 그 자리에서 지어내고 있었다.

"훈장을 받고 싶은 조종사는 누구든 비행단 본부에 보고해야 하지." 들레오가 덧붙였다. "훈장거리가 하나면 가서 받으면 되고, 두 개면 하나를 반납하라고."

애벗 일행이 떠난 뒤 그들은 샴페인을 한 병 더 시켰다. 저녁을 먹으려고 했을 때에는 이미 시간이 늦어 있었다. 주방이 문을 닫은 뒤였다. 그래도 행복한 저녁이었다. 자정이 지난 시간 그들은 차 안에서 노래를 부르며 어둠에 싸인 지친 도시의 텅 빈 거리를 내달렸다. 비는 그쳐 있었다. 밤공기는 상쾌하고 다사로웠다. 젖은 신문지처럼 하늘에 떠 있는 얇은 구름장 사이로 달빛이 쏟아져내렸다.

"오늘 밤은 도쿄에서." 들레오가 씩 웃었다.

"내일 밤이지."

"지금이 내일이야."

13

날이 밝은 뒤 수송기에 올라탔을 때에는 비가 다시 부슬부슬 내리고 있었다. 소리만 있을 뿐 움직임 없는 비행은 내내 악기 속을 지나는 기분이었다. 절대영도섭씨 영하 273.15도로 이론상 모든 분자의 활동이 멈추는 온도의 권역에서 공간을 통과하는 것이 바로 이런 것이리라. 이윽고 정오 무렵 그들은 일본 남부의 쓰이키 기지에 내린 뒤 그곳에서 북쪽으로 가는 열차로 갈아탔다.

차량이 어찌나 낡았는지 들썩거릴 때마다 낡은 천을 씌운 의자에서 먼지가 풀썩 일어났다. 문양이 그려진 흐릿한 전등이 천장 중앙을 따라 일렬로 매달려 있었다. 전등의 이음매는 모두 놋쇠로 만들어져 있었다. 클리브는 의자에 깊숙이 앉아 빗방울이 차락거리는 차창 너머 시골의 봄 풍경을 바라보았다. 비에 젖은 따뜻한 하늘 아래 들판에는 제법 초록빛이 돋아나고 있었다. 오렌지나무는 열매를 매달고 서 있었고 양배

추는 싹을 틔웠으며 차나무는 아련하게 빛났다. 물빛 반짝이는 논바닥의 벼 그루터기만이 아직 잠에서 깨어나지 않은 듯했다. 기차역에서는 상인들이 캔디며 오렌지, 맥주와 담배 따위를 가판대에 죽 펼쳐놓고 팔고 있었다.

그는 부드러운 차체의 흔들림에 몸을 맡긴 채 향수를 불러 일으키는 합창 소리—차축이 회전하면서 내는 신음 소리, 금속 부품이 나지막이 내지르는 비명, 객차 사이의 연결 부분에서 쇠줄이 흔들리는 소리—에 가만히 귀를 기울였다. 그들은 여행길에 있었다. 전쟁을 피해 도망치는 것이었다. 그는 기차 여행의 감흥을 가맣게 잊고 있었다. 손에 잡힐 듯 생생한 만족감이 그의 가슴을 채웠다. 바퀴의 둔중한 소리를 들으며 그는 이따금씩 엔진에서 뿜어져 나오는 솜뭉치 같은 연기를 바라보았다. 자신이 시골의 일부가 되는 기분이었다. 낯선 느낌은 전혀 없이 모든 것이 친숙하고 편안하게 다가왔다.

들레오는 잡낭을 열었다. 5분의 1쯤 남은 버번위스키에 새우 통조림 따위가 들어 있었다. 그들은 버번을 마시는 대신 1리터들이 병으로 파는 일본 맥주를 역구내에서 산 후 새우 통조림을 안주 삼아 먹으며 이런저런 이야기를 나누었다. 다른 여행과 지나간 날들, 그리고 과거에 있었던 일과 앞으로 일어날 일을 생각하며 기분 좋은 오후는 그렇게 저물어갔다. 들레오는 여행하기에 유쾌한 친구였다. 여행을 많이 다닌 데다 기차에서 편안하게 즐기는 폼이 군인 티가 거의 안 났다. 어스름이 깔릴 무렵 그들은 창턱에 팔꿈치를 괸 채로 잠이 들었다. 짐꾼이 와서 잠자리를 봐주겠다며 그들을 깨웠다.

클리브는 밤잠을 청하기 전에 한 기차역에서 내렸다. 밤공기는 축축했지만 고요하고 상쾌했다. 시골 공기가 온몸을 촉촉이 적셨다. 그는 조용히 잠든 객차를 따라 콘크리트 플랫폼을 걸었다. 플랫폼 위 지붕이 끝나는 곳을 지나 객차 맨 앞 칸에 이르렀다. 커다란 기관차가 허연 증기를 내뿜으며 웅크리고 있었다. 신호수가 정중하게 고개를 숙여 인사했다. 클리브는 기차가 불쑥 움직일지 모른다는 생각을 하며 몇 분 동안 초조하게 서 있었다. 마침내 객차로 천천히 돌아갔다. 머리 위로 우중충한 하늘이 낮게 걸려 있었다.

아침 무렵에 그들은 동쪽 바닷가의 아타미에 도착했다. 산줄기를 따라 골짜기에 들어앉은 마을은 차가운 푸른 바다를 내려다보고 있었다. 클리브는 침상에 누운 채로 밖을 내다보았다. 일어나기가 싫었다. 이렇게 나른하게 누워 여행을 마쳐도 좋겠다는 생각이 들었다. 한동안 그는 그렇게 베개를 받치고 누워 시선을 차창 밖에 두었다. 북쪽의 아타미를 출발한 기차는 작은 어촌을 지나 위험스러울 만큼 좁다란 해안 도로를 따라 달렸다. 마침내 그는 자리에서 일어나 가볍게 세수를 했다. 그로부터 30분도 안 돼서 기차는 도쿄로 들어서고 있었다.

그들은 기차역에 내린 뒤 택시에 몸을 싣고 도심을 가로질러 달렸다. 삶의 속도가 달라져 있었다. 덜컹거리는 기차를 타고 마냥 밤을 지나왔는데 별안간 시간이 질주하고 있었다. 그들로부터 시간이 도망치는 듯했다. 거대한 도시에 압도당한 느낌이었다. 그곳에선 1년도 긴 시간이 아니었다. 그들이 머물 며칠은 턱없이 짧게 느껴져서 일분일초가 지날 때마다 시간에 쫓기는 듯한 기분이 들었다.

처음 찾아간 호텔에는 방이 없었다. 그다음 호텔도 마찬가지였다. 클럽 하이츠와 호소카와에도 가봤지만 그곳 역시 꽉차 있었다. 예약을 안 하고 온 게 화근이었다. 그런데 그 순간 왠지 호텔이 모두 텅텅 비어 있어야 할 것 같은, 말도 안 되는 생각이 들었다. 호텔이 일본인 취향에 맞지 않아서 일본인들이 죄다 한국에 가 있어야 할 것만 같았다. 다행히도 들레오가 아는 호텔이 몇 군데 더 있었다.

"어디?" 클리브는 알고 싶었다.

"제일 가까운 호텔이 아스터예요."

그들은 아스터로 갔다. 언덕 위에 자리 잡은 그곳은 벽이 성채처럼 두꺼운, 작고 비싼 호텔이었다. 그렇지만 그곳에는 어떤 무상한 기운 같은 것이 느껴져서 전쟁이 끝남과 동시에 문을 닫을 것만 같았다. 술집과 레스토랑이 24시간 영업한다는 표지판이 눈에 띄었다. 호텔 안으로 들어가자 데스크 직원이 고개를 숙여 인사했다.

"방이 있습니까?" 들레오가 물었다.

직원은 대답 대신 만년필꽂이를 앞으로 내밀었다.

그들은 객실로 들어갔다. 호텔 전면에 있는 방이라 도시 전경이 한눈에 들어왔다. 가구는 몇 점 없었지만 깨끗했다. 색바랜 꽃무늬 벽지가 방을 예스럽게 보이게 했다. 호텔 보이가 창문을 열었지만 그 뒤로도 한참 동안 뭐라고 말할 수 없는 야릇한 냄새가 공기 중에 감돌았다.

그들은 가방을 내려놓고 찌뿌듯이 흐린 날에 낮술을 마시러 호텔 바로 내려갔다. 그렇게 이른 시각에 술집에 앉아 있으려니 마치 성수기가 지난 리조트에 온 기분이었다. 테라스의 유리창 너머로 빽빽하게 들어찬 도시의 낮은 지붕들이 내다보였다. 들레오가 메뉴판을 달라고 했다.

"뭐 드시겠습니까?"

"글쎄, 모르겠네. 뭐가 있지?"

"없는 거 빼고 다 있어요. 전 스테이크로 할래요."

"스테이크 좋지. 내 것도 같이 주문해주게. 그 전에 한잔할까?"

"곧 죽어도 고입니다." 들레오가 활짝 웃었다.

식사를 하고 그들은 방으로 올라갔다. 샤워를 하고 한숨 잘 생각이었다. 해가 중천에 뜨기도 전인데 술을 이렇게 마음껏 마실 수 있다니 꿈만 같았다. 클리브는 자고 일어나서 샤워를 해야겠다고 마음먹었다. 옷을 벗고 새 침구를 씌운 보드라운 침대에 누웠다. 눈을 감자 눈꺼풀 위로 잠이 서서히 내려앉으면서 전신을 포박하는 것이 느껴졌다. 마룻바닥과 벽 너머로 사람들 기척이 희미하게 들려오고 창밖의 거리에서는 차량 소리가 어렴풋하게 떠다녔다.

일어났을 때에는 오후였다. 그들은 택시를 잡아타고 번화가로 갔다. 거대한 도시에는 생기가 넘쳤다. 도심 한복판을 가로질러 비좁은 거리를 달리는 동안 클리브는 그 생명력을 폐부 깊숙이 빨아들였다. 길가를 따라 끝없이 늘어선 작은 나무 집 2층 창가에는 이불이 널려 있고 앞마당에는 빨래가 나부끼고 있었다. 까만색 교복 차림의 학생들이 무리 지어 집으로 가고,

빨간색 옷을 입은 아이들 사이로 간간이 격자무늬 옷을 입은 아이들이 뛰어갔다. 길 양쪽으로는 자전거들이 연이어 달려오고 달려갔다.

그들은 가조엔에서 택시를 세운 뒤 지하 술집으로 내려갔다. 들레오가 마티니 두 잔을 주문했다. 여전히 이른 시각이라 술집은 비어 있었다. 술잔을 닦는 바텐더 외에는 아무도 없었다. 그들은 각자 두 잔씩을 마시고 임페리얼로 자리를 옮겼다. 첫 손님으로 보이는 대령들과 그들의 여자, 그리고 요직에 앉아 있음 직한 민간인들이 들어오는 참이었다. 클리브는 술기운이 전신에 퍼지는 걸 느꼈다. 그는 한 사람 한 사람의 얼굴을 평생 뇌리에 아로새길 듯이 뚫어져라 쳐다보았지만 잠시 뒤 눈길을 거두자마자 아무것도 기억할 수 없었다. 머리가 번뜩번뜩 잘 돌아가는가 싶다가도 자신이 머저리처럼 느껴졌다. 그는 개의치 않았다. 지금 중요한 것은 오직 행복하다는 복된 감정뿐이었다. 견고한 땅에 발을 딛고 안전하게 서 있는 것만으로도 감사한 일이었다. 긴장으로 떨렸던 무릎은 이제 진정되었지만 한편으론 그런 자신이 부끄러웠다. 이렇게 가슴을 쓸어내리며 안도할 것이 아니라 전장으로 돌아가고 싶어 안절부절못하는 편이 더 나았을지도 모른다.

그러나 그는 돌아가고 싶지 않았다. 중도에 경주를 포기한 육상 선수가 겪을 법한 짜릿한 행복감을 느꼈다.

잠시 뒤 그들은 안개가 깔린 거리로 나갔다. 온몸의 피가 끓어오르는 듯했다. 클리브는 찬 공기를 들이마셨다. 택시를 타고 환하게 불 켜진 대로를 지나 공원을 가로질러 유니버시

티 클럽에 당도했다. 장중한 실내는 어두웠다. 문양이 조각된 높다란 문과 참나무 벽이 제법 근사하다는 생각을 하며 그들은 카펫 깔린 복도를 지나갔다. 칵테일 라운지는 한층 생기가 넘쳤다. 피아니스트가 애절한 멜로디의 유행가를 연주하고 있었다. 매 곡마다 잃어버린 시간을 되돌리는 이 맑은 추억의 실개천 옆에 그들은 자리를 잡았다.

"마티니 한 잔 더 하실래요?" 들레오가 물었다.

"당연하지. 술은 역시 빈속에 마시는 게 최고야."

"문명을 찾아왔으니 실컷 즐겨야지요."

웨이터가 주문을 받아 가자 들레오는 전화를 하고 오겠다며 어디론가 총총히 걸어갔다. 클리브는 술집을 휘둘러보며 기다렸다. 설렘과 강렬한 욕망이 가슴 속에서 꿈틀댔다. 눈부시게 아름다운 일본 여자 둘과 해군 장교 무리가 술집으로 들어오는 게 보였다. 테이블마다 쌍쌍이 앉아 있었다. 흐드러진 향수 냄새가 코를 찔렀다.

들레오가 돌아온 지 얼마 지나지 않아 그들은 불현듯 저녁을 먹기엔 너무 늦어버렸다는 사실을 깨달았다. 이미 9시가 지나 있었다. 시간은 조용히 그러나 빨리 가고 있었다. 클리브는 담배에 불을 붙여 한 모금 길게 빨아들인 뒤 훅 내뿜고는 연기가 흩어지는 모습을 지켜보았다. 달콤한 허기에 정신이 아찔했다. 여자들의 화사한 웃음소리에 욕망의 거대한 물결이 밀려왔다. 몇 달간 억누른 욕망이 마침내 봇물처럼 터진 것이다. 육허기가 든 몸을 비틀고 앉아 그는 이제 더는 참을 수 없다고 느꼈다. 지금 중요한 것은 영혼과 육신을 온통 사로잡은 이 극렬한 허기를 채우는 것뿐이었다. 유년기와 다를 바 없었던 지난 몇 달 동안 거의 자각하지 못했던 허기였다.

"여기가 슬슬 지겨워지는데, 버트." 클리브가 운을 뗐다.

"나가실까요?"

"어디로 갈까?"

"저만 따라오십시오."

"술은 이제 그만하고 싶어."

"저도 그렇습니다. 일어나십시오. 제가 다 알아봤어요."

"미요시?" 클리브가 물었다. 심장 뛰는 소리가 요란하게 들렸다.

"네."

그들은 택시를 잡아탔다. 불을 환히 밝힌 상점들이 연이어 스쳐 지나갔다. 전차가 덜커덩거리며 속도를 내고 자전거를 탄 사람들이 차량 사이로 빠르게 달렸다. 택시는 넓은 다리를 지나 마치 우울한 도시의 또 다른 구역으로 진입하듯 긴 언덕길을 돌아갔다. 도로를 따라 강물이 시커멓게 번들거렸다. 클리브는 방위 감각을 완전히 잃어버렸다. 그저 뒷좌석에 깊숙이 기대어 앉아 창밖을 응시할 뿐이었다. 꿈결인 듯 낯선 풍경이 눈앞을 지나갔지만 생각은 이미 저 너머 다른 곳에 가 있었다. 그를 완전히 사로잡은, 끔찍한 공포와도 같은 욕망 외에는 모든 것이 일그러져 보였다. 택시가 이윽고 상점 사이로 난 골목길로 접어들더니 어두운 마당 앞에 멈춰 섰다. 직원 하나가 달려 나와 택시 문을 열고 그들을 안으로 안내했다. 그들은 정원석으로 양옆을 장식한 현관에 이르렀다. 그곳에서 샌들로 갈아 신고 건물 안으로 들어갔다. 반짝거리는 원목이 깔린 복도 위로 음악이 나지막이 흘렀다. 그들은 복도를 지나 깨끗하게 치워진 큰 방으로 들어가서는 다다미 위에 앉아 기다렸다. 한 소녀가 기모노를 가지고 왔다. 그들은 군복을 벗었다. 소녀는 방으로 다시 들어와 군복을 착착 개어 두 개의 쟁반에 올려놓고 쟁반을 들고 나갔다.

클리브는 말끔하게 세탁된 기모노를 걸치고 앉아 온몸을 휘감는 완벽한 평온을 즐겼다. 전쟁의 제복도 이제 보이지 않았다. 접시에 놓인 생선 프레첼로 보이는 빵을 조금씩 베어 먹었다. 이내 문이 다시 열리고, 정성스레 옷을 차려입은 해맑은 얼굴의 여자 둘이 들어와 공손하게 인사를 하고 그들 사이에 앉았다. 여학생처럼 얌전해 보였다. 여자들은 서툰 영어로 수줍게 자신들의 이름을 말했다. 곧이어 한 명이 샤미센을 연주하러 자리에서 일어났다. 여자는 샤미센 반주에 맞추어 기이하기 이를 데 없는 높은 목소리로 노래를 불렀고, 남자들은 비스듬히 기대앉아 여자의 연주를 들었다. 여자들은 허리를 세우고 다소곳이 앉아 있었다. 연주곡 중에 〈차이나 나이트 China Nights〉가 있었다. 들레오가 가장 좋아하는 노래였다. 시나 노 요루支那の夜. 하나는 노래를 부르고 다른 하나는 콧노래를 흥얼거리면서 여자들은 들레오를 위해 그 노래를 몇 번이고 불렀다. 술시중을 드는 소녀가 쟁반에 따뜻한 와인병을 담아 내왔다.

얼마 뒤 그들은 목욕탕으로 갔다. 여자들이 몸을 씻기는 동안 남자들은 노래를 불렀다. 그런 다음에 그들은 다 함께 보드라운 모래색 타일이 깔린 욕조 안으로 들어갔다. 물은 뜨거웠지만 깨끗했다. 세상만사 모든 것이 씻겨나가는 느낌이었다. 클리브는 현실과 동떨어진 채 나른한 꿈속에서 두둥실 떠다니는 듯했다. 여자도 물속에 있었다. 티끌 하나 없이 투명한 피부와 탄탄한 몸뚱이가 수면 아래에서 관능적으로 뒤틀려 보였다. 곱게 빗은 머리는 수건으로 단단히 틀어 올린 채였다. 여자는 언제 그랬냐는 듯이 정숙함을 벗어 던지고 물속에서 그의 몸을 애무했다. 그러면서도 여자는 서두르지 않았다. 그들은 별거 아닌 일에 웃음을 터뜨렸다. 뿌옇게 증기 서린 방에서 그들은 어린아이처럼 천진난만하게 놀았다.

다다미방에 깔아놓은 두꺼운 요 위에서도 여자는 새색시처럼 극진했다. 그는 밤중에 두 번 잠에서 깼다. 그때마다 여자는 곧 따라 일어났고 즐거워하는 눈치였다.

이튿날 아침 7시에 남자들은 목욕탕으로 내려가 벌거벗은 채로 나무 의자에 앉거나 뜨거운 물속에 몸을 담그고 면도를 했다. 물속에 있으니 다시 태어나는 기분이었다. 창문 너머 밖은 뿌옇게 흐려 있었다. 연못의 수면 위로 가볍게 거품이 이는 것이 클리브의 눈에 들어왔다. 마법은 아직 풀리지 않았다. 그는 여전히 왕이었다. 들레오와 그는 제국의 부를 함께 누리는 형제였다. 평민의 하루가 시작되는지 지붕 너머 저 멀리 시커먼 굴뚝에서 연기가 피어오르기 시작했다.

"여기 또 오면 안 돼, 버트." 클리브가 말했다. 그들은 삶과 죽음 사이, 존재의 고원에 있었다.

"왜요?"

"세상에서 가장 완벽한 삶이니까."

"어느 면에선 그렇죠."

"모든 면에서 그래. 이렇게 죽는 것도 나쁘지 않을 것 같군."

"더 좋은 방법이 있지 않을까요?" 들레오가 말했다.

"아니야. 단박에 가는 게 중요해. 가령 하늘 저 높이 별에 닿았다가 지상으로 떨어져 스러진다면 근사하지 않겠나?"

"그게 좀……."

"이상하다고? 몇 년째 해온 생각이야. 진실한 생각만 해도 부족할 판에 이렇게 쓸데없는 생각만 하고 있으니. 참 묘하지. 자네를 위해서도 나를 위해서도 이곳의 모든 것은 완벽해야 하네. 순전히 우연이었지만 우리는 다시없이 순수한 이곳에 왔어. 순수하다는 건 어찌 보면 인위적이라는 뜻도 되네. 우리가 그만큼 문명화되었으니까. 아주 깨끗한 공간에서 중세의 삶을 누리고 있는 우리는 지금 어린아이의 꿈속에 들어와 있는 거야. 어른의 천국이기도 하지. 유일무이한 그 무엇, 실은 그게 뭔지 나도 잘 모르지만, 여하튼 그 소중한 것의 마지막 남은 몇 조각을 우리가 지금 몰고 있는 것일지도 몰라. 그건 심지어 왕에게도 너무 사치스러운 소일거리지. 부족한 건 아무것도 없네. 하지만 그것의 의미를 전혀 모르는 자가 영웅이야."

들레오는 잠자코 듣고만 있었다.

"다른 사람은 다 이해했는데," 클리브가 말을 이었다. "나만 못하는 것일지도 모르지. 버트, 한번 말해보게. 지금 중요한 게 뭐라고 생각하나?"

"전쟁이요." 들레오가 대답했다. "그리고 미그기."

"또?"

"살아남는 거."

"그건 별로 중요하지 않아."

"미그기가 없으면 다른 건 다 소용없어요."

"자네 말이 맞을지도 모르지."

"정말 그렇다니까요."

"하지만 말이야, 누군가 열심히 노력……."

"노력만으론 충분하지 않아요. 이 완벽한 삶에서 편대장님 은 꼭 승리하셔야 합니다."

클리브는 잠시 침묵을 지켰다. 그는 얼굴에 비누 거품을 묻 혀 면도를 시작했다.

"노력만으로 충분하지 않다면," 클리브가 말을 받았다. "그 건 자랑할 일은 아니지."

"저는 노력만으로 충분할 수 있지만 편대장님은 아니죠."

"자네도 나도 똑같아."

"그렇지 않아요."

클리브는 들레오를 힐끗 쳐다보았다. 들레오는 눈을 감고 몸을 목까지 물속에 담근 채 나른하게 욕조에 누워 있었다. 클리브가 다시 거울로 시선을 돌렸을 때에는 모든 것이 달라 져 있었다. 열정으로 가득 찬 순간이 지나가버린 것이었다. 갑 자기 그들 머리 위로 잔인한 아침 햇살이 쏟아져 내리는 것만 같았다.

그들이 군복으로 갈아입고 떠날 채비를 하는 동안 여자들은 그 옆에 서서 행장 챙기는 일을 거들었다. 이 순간이 끝난 것을 함께 아쉬워하는 것 같았다.

"진짜 신사입니다." 클리브의 여자가 머뭇거리며 입을 열었다.

"우리 신사 아니야."

"아니에요, 신사 마자요."

"아니래도."

여자는 살짝 미소를 지었다. 이제 보니 아주 작고 어려 보였다.

"대장님 머싰어요." 여자가 재차 말했다.

"아니라니까."

"머싰는 대장님 아니에요?"

들레오는 웃음을 터뜨렸다.

"편대장님을 제대로 봤네요." 그가 말했다. "멋진 대장이 아니라잖아요."

여자는 어린아이같이 보였다. 클리브는 그곳에 서 있는 자신이 바보처럼 느껴졌다. "굿바이." 클리브가 작별 인사를 했다.

"네. 구도바이." 그다음에 또다시 조용히. "구도바이."

사냥꾼들

14

그들은 아스터에 오래 머물지 않았다. 그날 아침 들레오가 짐을 싸기 시작했다. 숙소를 호소카와로 옮기기로 미리 전화로 알아본 모양이었다. 클리브는 썩 내키지 않았다.

"왜?" 그가 물었다. "난 여기가 좋아."

"일단 가보고 말씀하세요. 저만 믿으세요."

"난 별로야. 거기에도 바가 있나?"

"당연하죠."

"이발소는?"

"그건 없어요."

"내 그럴 줄 알았어." 클리브가 대답했다. "그럼 우리가 직접 면도를 해야 하잖나."

"그게 뭐 번거롭다고요. 어서 짐부터 싸세요."

"그새 편한 거에 익숙해져서. 게다가 여기 이발사가 아주 멋져."

"어떻게 아세요? 오늘 아침에 직접 면도해놓고선."

"절뚝거리는 게 마음에 들어."

"전 미처 못 봤는데."

"다리가 성하지 않아. 전쟁에서 다친 거 같아. 내일 아침 얼굴에 뜨거운 수건을 덮고 그 얘기를 들으면 좋겠다고 잔뜩 벼르던 참인데."

"편대장님도 참. 이발은 다음에 하러 오세요."

새 숙소는 멀지 않았다. 1킬로미터도 채 떨어져 있지 않았다. 처음에는 영 내키지 않았지만 입구에 들어서는 순간 클리브는 그곳이 마음에 들었다. 한때 왕자의 처소로 쓰였던 호소카와는 경내가 잘 가꾸어져 있었다. 분위기도 훨씬 동양적이었다. 그들은 현관에서 신발을 벗고 슬리퍼로 갈아 신었다.

목을 축일 요량으로 술집에 들러 신문을 펼쳤다. 전쟁 기사는 많지 않았다. 전선은 잠잠했고 공중전은 일어나지 않았다. 점심을 먹으러 식당으로 갔다. 식당은 정원을 바라보고 있었다. 간만에 화창한 오후였다. 상록수가 햇빛을 받아 눈부시게 빛났고 얼음처럼 맑은 시냇물이 푸르스름하게 이끼 낀 조경석 사이를 돌아 소리 없이 흘러갔다. 다른 손님은 없었다. 대저택 특유의 위엄이 느껴졌다. 음식은 훌륭했다. 아침부터 빈속이라 몹시 시장하던 터였다.

그날 밤 순례의 출발지는 들레오의 표현을 빌리자면 역사적으로 아주 흥미로운 미마쓰였다. 나름의 이유가 있다고 그는 덧붙였다. 그곳은 강당만큼이나 널찍한 나이트클럽이었다. 이브닝드레스 차림의 접대부들이 그들 옆으로 와서 앉았다.

"전투기 조종싸세요?" 그중 하나가 웃는 얼굴로 물었다.

"어떻게 알았어?"

"전투기 조종싸는 다 똑가타요. 여기가 커요." 여자는 시계를 차는 손목 부위를 가리키더니 곧이어 허버지를 가리켰다. "대신 여긴 자가요."

무대 위 쇼에 흥을 돋우기 위해 그들은 터지면 색종이 조각이 흩날리는 폭죽 비슷한 걸 하나씩 받아 들고 있었다. 쇼가 끝날 때마다 귀청이 찢어질 듯한 폭음과 함께 눈부신 무대조명 사이로 형형색색의 색종이 조각이 눈보라처럼 휘날렸다. 들레오의 여자는 몸에 꼭 붙는 보라색 새틴 드레스를 입고 있었다. 이름이 선데이라고 했다. 일본 여자라기보다는 인도네시아 여자에 더 가까워 보이는 그녀는 새하얗고 고른 이를 가지고 있었다.

"나랑 있으면 매일매일이 휴일이에요." 여자가 미소 지었다.

클리브는 상륙 허가를 그린 한 편의 뮤지컬 코미디 같다는 생각이 들었다. 무도장 한가운데에는 무지개 불빛이 환하게 켜진 분수대가 있었다. 들레오는 술을 쭉 들이켠 뒤 빈 술잔을 바닥에 내던졌다. 그가 괴성을 지르며 술잔을 박살 낼 때마다 다른 테이블의 손님들이 연신 고개를 돌려 힐끗거렸고 웨이터는 새 술잔을 내오면서 계산서에 술잔값을 달았다. 마티니에서 골라낸 올리브가 군대의 대열처럼 테이블 위에 가지런히 놓여 있었다. 그는 마티니 대대에 올리브가 스물다섯 개라고 설명했다.

"잠은 아기였을 때 들이는 고약한 버릇이야." 들레오가 말했다. 그들은 바커스로 갔다.

테이블이 빼곡하게 에워싼 작은 무대 위에서는 스트립쇼가 연달아 펼쳐지고 있었다. 무희들이 하이힐만 빼고 몸에 걸친 옷가지를 모조리 벗어 던졌다. 마지막 무희는 처음부터 옷을 다 벗고 나타나 5분간 알몸으로 탱고를 추며 중간중간 사내들 무릎에 앉아 사내들이 열광적으로 건네는 술잔을 받아 마셨다. 들레오는 클리브를 그 유명한 조종사 펠의 아버지인 펠 교수님이라고 사람들에게 소개했다.

"단 며칠만이라도 그 이름 좀 안 들을 수 없나?" 클리브가 말했다.

"어이, 친구!" 그때 누군가 큰 소리로 불렀다. 신발 바닥처럼 납작하게 짜부라진 얼굴의 소위가 테이블에 상반신을 기대고 앉아 있었다. 남자는 취해 있었다. "내가 제대로 들은 거 맞지? 당신들, 그 전설적인 펠의 비행대대 소속이야?"

"정확히 말하면 아직 펠의 비행대대는 아니오." 클리브가 대답했다.

소위는 고개를 뒤로 젖히고 껄껄 웃었다.

"하하." 그가 말했다. "내가 아는 닥터라면 곧 그렇게 만들걸. 그 친구 요새 어떻게 지내요? 벌써 미그기를 두 대나 잡았다고 하던데."

"그렇소."

"빌어먹을 놈. 내가 아마 그 자식이랑 제일 친할 거예요. 그 자식 안 지가 벌써 몇 년쩬데."

"복도 많으셔라." 들레오가 빈정거렸다.

소위는 아랑곳하지 않았다.

"그 자식 진짜 개자식이에요. 조심하세요. 카드 게임 할 때는 더더욱. 아주 무서운 놈이야."

클리브는 술잔을 비웠다.

"그만 갈까, 버트?" 그가 물었다.

"아니요, 조금만 더 있다 가요."

"그러니까 댁들이 닥터랑 같은 대대에 있단 말이지." 소위가 말했다. "이런, 젠장. 그 자식이랑 내가 비행학교 동기라고 말했던가? 그 자식이 생도 대표였어요. 하는 짓거리로 봐서는 못 믿겠지만 진짜야. 어떻게 된 일인지 실은 나도 잘 모르지만. 말썽이 끊이지 않았는데 어떻게 대표가 됐단 말이야. 내 말이 참말이 아니면 손에 장을 지져요. 한번은 펠이 기숙사에 앉아 있다 무심코 창밖을 내다봤는데 한 여자가 걸어가는 게 눈에 꽂히는 거야. 아, 그 여자를 댁들도 봤어야 하는데. 미끈하게 쭉 뻗은 게, 무슨 말인지 알지? 펠이 휘파람을 획획 불고는 중얼거리더군. 예쁜아, 살살 흔들어봐, 오빠 코피 터질라 살살. 그때 여자가 고개를 획 돌리더니 이렇게 도끼눈을 뜨고 쨰려보는 거야. 그런데 하필 그 여자가 교장 사모지 뭡니까. 정말이라니까. 닥터는 이제 끝장이라고 걱정했는데 사모가 그 녀석 얼굴을 제대로 못 본 모양이야. 5분쯤 후에 범인을 잡으려고 한 무더기의 사람들이 기숙사로 들이닥쳤어요. 그러곤 생도들을 모두 일렬로 세웠죠. 대령이 직접 왔는데 얼굴이 시뻘겋게 달아올라서 씩씩거리더군. 그런데도 이 펠이라는 녀석은 눈 하나 깜짝 안 하고 대령의 눈을 똑바로 쳐다봐요. 이렇게 늘

말썽을 끌고 다니는데도 운이 기차게 좋은 녀석이야. 어떡하든 거짓말로 위기를 모면하거든. 그 개자식이 말이야. 잔머리 하나는 기똥차게 돌아가. 그런 놈이 생도 대표라니. 한번 생각해봐. 난 웃다가 배꼽이 빠지는 줄 알았어. 닥터. 장교들을 다 구워삶아놨어."

"가지." 클리브가 일어서며 말했다.

"그렇지만 그 자식 비행 실력 하나는 끝내줘요. 최고 중의 최고야. 언제 한번 꼭 만나보라고."

자리에서 일어나는 그들을 보고 소위가 펠 그 개자식한테 안부를 전해달라고 소리쳤다. 그들은 택시에 올라탄 뒤 불야성을 이룬 시내를 지나 호텔로 향했다.

"친구라." 들레오가 말했다. "펠의 비행대대에 있는 기분이 어떠세요?"

"자넨 기분이 좋아 보이는군."

"네, 아주 좋습니다."

"너무 좋아하지 말게." 클리브가 말했다. "난 진작부터 알고 있었어. 자네보다 먼저."

"그럼 일부러 말씀 안 하신 거예요?"

"그래."

"근데 왜 그냥 내버려두셨어요? 그 자식을 내보냈어야죠."

"나도 모르겠어." 클리브가 대답했다. "이젠 너무 늦었어. 너무 멀리 와버렸다고. 그저 내버려두는 수밖에. 다른 사람한테 맡길 수도 없잖나."

"왜 안 돼요? 이유를 말해보세요."

"내 손으로 끝낼 거니까." 클리브가 말했다.

그들은 방으로 올라가기 전에 한 잔만 더 하자며 호텔 바로 들어갔다. 여자 바텐더가 소리 없이 나타났다. 환한 낮빛에 예쁘장한 얼굴이었다. 여자의 미소는 이른 아침의 화사한 햇살 같았다.

"물 조금 섞어서 스카치 두 잔." 클리브가 주문했다.

여자는 술잔을 가져온 뒤 전축을 틀었다. 한 번에 음반 한 장씩만 걸 수 있는 전축이라 여자가 그 옆에 서서 곡이 끝날 때마다 새 음반을 올려놓았다. 알 수 없는 부드러운 선율이 실내를 가득 채웠다.

그들이 말없이 앉아 스카치 잔을 홀짝이고 있을 때 큰 키에 이국적으로 생긴 여자가 들어왔다. 호텔에서 제공하는 목욕 가운 차림에 슬리퍼를 신고 있었다. 여자가 의자에 앉았다. 잠시 뒤 여자는 바텐더와 일본어로 건성으로 몇 마디 주고받았다. 이야기를 하면서도 내내 고개를 푹 숙인 채 반들반들한 마룻바닥만 응시하고 있었다. 느닷없이 여자가 흐느끼기 시작했다. 바텐더가 한 말 때문인 것 같지는 않았다. 여자가 우는 모습을 보고 있자니 클리브는 괜스레 마음이 불편해졌다. 무슨 말이라도 해야 할 것 같았다.

"울지 말아요." 클리브가 어색하게 말했다. "안 좋은 일이라도 있나요?"

여자는 여전히 고개를 숙인 채였다.

"도움이 필요하면 말해요."

여자는 고개를 흔들었다.

"무슨 문제라도?"

"아니요, 없어요."

"나한테 얘기해봐요."

"아니에요."

어색한 침묵이 오래 흘렀다. 클리브는 더 이상 재촉하지 않았다. 가만히 앉아서 그녀를 바라볼 뿐이었다.

"그이가 가요." 여자가 이윽고 입을 열었다. "일본을 떠난다고요. 내일 이른 아침, 기차를 타고 항구로 가서 미국행 배에 올라요."

클리브는 아무 말도 하지 않았다.

"오늘이 그이와 함께하는 마지막 밤이에요. 그것만 생각하면 마음이 아파요. 안녕 하고 떠나보낼 수 있을까요?"

"쉽지는 않겠죠."

"그이는 곧 돌아오겠대요." 여자가 말했다. "그렇게 할 수 있을 것 같다고, 무슨 방법이 있을 거라고. 그렇게 말하지만 그인 돌아오지 않을 거예요. 난 알아요. 내일 아침이 지나면 두 번 다시 그이를 못 볼 거예요."

"다시 만나게 될 거예요. 애인이 여기에 얼마나 있었지요?"

"3년이에요. 그래요, 3년. 그이가 여기로 배속된 지 얼마 안 돼서 만났으니까. 근데 지금 떠난대요. 그게 어떤 건지 알겠어요?"

"조금은 알 것 같아요."

여자는 한참 동안 잠자코 있었다.

"그이가 떠나면 난 어떡해요?" 여자가 입을 열었다. "계속 그 생각만 하는데도 앞으로 어떡해야 할지 모르겠어요. 난 갈 곳이 없어요."

"집으로 가는 건 어때요?"

"집이라!" 여자가 희미하게 웃었다.

"집이 없나요?"

"집이요? 아, 물론 집이 있지요. 우리 집이 어떤지 아세요? 그 냉랭한 기운. 엄마도 아버지도 나한테 말을 안 걸어요. 그런 곳에서 내가 어떻게 지내겠어요? 날 걱정해주는 사람은 이제 아무도 없어요."

"형제자매는요?"

"없어요, 지금은."

"그럼 개도 없나요?" 클리브가 물었다. 농담으로 한 소리였다.

"난 절대 돌아가지 않아요." 여자가 말했다.

클리브는 아무 대답도 하지 않았다.

"남쪽의 공군기지로 가서 일자리를 알아봐야겠어요. 혹시 그곳에 대해 뭐 좀 아세요?" 여자의 눈에 돌연 생기가 돌았다. "비행장에는 일자리가 많다던데 정말인가요?"

"그런 셈이죠. 어떤 일자리를 원하느냐에 따라 다르긴 하지만."

"비서가 좋겠어요. 돈도 많이 벌고."

"타이핑은 할 줄 알아요?"

"아니요."

"그럼 비서는 힘들 텐데."

"힘들어도 난 해낼 거예요." 여자의 얼굴에 자부심이 엿보였다. "나한테 뭘 기대하는데요? 하녀처럼 바닥이나 닦으라고요? 어엿한 주부로 산 지 근 3년이에요."

그 후로 여자는 말수가 뜸해졌다. 여자가 머리를 빗기 시작했다. 그녀는 물 한 잔을 달라고 했다. 얼마 뒤 키가 크고 잘생긴 젊은 남자가 껑충한 가운을 걸치고 슬리퍼를 신고 들어왔다. 가운 소매가 손목에서 한 뼘이나 올라가 있었다. 남자가 여자 옆에 앉았다. 그들은 머리를 맞대고 조용히 이야기를 주고받았다. 클리브는 졸지에 불청객이 된 기분이었다. 남녀는 음악에 맞춰 잠깐 춤을 춘 뒤 구석의 소파로 가서 나란히 앉았다. 여자가 남자 어깨에 머리를 기댔다. 여자 바텐더—남자가 메리라고 불렀다—가 소파 앞 테이블에 술잔을 내려놓고 갔지만 그들은 손도 안 대고 나갔다. 음악만이 텅 빈 술집에서 울려 퍼졌다.

"저 여잔 집에 못 가요." 메리가 말했다. "미국인하고 살았잖아요."

"그게 무슨 문제가 되나요?" 클리브가 물었다.

"일본 남자가 저런 여자를 상대하겠어요?"

술집은 이상스러울 만큼 조용했다.

"메리, 당신 얘기 좀 해봐요." 들레오가 끼어들었다.

"네?"

"남자 친구 있어요?"

여자는 수줍은 미소만 지을 뿐 아무 대답도 하지 않았다.

"있는 눈치네."

사냥꾼들

"네, 있어요."

"지금 어디 있지?"

"여기에 없어요."

"도쿄에 없다고?"

"네, 여기에 없어요."

"무슨 사정인지 알겠다. 여하튼 지금 어디에 있어요?"

여자는 당황한 듯 보였다. 그녀는 전축에 새 음반을 걸기 위해 바의 끝 쪽으로 걸어갔다.

"아직 돌아오지 않았어요." 여자가 말했다.

"그래?"

"네. 파낭새 같은 거예요."

"뭐라고요?"

"파낭새요."

"편대장님, 뭐라고 하는지 아시겠어요?"

"글쎄, 모르겠네. 파 뭐라고 했소?"

"파낭새요, 행복을 가져다주는." 여자가 덧붙였다.

"아, 파랑새." 들레오가 알아듣고 말했다.

"네." 여자가 미소 지었다. "언젠가는 이곳으로 올 거예요."

"그래, 언젠가는 오겠지."

클리브는 방으로 올라가 침대에 누웠다. 피곤했다. 연신 요란스레 울어대는 귀뚜라미 소리에 섞여 이름 모를 풀벌레들의 울음소리가 들려왔다. 그는 가만히 누워 눈도 깜빡이지 않고 어둠을 뚫어지게 응시했다. 하녀는 되지 않겠다는 여자와 미국인 애인을 기다리는 또 다른 여자를 그는 생각했다. 여자들

이 부러웠다. 그들이 사는 동화의 세계, 오페라 같은 세계에
자신도 함께 들어가고 싶었다. 애절한 슬픔에 젖어 있어도 무
대 위 커튼이 내려오는 순간 젊은 그들은 다시 웃고 어딘가로
떠날 것이다. 그러나 그는 진창에 깊숙이 발을 집어넣었다. 어
둠이 지배하는 최후의 전쟁에 참전한 그는 세월의 흐름 앞에
서 서서히 가라앉고 있었다.

사냥꾼들

푸른 아침 하늘에 따뜻한 바람이 불고 있었다. 그들은 늦은 아침을 먹었다. 클리브가 식사를 마치고 지갑을 꺼내는데 잊고 있던 종이 한 장이 우연히 눈에 띄었다. 미야타 씨에게 보내는 소개장이었다. 미야타 씨의 형은 전쟁 전에 워싱턴에서 클리브의 아버지와 친분을 쌓은 사이였다. 클리브는 구겨진 종이의 주름을 폈다. 도쿄에 갈 일이 생기면 한번 들러보라고 미국에서 받아 온 것이었다. 주소를 다시 들여다보며 어디쯤일지 가늠해보았다. 화창한 날 도쿄의 일상을 한번 들여다볼까, 잠시 생각했다. 오후에 달리 할 일도 없고 해서 그는 전화기를 들었다.

미야타는 젊은 반전통주의 예술가 그룹의 좌장으로 알려진 화가였다. 살림집이자 작업실로 쓰는 스튜디오는 도시 외곽에 있었다. 택시 기사도 길을 찾느라 애를 먹었다. 주소는 맞게 쓰여 있었지만 교외로 벗어나면 경찰관도 주소만 보고는 집을 찾기가 힘들었다. 그렇게 헤매던 중 동네 가게 주인이 길을 알려주었다. 좁고 가파른 언덕길을 따라 올라갔다. 하지만 그 뒤에도 그들은 번지수를 확인하기 위해 번번이 멈춰 서야 했다. 이윽고 택시가 스튜디오 앞에 섰다. 콘크리트길이 끝나는 지점에 작고 낡은 집 한 채가 무성하게 자란 잔디에 둘러싸인 채 서 있었다. 유리문 세 개가 활짝 열려 있는 테라스를 지나가는데 안쪽에 누군가 서 있는 모습이 언뜻 비쳤다. 클리브는 문을 두드렸다. 잠시 뒤 문이 열렸다. 그는 자기를 소개한 뒤 종이를 꺼내 건넸다. 미야타로 보이는 남자가 종이를 한번 훑어보고 나서 알겠다는 듯이 숨을 크게 내쉬고는 미소 띤 얼굴로 그를 올려다보며 악수를 청했다. 방문객이 반가운 눈치였다. 자신과의 관계를 하도 쉽게 인정해주는 바람에 클리브는 오히려 이 남자가 코넬이라는 성을 한 번도 못 들어본 건 아닐까 하는 불안한 생각이 들었다.

"어서 들어오세요." 미야타가 말했다.

40대 후반의 남자는 머리가 희끗희끗 세어 있었다. 그렇지만 나이보다 훨씬 젊어 보였다. 체구는 작았지만 탱탱한 피부며 운동으로 다져진 근육이며 온몸 구석구석에서 에너지를 발산하고 있었다.

클리브는 문 바로 안쪽의 낮게 꺼진 좁은 현관에서 신발을 벗고 집 안으로 들어갔다. 바깥과는 딴판이었다. 이런 공간이 있을까 싶게 불이 환하게 켜진 커다란 방이 나왔다. 한쪽 구석에는 책이 잔뜩 쌓여 있었다. 그 외에는 모두 캔버스였다. 사방 벽에 캔버스가 빼곡히 세워져 있었다. 벽에 나란히 걸려 있는 캔버스들도 있었다. 클리브는 방 한가운데에 서서 주위를 둘러보았다. 긴 세월의 작업이 작지만 깊은 목소리를 내고 있었다. 그때껏 그런 광경을 본 적이 없었다. 동양적 분위기와 자세 속에서 화폭을 지배하는 색은 푸른색과 회색이었다. 대부분이 누드화였는데 실물 크기의 그림도 여러 점이었다. 적나라한 표현에 슬며시 눈길을 피하기도 했지만 인내와 고요, 헌신이 깃든 그림은 성스러운 색채가 농후한 까닭에 클리브는 그 앞에서 동요 없이 마음의 평온을 느낄 수 있었다.

소파와 의자 몇 개, 커피 테이블이 보였다. 나머진 모두 화구였다. 짜다 만 물감이 납으로 만든 유충처럼 바닥 여기저기에 뒹굴고 있었다. 봄날 오후였다. 그들은 레몬 소다를 마시며 대화를 나누었다. 클리브는 존재하리라고 상상조차 못한 도시의 한 구역으로 들어온 기분이었다.

미야타는 영어도 유창하고 지적 소양도 풍부했다. 호기심이 미치지 않는 분야가 없는 듯 보였다. 마치 신위神威의 보호 아래 세상을 냉철히 판단할 책무를 띠고 이 땅에 내려온 사신처럼 세속의 소요를 초월한 것 같았다. 한국 얘기를 짧게 나눈 뒤 화제가 자연스럽게 태평양전쟁으로 옮아갔다. 미야타는 전쟁 내내 일본에 머물면서 큰 상흔을 입은 것이 틀림없었지만 대화 중에 적의 같은 건 조금도 느껴지지 않았다. 전쟁은 그가 어떻게 할 수 있는 일이 아니었다. 비록 1944년 대공습으로 집이 전소되면서 1930년대부터 1940년대 초반까지 작업한 그림 대부분을 소실했지만, 전쟁을 바라보는 그의 관점은 거의 시적인 것에 가까웠다. 전쟁은 그에게 마치 하나의 계절, 곧 인간이 참고 견뎌야 하는 잔인한 겨울 같은 것이었다. 그는 그날 밤을 생생하게 묘사했다. 끝없이 이어지는 공포의 시간, 불기둥 위로 폭탄을 퍼부으며 날아가는 폭격기.

"그림을 거의 다 잃으셨다고요?" 클리브가 말했다. "생살을 도려내는 것처럼 힘드셨겠어요."

미야타는 미소를 지어 보였다.

"그럴 수도 있겠죠." 그가 대답했다. "나도 처음에는 그랬어요. 하지만 그게 아니었어요. 나중에 결심했지요. 다시 태어나는 기회로 삼자고. 그렇게 해서 난 두 번째 삶을 살게 됐지요."

일본 얘기에 이어 그가 6년 동안 유학한 프랑스와 타히티 섬, 한때 일본령이었던 태평양의 섬들에 관한 대화가 이어졌다. 견해와 시각이 모두 참신했다. 기존의 사고방식을 수용하는 대신 늘 뛰어난 창견을 제시하는 듯했다. 영화 얘기도 했다. 미야타는 영화에 관심이 많았다. 미국 영화에 프랑스 영화, 러시아 영화, 이탈리아 영화까지 일본에서 상영된 훌륭한 영화들은 모조리 본 것 같았다.

"내가 보기에 가장 힘든 예술 분야가 영화인 것 같아요." 그가 말했다. "모든 것을 망라해야 하니까. 훌륭한 영화라면 그 속에 예술의 모든 영역이 녹아들어 있어야 하지요."

그들은 방 한구석으로 갔다. 일본 영화 잡지와 고급 장정의 연감 대여섯 권, 영화와 영화사에 관한 책들이 바닥에 어지럽게 흩어져 있었다. 그들은 책장을 넘기다가 간간이 둘 다 본 영화가 나오면 손길을 멈추고 이야기를 나누곤 했다. 클리브는 그지없이 신기했다. 미야타 같은 사람이 이런 데 관심이 있으리라고는 전혀 예상하지 못했다. 믿기 힘들었다. 어찌 되었건 간에 그는 자신이 아는 세상으로부터 멀리 떨어진 채 도시 위 작은 집에서 한가로이 시간을 보내고 있었다. 이 소중한 두어 시간의 행복만이 존재할 뿐 그 어떤 것도 확신할 수 없는 이상한 현실이었다. 클리브는 커다란 창문을 통해 밖을 내다보았다. 대화는 오래 계속되었다.

오후 나절 느지막이 누군가 현관에서 신발을 벗는 소리가 들렸다. 클리브는 어깨 너머로 힐끗 그쪽을 돌아보았다. 여자였다. 손님이 있는 걸 보더니 여자가 방문 앞에서 발길을 돌렸다. 미야타가 여자를 안으로 불러들였다. 여자가 몇 걸음 다가왔다. 그녀의 모습이 시야에 온전히 들어오는 순간 클리브는 죽을 때까지 그 장면을 잊지 못할 것 같은 예감이 들었다.

"내 딸 에이코요."

"처음 뵙겠습니다." 클리브가 인사했다. 제 목소리가 동떨어진 채 또렷하게 들렸다. 우스꽝스러웠다.

여자는 눈길을 떨구었다.

"안녕하세요." 여자도 인사를 건넸다. 공손하지만 감정이 실리지 않은 목소리였다.

칠흑같이 검은 머리칼은 어린아이의 그것처럼 고왔다. 여자는 열아홉이었다. 그렇게 그녀는 눈부신 광휘 속에서 더할 나위 없이 평온하고 자신감 넘치는 자세로 서 있었다. 스튜디오의 사방 벽에도 그녀가 있다고 클리브는 확신했다. 그림 속의 그녀를 쳐다보지 않기란 여간 힘든 일이 아니었다.

이튿날은 일요일이었다. 그는 이른 오후를 미야타의 집에서
보냈다. 선물로 미국 담배 두 보루를 가지고 갔다. 그들은 천연
색 사진처럼 화려한 색감의 과일 그릇이 놓여 있는 테이블에
앉아 차를 마시며 담배를 피웠다. 에이코도 함께 있었다. 별로
말이 없었지만 예의상 침묵하는 것으로 보였다. 입 밖에 내지
않았을 뿐 그녀의 머릿속에는 수많은 생각이 맴돌고 있음을
클리브는 알았다. 그녀에게서 눈을 뗄 수가 없었다. 눈길을 돌
렸다가도 절로 눈길이 다시 갔다.

얼마 뒤 클리브와 그녀는 자전거를 타고 집을 나섰다. 꼬불
꼬불한 길에서 빠져나와 언덕을 내려가자 뜻밖에도 툭 트인
푸른 공원이 나왔다. 그들은 공원을 지나 언덕길을 자전거를
끌고 올라간 뒤 나무가 늘어선 흰 길로 들어섰다. 길이 끝나는
지점에 작은 호수가 숨어 있었다. 그들은 음영이 짙게 드리워
진 호숫가에 앉았다. 물그림자가 어른거리는 고요한 수면 맞은

편에 이끼 긴 커다란 돌로 쌓아 올린 둑이 보였다. 마치 해자 주위의 돌벽처럼 보였다. 둑 바로 뒤편에는 참호를 판 길이 잇닿아 있었다. 그 길을 한가로이 오가는 산책객의 머리가 이따금 눈에 띄었다. 오리 네 마리가 마치 훈련을 받듯 얕은 물에서 일렬로 떠가며 물고기를 찾을 뿐 움직이는 것은 없었다.

그는 날짜와 임무와 격추를 세지 않고 이런 시간을 온전히 즐기는 법을 잊어버린 것 같았다. 숨을 깊게 들이마셨다. 오후 햇살이 따뜻했다. 외진 곳의 정취가 꿈결 같았다. 세상이 저 혼자 돌아가도록 내버려둔 채 그는 그녀와 함께 있었다. 행복했다. 대화 중에 편안한 침묵이 길게 이어지곤 했다. 수줍은 내면 자아가 밖으로 나오기를 기다리듯 그들은 서로에게 조용히 말을 건넸다.

처음에는 일본의 실제 모습에 대해 알게 되리라고 생각했지만 시간이 지나면서 예상이 틀렸다는 사실을 깨달았다. 그 아버지에 그 딸답게 그녀는 일본 토박이가 아니었다. 태평양 한복판에 외따로 떠서 부드럽게 노래를 부르는 섬들처럼 그녀는 일본과 서양의 중간 어디쯤에 위치한 독특한 존재였다.

그는 자기 자신에게 솔직해지는 느낌을 받았다. 그녀에겐 말을 능가하는 침묵의 힘이 있었고 작위적이지 않은 모호함이 배어 나왔다. 배우가 되고 싶다는 그녀의 말을 듣고 그는 절로 미소가 지어졌다. 상상이 가질 않았다. 그녀는 그토록 순수했고 배우와는 거리가 멀어 보였다. 그러나 그녀의 결심은 확고했다. 성좌가 소박하다면 그녀의 꿈도 소박했다. 전 세계 사람이 찬사를 보내고 세월이 흘러도 자신은 언제나 한결같은 모습으로 남아 있을 영화, 그런 단 한 편의 위대한 영화에 출연하는 것, 그것만이 오직 그녀의 꿈이었다.

"여신이 되고 싶은 거군요." 클리브가 말했다.

그녀는 답을 찾듯 손가락 끝으로 풀잎을 어루만지면서 말했다.

"그러면 좋겠어요."

"그렇군요."

긴 침묵이 흘렀다. 그들은 서늘한 풀밭에 나란히 누웠다. 평온을 깰 그 어떤 행동도 하기 싫었다.

"당신의 꿈은 뭔가요?" 여자가 이윽고 물었다.

남자는 눈을 감았다. 당시에는 모두 절실했던 수많은 꿈들. 한때는 그의 심장에 따뜻한 피를 돌게 했던 꿈들이 이제는 꺼져가는 모닥불의 재처럼 등 뒤로 흩어졌다. 지금 그에게도 오직 하나의 강요된 꿈이 있었지만 그는 주저했다. 이렇게 순수한 여자에게 자신을 판단할 가치가 있을 리 없었다. 당신의 꿈은 뭔가요?

"어디서부터 얘기를 시작해야 할지 모르겠군요." 그가 말했다. "처음에는 아주 간단했어요. 어렸을 때 난 아버지처럼 되고 싶었죠. 아버진 지금은 은퇴하셨지만 해군에 몸담고 계셨어요. 선장으로요."

남자의 두 눈은 여전히 감긴 채였다. 복잡한 삶의 문제를 한 꺼풀 벗겨내려고 애쓰는 눈치였다.

"한동안 다른 건 생각도 안 했어요. 아버지처럼 해군학교에 들어가는 것만 생각했죠. 당연한 일이었어요. 남동생들은 자신들이 원하는 건 뭐든지 할 수 있었지만 난 장남이었으니까. 책임감이 따랐죠."

"그래서 해군학교에 갔나요?"

"물론 갔지요. 하지만 오래는 아니었어요. 첫날 신체검사에서 그만 떨어지고 만 거예요. 지금은 아무렇지 않게 웃어넘길 수 있지만 그때는 하늘이 무너지는 것 같았죠. 전쟁 중이라 할머니들이 길거리에서 젊은이를 보면 '사지 멀쩡한 놈이 군대에 안 가고 왜 여기서 빈둥거리는 거야?' 하고 수군거릴 때였어요. 앞에서 대놓고 그렇게 말하는 할머니는 없었지만 만일에 그런 분이 있으면 난 이렇게 대꾸하려고 했지요. '할머니, 제 소변에서 알부민이 나왔대요.'"

"무슨 말인지 모르겠어요." 여자가 대꾸했다.

"몰라도 상관없어요. 해군 장교가 되려면 소변에서 알부민이 검출되면 안 되거든요. 결국 막내 동생이 아나폴리스미국 메릴랜드 주의 주도. 미국 해군사관학교 소재지에 갔는데 그걸로 얼마간은 만회가 된 듯해서 내가 얼마나 기뻐했는지 몰라요. 비로소 내가 원하는 삶을 선택할 숨구멍이 트인 셈이지요."

"형제가 몇이세요?"

"3형제요." 클리브가 대답했다. "재미있는 가족이지. 우리 형제 중 전쟁에 참전한 사람은 아무도 없어요. 그건 아버지도 마찬가지였어요. 한때는 순양함 함장으로도 계셨던 분인데 이상하게 전장으로는 한 번도 발령이 안 났으니까. 실은 아버지가 은퇴하신 게 다 그 때문이지요. 그 핸디캡을 결국 극복하지 못할 거라고 나름 판단하신 게지요. 한데 아버지보다 더 심한 사람이 바로 나였어요. 내가 공군에 입대한 건 이미 전쟁이 막바지에 이르렀을 때였는데, 다른 사람들이 다 돌아오는 와중에 나 혼자만 물 건너 외국으로 간 셈이죠. 그것도 전장과는 한참 떨어진 파나마로. 거기가 어딘지 알아요?"

"네. 운하가 있는 곳이잖아요."

"맞아요."

오리가 꽉꽉 우는 소리가 들려왔다. 그는 눈을 뜨고 호숫가에 손수건처럼 새하얗게 내려앉은 오리 떼를 흘끗 쳐다보았다.

"파나마." 그가 부드럽게 말했다. "전투기가 어떤 건지 알고 있나요? 비행기 말이에요."

여자는 고개를 끄덕여 보였다.

"그곳에서 전투기를 처음 몰았어요."

"위험한가요?" 여자가 물었다. "아버지 말씀이 용감해야 한대요."

"어느 면에선 그래요." 클리브가 대답했다. "설명하기가 힘든데 처음에는 아주 위험해요. 그러다 시간이 지나면서 조금씩 달라져요. 스포츠가 되지요. 내가 그 스포츠의 일부가 되었다가 종국에는 그 이상이 돼요. 은신처가 된다고 할까. 하늘은 신과 같은 공간이에요. 홀로 하늘을 날고 있으면 그보다 중요한 것은 없지요."

그는 말을 끊고 잠시 생각했다. 그녀에게 자기 생각을 더 말하고 싶었다.

"오늘 같은 어느 일요일이었어요. 이른 여름이었는데 한국에서 일이 터졌다더군요. 난 갈 수밖에 없었어요. 나에게 맡겨진 일이 뭔지 알 것 같았으니까."

"그게 뭔데요?"

"제일 중요한 건," 그가 말했다. "자기 일을 잘하는 거예요. 그 일에 전념하다 보면 어느 순간 자부심이 찾아와요. 순수하고 치명적인 자부심이. 그다음에는 마침내 자기 자신에 대한 완전한 행복감을 맛보게 된답니다. 당신이 위대한 영화에 출연하고 싶어 하는 것처럼 무언가를 잘하게 된다면 말이죠. 전투기 조종사들이 사는 세계가 있어요. 그곳에선 적기 다섯 대를 격추하면 어떤 집단, 말하자면 영웅 집단에 들어가게 돼요. 영웅 집단에 들어가는 방법은 그것밖에 없어요."

"당신도 들어갔나요?"

"아니요. 난 겨우 한 대 격추했을 뿐이에요."

"당신은 분명 해낼 거예요." 여자가 말했다.

"그러면 좋으련만. 이제 더는 겁먹은 소년으로 남아 있고 싶지 않아요. 한편으론 이번 전쟁이 마지막이면 좋겠다는 생각을 해요. 당신이 어떤 청중 앞에서건 마지막 무대에서 최고의 연기를 보여주고 싶듯이, 말하자면 이 모습으로 나를 기억해주세요 같은 태도랄까. 그 누구한테도 이런 얘기를 해본 적이 없어요. 당신도 알겠지만 진실이 언제나 진실한 사람에게서 나오는 건 아니지요. 우리 비행단장은 진실에 대한 경외심 따위는 없는 사람인데, 그자가 어느 우울한 날 아침 이렇게 말하더군요. '소수의 몇 명만이 남보다 더 멀리 간다.' 당신에게 그런 의무가 주어진다면 어쩌겠어요? 따르는 수밖에. 내 꿈이 뭐냐고 물었지요. 내 꿈은 바로 이거예요. 실패하지 않는 것."

"그다음은요?"

그는 손바닥을 펴 보였다.

"그다음에는 뭘 할 건데요?" 여자가 거듭 물었다. "뭘 하고 싶으세요?"

그는 아무 대답도 하지 않았다.

풀밭에 누운 그들의 몸 위로 봄날의 오후 햇살이 쏟아졌다. 미래도 과거도 없었다. 상상 속의 그녀의 맥박과 같은 속도로 불멸의 맥박이 천천히 뛰었다.

"이제 가야 해요." 이윽고 여자가 말했다.

"조금만 더."

"안 돼요. 이미 늦었어요."

남자는 일어나 앉았다.

"내일 또 볼 수 있을까요?"

"네, 아마도."

또 다른 하루. 클리브는 벌써 내일을 계획하기 시작했다. 선물처럼 완벽한 날을 그녀에게 선사하고 싶었다.

그들은 자전거에 손을 얹은 채 오리를 눈으로 쫓으며 잠시 서 있었다. 해가 떨어지고 초저녁 어스름이 내린 길을 걸어가며 그는 그녀에게 미처 하지 못한 말들을 생각했다. 돌아오겠다고. 그래서 일본에 계속 있겠다고. 불가능한 일도 아니었다. 선택의 시간이 아직 지나지 않았다는 데 생각이 미치자 마음이 한결 가벼워졌다. 그는 미야타의 집에서 억지로 발걸음을 돌려 택시에 올라타고는 도시를 가로질러 갔다. 그제야 그 도시를 알 것 같은 기분이 들었다. 그는 잠에서 막 깨어난 사람

사냥꾼들

처럼 조용히 호소카와에 도착했다.

들레오는 다른 비행대대 소속의 거스리와 바에 있었다. 클리브는 그들 옆에 앉았다. 그새 밖은 짙은 어둠에 싸여 있었고 바의 흐릿한 불빛 때문에 의자의 면직물 덮개는 벨벳처럼 부드러워 보였다.

"지금 오는 길이야?" 클리브가 거스리에게 물었다.

"오늘 아침에 왔어."

"김포는 어때?"

"아직 못 들었어?"

"뭐?"

"대체 온종일 어디에 계셨어요?" 들레오가 물었다.

"자전거 타고 도시를 한 바퀴 돌았네."

"자전거요? 제대로 즐기다 오셨나 보네요. 일단 술부터 시키세요."

클리브가 술을 주문했다. 입가에 미소를 감춘 여자 바텐더가 술잔을 들고 왔다.

"고마워. 메리, 당신은 아주 사랑스러운 여자야. 당신도 알고 있소?"

여자의 얼굴에 미소가 퍼졌다.

"자, 버트," 클리브가 말했다. "자네 아이들을 위해 건배."

"내 아이고 뭐고 간에 오늘 정말 자전거 타고 다닌 거 맞아요?"

"그렇다니까. 온종일은 아니지만."

"정말이요? 소식 못 들으셨어요?"

"무슨 소식? 전쟁이 끝나기라도 했나? 지금 그보다 기쁜 소식은 없을 거 같은데."

"어제 오후 큰 전투가 벌어졌대요. 아군기 석 대를 잃었답니다."

일순간 한 방 제대로 맞은 것처럼 위장이 텅 비는 기분이었다. 큰 전투가 벌어지는 동안 그는 도쿄에 있었던 것이다. 파도에 휩쓸려 뭍에서 수천 킬로미터 떨어진 망망대해로 떠내려간 심정이었다.

"누구?" 그가 물었다.

"자네 비행대대의 데즈먼드도 있어." 거스리가 대답했다.

"데즈먼드? 어떻게 하다가?"

"포탄에 맞고 탈출했어. 낙하산이 퍼지는 걸 여럿이 봤다는데."

"어디서?"

"강 바로 위."

압록강 위. 다른 행성만큼이나 멀어 보였다. 잔인한 고독과 맞닥뜨린 채 구건九乾의 푸른 심해에 데즈먼드가 홀로 떠 있었다. 고통스러운 탈출의 순간 그는 창공에서 죽음으로 추락한 것이었다. 한 마리 힘없는 먹이가 될 저 적대의 땅으로.

"미그기는?" 클리브가 물었다.

"여덟 대."

생각했던 것보다 더 나빴다. 입안이 바짝 타들어갔다.

"적기가 많이 떴나 보군." 그가 말했다.

"내가 본 것 중에서 최고로 많았어. 근데 그게 다가 아니야."

"맙소사, 안 좋은 소식이 또 있어? 펠이 에이스라도 됐나?"

"그건 아니고." 거스리가 대답했다.

"그럼 뭐야?"

"케이시 존스가 돌아왔어."

갑자기 쿵쾅거리며 뛰는 심장 소리가 귓전을 때리더니 그 너머로 까만 줄이 어쩌고 하는 거스리의 목소리가 웅웅 들려왔다. 무슨 말인지 명확하지 않았다. 그가 돌아왔다. 잃어버린 행성처럼, 어두운 별처럼 그가 돌아온 것이다. 일순간 천공이 달라졌다. 전염병의 창궐처럼 그보다 더 중요한 건 없었다. 클리브는 손목시계를 내려다보았다. 거스리는 여전히 말하고 있었다.

"짐 싸러 나 먼저 올라가네."

"네? 짐을 싼다고요?" 들레오가 되물었다.

"오늘 밤 돌아가는 비행기가 있을 거야."

"휴가가 아직 이틀이나 더 남았어요." 들레오가 항의했다.

"내일 아침엔 도착하겠지."

"말도 안 돼." 들레오는 계속 툴툴거렸다. "왜 그렇게 서두르세요? 아니, 생각 좀 해보세요. 몇 달 동안 휴가는 구경도 못 할 텐데. 오늘 밤 바커스에 끝내주는 아가씨도 다 준비해놨다고요."

"거스리가 있잖아."

"정말 그러실 거예요?"

"난 가야겠어." 클리브가 고집했다. "정 그렇다면 자넨 남아도 돼. 나 혼자 갈 테니."

"아, 돌아버리겠네." 들레오가 말을 끝마치기도 전에 클리브는 이미 저만치 걸어가고 있었다. 들레오는 남은 술을 입안에 털어 넣고 클리브의 뒤를 따랐다.

"날 위해 한 대 잡아줘." 거스리가 외치는 소리가 바에서 들려왔다.

그녀에게 전화를 걸 방법이 없었다. 클리브는 방으로 돌아와 의자에 앉아 서둘러 글을 써내려갔다.

……내일 다시 만나고 싶었으나 오늘 밤 비행전대로 급히 복귀할 일이 생겼습니다. 전쟁.

언제 도쿄로 돌아올지 장담할 수 없지만 두 달 후면 가능하지 않을까 싶습니다. 길게만 느껴지는군요. 그때는 여름이겠지요. 함께 나눈 이야기, 하고 싶었으나 미처 꺼내지 못한 말들. 다음을 기약하는 수밖에.

호텔을 나서면서 그는 주소가 적힌 봉투를 택시 운전사에게 건네며 그 주소로 꼭 전해달라고 부탁했다.

비행장으로 가는 동안 그는 도시의 불빛이 얕은 하천을 지나 그 너머로 점점 희미해져가는 모습을 바라보았다. 어쩐지 휴가가 붐비는 몇 시간 속으로 흔적도 없이 사라지는 것만 같았다.

사냥꾼들

비행기는 새벽 5시 반에 서울에 도착했다. 쌀쌀한 날씨에 회색 안개가 낮은 지면 위로 자욱하게 깔려 있었다. 이따금 바람이 불 때마다 고운 먼지가 일어났다. 비행은 끔찍했다. 다섯 시간이나 무덤처럼 춥고 어두침침한 수송기 선실에 갇혀 그들은 요란스런 엔진 소리와 함께 기체를 따라 끊임없이 울려 퍼지는 날카로운 금속 소리를 들어야 했다. 창밖이 희뿌옇게 밝아오자 불면의 밤도 끝났지만 어수선하고 붐비는 객실까지 여명이 스며든 것은 한참 후의 일이었다. 그들은 금속성의 허기를 느끼며 이른 아침의 고요가 깔린 시골길을 달려 김포로 향했다. 한기에 몸이 아스스 떨려왔다.

식당에서는 모든 것이 전과 같아 보였다. 첫 임무에 투입되는 조종사들이 아직 잠이 덜 깬 얼굴로 테이블 두어 개에 흩어져 앉아 말없이 아침을 먹고 있었다. 포크와 나이프가 부딪치는 소리만 들릴 뿐 조용했다. 클리브는 엄지손가락만큼 두꺼운 팬케이크 두 장에 버터와 타트 시럽을 발라 먹으며 깡통에 든 차가운 오렌지주스를 석 잔이나 따라 마셨다. 주스는 혀가 말리도록 시었다. 그는 주위에 앉은 군인들에게 그날 임무에 대해 물었다. 네 번의 임무가 잡혀 있었다. 두 번째 브리핑은 10시 15분에 시작될 예정이었다. 그들은 식당에서 나와 병영으로 걸어갔다. 여전히 7시가 안 된 시각이었다. 모두 잠들어 있었다. 클리브는 무거운 피로감이 몸을 짓눌러올 때까지 침대에 오랫동안 누워 있었다.

귀대하는 비행기 소리가 그를 깨웠다. 그는 절반은 잠이 덜 깬 상태로 머리 위 상공을 날아가는 비행기 소리를 들으며 손목시계를 내려다보았다. 9시 15분이었다. 침대에서 일어나 앉아 창문에 얼굴을 바짝 대고 밖을 내다보았다. 몇 대가 더 날아오고 있었다. 눈에 보이는 것보다 소리가 먼저였다. 화살이 날아가듯 비행기 두 대가 지나가는 모습이 보였다. 연료통이 없었다. 1분 후쯤 두 대가 더 들어왔다. 그는 창문에서 얼굴을 떼고 일어났다. 약에 취한 것처럼 몽롱했다. 면도물이 얼굴에 닿자 번쩍 정신이 들었다. 들레오가 침상에서 몸을 뒤척이는 게 보였다. 곧 9시 30분이었다. 몇 분 후면 브리핑실로 출발해야 할 것이다. 클리브는 들레오가 옷을 입기를 기다렸다. 그때 도터스가 들어왔다.

"일어나셨는지 확인하러 왔습니다. 다음 임무에 출격하고 싶어 하실 거 같아서요." 도터스가 설명했다.

"명단은 확정됐나?"

"놀런이 우리 편대에서 누가 나가는지 알려달라는데요."

"놀런이? 데즈먼드 대신인가?" 그는 애써 사무적인 목소리로 물었다.

"그런 것 같아요." 도터스가 대답했다.

"알겠네." 하지만 그는 이해할 수 없었다. 어색한 침묵이 흘렀다.

"왜 이렇게 일찍 돌아왔어?" 도터스가 들레오에게 물었다. "도쿄가 문이라도 닫았나 보지?"

"얼마나 끝내줬는데." 들레오가 나지막이 투덜거렸다.

"여긴 끔찍했어. 자네도 들었지?"

"응, 들었어." 들레오가 말했다. "데즈먼드는 소식 없어?"

"응. 아무 소식도."

밖에서 차를 기다리는 동안 클리브는 병영 사이에 서 있는 작은 회화나무 세 그루에 파릇파릇 새 움이 튼 것을 보았다. 길 잃은 아이 세 명처럼 나무들은 비탈면에 옹송그린 채 서 있었다. 불현듯 그는 날씨가 꽤 따뜻하다는 사실을 깨달았다. 겨울이 마침내 지나간 것이었다. 공기에는 생기가 넘쳤다. 신선한 공기를 들이마시자 기분이 한결 나아졌다. 작전상황실로 걸어가는데 시커먼 모래주머니를 쌓은 바리케이드 틈새로 작은 풀싹이 자라는 모습이 눈에 띄었다.

펠이 건물 안에서 그들을 기다리고 있었다.

"여, 귀환을 환영합니다." 그가 말했다. "도쿄에서는 안전하셨겠어요."

"입조심하게."

"어째 편대장님 심기가 별로인 거 같네요. 그나저나 오늘은 전투 구경을 하실 수도 있겠어요."

"임무는 어땠나?"

"미그기는 엄청 많이 떴는데 그게 다예요." 펠이 대답했다. "전투는 없었어요."

그들은 브리핑실로 들어가 자리에 앉았다. 클리브는 등 뒤에서 누군가 까만 줄무늬의 미그기에 대해 이야기하는 소리를 들었다.

"사선이었어. 다섯 줄이 비스듬하게 그어져 있었다고."

"다섯 줄? 그걸 어떻게 알아?"

"아무나 붙잡고 한번 물어봐. 내 말을 못 믿겠거든 정보장교한테 물어보든지."

"너도 봤어?"

"응, 그렇다니까."

"너하고 대령님이 본 거야?"

"멀리 떨어져 있었지만 내 눈으로 똑똑히 봤어."

얼룩이 번지듯 그 말은 순식간에 돌았다. 모든 사람이 자신의 의도를 숨긴 채 케이시 존스를 찾고 있었다. 그와 싸우기 위함이건 혹은 그를 피하기 위함이건 모두 불안한 기대에 들떠 있었다. 케이시 존스는 어디에서나 목격되었다. 심지어 동시에 목격되기도 했다.

브리핑이 시작되었다. 클리브는 기계적으로 들었다. 기상장교의 보고만이 희미하게 귀에 들어왔다. 시계가 확 트인 화창한 날씨가 예상된다고 했다. 그들이 북쪽 상공에 머무르는 동안 태양은 하늘 높이 떠 있을 것이다. 기상장교는 또한 태양의 방위각과 고도를 알려주었다. 수술을 앞둔 환자가 수술에 대한 설명을 들을 때와 비슷한 기분이었다.

이밀은 단상 위로 올라갔다.

"미그기가 출현할 거다." 그가 말했다. "그러니 부디 조심하길 바란다. 무모한 행동은 금물이다. 검은 줄무늬는 특히 더 조심해야 한다. 혼자 있는 것처럼 보여도 절대 그렇지 않다. 살아서 돌아오고 싶거든 눈을 똑바로 뜨고 사방을 살펴라. 높은 상공은 더더욱 주의해야 한다. 머리 위에 적기가 있다는 걸 알았을 땐 이미 늦은 것이다. 그러면 끝이다. 제군은 전투기 조종사라는 사실을 명심하라. 자, 싸우러 나가자!"

브리핑이 끝난 뒤 클리브는 라커룸의 벤치에 누워 잠깐 눈을 붙이려고 했다. 비행기에 오르려면 한 시간도 더 남은 데다 몸은 여전히 피곤했다. 그러나 선잠조차 들기 힘들었다. 딱딱한 벤치에서는 어떻게 누워도 불편했다. 파리들이 나른하게 날아다니며 맨살에 극성스럽게 달려들었다. 그는 손이며 얼굴, 발목에 내려앉는 파리를 연신 쫓아냈다. 그렇게 반 시간가량 누워 깜빡깜빡 잠에 떨어졌지만 몸의 피로는 풀리지 않았다. 오히려 아까보다 더 피곤한 것이 짜증스러웠다.

그는 이윽고 몸을 일으켜 천천히 조종복으로 갈아입었다. 라커룸에 조종사들이 들어오기 시작했다. 말소리에 섞여 라커 문을 여닫는 소리가 들려왔다. 펠은 이번에도 미그기가 나타날 거라고 헌터에게 큰소리치고 있었다.

"미그기가 분명 저수지를 건너올 거야. 늘 오는 길이지."

펠은 클리브를 돌아보았다.

"저수지 가까이로 가셔야 할 겁니다." 펠이 충고했다. "그것도 높이."

"어디로 갈지는 내가 결정한다."

"전 그저 도움이 될까 싶어서요." 펠이 씩 웃었다.

"도움이 필요하면 말하겠네."

펠은 어깨를 추어올려 보였다.

"미그기가 있는 곳으로 가고 싶지 않다면야 뭐……."

"미그기가 있는 곳으로 간다."

"그러면 저수지 근처로 가셔야 한다니까요."

"입 닥치지 못해, 펠." 들레오가 소리쳤다. "네가 알면 얼마나 알아?"

"미그기를 몇 대나 잡으셨더라?" 펠이 이죽거렸다.

들레오의 얼굴이 시뻘게졌다. "넌 운이 좋았을 뿐이야." 들레오가 성난 목소리로 외쳤다.

"운이라고요? 운 같은 건 없었어요."

"펠, 이제 그만해." 클리브가 끼어들었다.

"내 원 참, 기가 막혀서. 대체 왜들 이러는 거야?"

"그만하래도."

"아, 그러죠. 미그기를 누가 잡는지 두고 보면 알 거 아니에요, 안 그래요?"

라커룸은 물을 끼얹은 듯 조용했다. 모두 귀를 세우고 있었다. 클리브도, 그리고 다른 모든 사람도 기다리던 순간이었다.

"펠, 자네 말이 맞다." 클리브가 말했다. "두고 보면 알겠지."

클리브는 몸을 돌리고 장비를 챙겼다. 그날따라 유난히 장

사냥꾼들

비가 무겁고 몸을 옥죄는 듯했다. 구명보트는 여행 가방처럼 묵직하게 느껴졌다. 그는 구명보트와 낙하산을 챙긴 뒤 비행기 쪽으로 걸어갔다. 땅에 발이 질질 끌렸다. 비행기를 살폈다. 기체 주위를 한 바퀴 돌면서 하늘을 여러 번 올려다보았다. 들판에 핀 봄꽃처럼 뭉게구름이 푸른 하늘에 떠 있었다. 강한 흥분제를 복용한 것 같은 기분이 들었다. 손이 근질거렸고 온몸이 속도를 따라가기를, 그래서 내부에서 들끓고 있는 에너지를 온몸이 흡수하기를 원했다. 조종석으로 올라가 벨트를 맨 뒤에도 그는 초조하게 앉아 조금 전 일을 떠올리며 마음을 다잡았다. 손가락은 기계적으로 스위치 위를 미끄러졌고 발은 방향타 페달을 톡톡 두드렸다.

이륙하고 나서야 그는 김포 주변의 논이 초록빛으로 물들고 있다는 사실을 알았다. 비행기 밑으로 스쳐 지나가는 땅을 내려다보았다. 작은 농가가 눈에 들어왔다. 집 앞에 세워진 커다란 포플러나무 세 그루가 음영을 드리운 채 서 있었다. 비행기는 농가를 지나 빠르게 날아갔다. 하늘을 날고 있자니 기분이 한결 좋아졌다. 속도를 높여 서서히 상승했다. 언제나처럼 창공 위로 오르자 신비하고도 오묘한 느낌이 온몸을 휘감았다.

아름다운 봄날이었다. 거칠고 칙칙한 한반도도 그 순간만큼은 평화로워 보였다. 겨우내 산등성이에 쌓여 있던 눈도, 강위의 얼음도 모두 녹아 있었다. 선글라스 너머의 바다는 짙은 비취 빛깔이었다. 능선 줄기가 햇빛을 받아 은색으로 반짝거리고 있었다. 나무에는 푸른 새잎이 하나 가득 돋아났고 진흙이며 모래조차도 밝게 빛났다. 저 아래 피어오른 뭉게구름은 마치 바다 위에 흩뿌려진 잔잔한 파도의 포말처럼 보였다.

　신안주를 막 지나쳤을 무렵 안둥의 활주로에서 먼지가 인다는 소리가 무전기에서 들려왔다. 불안감이 엄습했다. 팔과 어깨에서 힘이 빠졌다. 귀에 미치지 않는 고음역의 외침이, 미세한 두려움이 대기 중에 떠 있었다. 생전 처음 겪는 일처럼 온몸의 감각이 일깨워졌다. 하늘은 보이지 않는 위험으로 불온했다.

　안둥 근처 압록강에 도착하자 연료통을 분리한다는 한 편대의 외침이 들렸다. 미그기 여섯 대가 머리 위 3만 6000피트 상공을 지나간다는 것이었다. 미그기는 강가로 향하고 있었다. 클리브는 저수지 쪽을 올려다보았지만 아무것도 보이지 않았다. 그는 저수지 방향으로 기수를 돌리기 시작했다.

　"2시 방향 상공이다, 블랙." 들레오가 외쳤다.

　그와 동시에 클리브도 남쪽 상공에서 비행기 넉 대를 보았다. 비행기가 12시 방향에 오도록 그는 기수를 돌렸다. 비행기는 그가 있는 곳으로 날아오고 있었다. 적군인지 아군인지 아직 분명하지 않았다. 영원 같은 몇 초가 흐르는 동안 그는 전방을 뚫어지게 주시했다.

　"미그기다." 펠의 외침이 들렸다.

　갑자기 미그기가 지척에 있었다. 확실했다. 미그기가 머리 위를 지나는 순간 클리브는 경이에 가까운 비현실감을 느꼈다. 동체와 떨어져 있는 듯한 미그기의 꼬리가 눈에 들어왔다. 마치 서커스 천막에 매달려 뱅글뱅글 맴도는, 셀룰로이드로 만든 새의 꼬리 같았다.

"연료통 분리한다." 그가 명령했다.

빈 연료통이 떨어져 나가자 가벼워진 기체에 속도가 붙었다. 물속에서 신발을 벗어 던지는 느낌이었다. 미그기를 쫓기 위해 기수를 돌리고 보니 들레오와 헌터가 미그기에 더 가까웠다. 그렇다고 그들 역시 충분히 가까운 것은 아니었다. 길고도 무의미한 추격이 될 것이었다. 클리브가 가능성을 가늠하고 있을 때 느닷없이 미그기 두 대가 오른편에 나타났다. 몇 초 후면 교차로를 통과하듯 그의 머리 위를 지나갈 태세였다. 그는 또 다른 미그기의 출현을 알린 다음 곧바로 기수를 돌렸다. 미그기와 평행으로 비행하거나 아니면 그 뒤를 바짝 뒤쫓아야 했다. 너무 높았다. 그는 순간적으로 생각했다. 미그기는 너무 높이 있었다.

결정할 시간이 많지 않았다. 미그기가 머리 위를 지나는 순간 발사할 수 있게 그는 기체를 위로 향하게 했다. 잘하면 한 대 정도에 타격을 입혀서 속도를 떨어뜨릴 수 있을 것 같았다. 순전히 균형의 문제였다. 기수가 위로 향하자 속도가 급격하게 떨어졌다. 느린 만큼 공격에 노출되기 쉬웠다.

"다른 적기는 없나?"

응답이 없었다. 잽싸게 주위를 둘러보았다. 아무도 없었다. 기체를 위로 세우는 것이 더 이상은 무리다 싶은 순간, 후미에 있던 미그기가 사격조준기 안으로 들어왔다. 방아쇠를 당겼다. 예광탄이 허공을 갈랐다. 심장이 터질 것 같았다. 총탄이 꼬리 부근에 떨어졌다. 가느다란 연기가 미그기를 따라 길게 그려졌다.

기수를 내렸다. 기체가 묵직하게 아래로 향하는 동안 그는 방향 전환을 마무리했다. 미그기는 그리 멀지 않았다. 위로는 칠팔백 미터, 앞으로는 3킬로미터 남짓 떨어진 상공을 날고 있었다. 그는 미그기에서 눈을 떼지 않았다. 연기가 계속 피어오르더니 어느 순간 미그기가 리더 뒤로 처지는 게 보였다. 심각한 손상을 입은 것이었다. 아직 확실하진 않았지만 점차 거리가 좁혀지는 게 느껴졌다. 그 순간 펠의 외침이 들렸다.

"따라갈 수가 없다."

"내가 보이는 곳에 있어라." 클리브가 명령했다.

"계속 뒤처지고 있다."

"빌어먹을, 내 옆을 지켜라!"

"연료통이 분리되지 않는다."

클리브는 이제 미그기와의 거리가 좁혀지고 있다는 사실을 분명히 알았다. 재빨리 뒤를 돌아보았다. 그가 미그기와 떨어져 있는 거리만큼 펠이 뒤처져 있었다.

"다시 하라." 클리브가 말했다.

"안 된다."

"될 때까지 하라." 클리브가 성난 목소리로 외쳤다.

눈으로는 계속 미그기를 쫓았다. 연기는 거의 멈췄지만 거리는 계속 좁혀지고 있었다. 확실했다. 처음보다 절반은 거리가 좁혀져 있었다.

"그래도 안 된다, 블랙 리드." 펠이 반복했다.

선택은 단 하나였다.

"기지로 돌아가라, 펠." 그가 말했다. "여기를 벗어나라."

사냥꾼들

응답이 없었다. 클리브는 뒤돌아보았다. 윙맨은 아무도 보이지 않았다. 마침내 그는 저만치 떨어져 있는 펠의 비행기를 찾아냈다.

"내 말 들었나, 블랙 투?"

"뒤쪽에 미그기 열두 대가 있다." 펠이 또렷하게 말했다.

"그곳에서 당장 나오라, 펠. 기지로 돌아가라."

"내가 시야에 들어오는가?"

"아니다. 철수하라, 펠! 명령이다."

"안 된다. 리드가 여기로 오기 바란다."

정적이 흘렀다.

"아, 아," 펠의 목소리가 들렸다.

클리브는 앞쪽의 미그기를 쳐다보았다. 발사해도 될 만큼 가까웠다. 기껏해야 600미터 정도 떨어진 것 같았다. 고도도 엇비슷해 보였다. 시간이 조금만 더 있으면 끝날 일이었다. 이삼십 초면 충분했다. 그는 발사할 준비를 하면서 절정의 순간으로 치달았다.

"……내 옆에 두 대가 붙었다." 펠이 다급하게 외쳤다. "아직도 내가 보이지 않나, 리드?"

"안 보인다."

"한번 따돌려 보시지, 펠." 누군가 차갑게 내뱉었다. 들레오인 것 같았다.

"……탱크가 있어서 방향을 틀 수가 없……"

클리브는 미그기가 사격 조준기 안에서 점점 커지는 모습을 지켜보았다. "미그기가 먼저 방향을 틀었다!" 펠이 외쳤다.

"리드!"

클리브는 대답 대신 기수를 돌리기 시작했다. 그는 발사하지 않았다.

"적기가 다른 곳으로 못 가게 하라." 클리브는 차갑게 말했다. "그쪽으로 간다."

그는 어깨 너머로 뒤를 넘겨다보았다. 그가 90도 회전을 채 끝마치기도 전에 미그기는 어느새 저만치 멀어져 이내 다시는 못 볼 작은 점으로 작아져갔다. 비행기를 회전시킨 뒤 그는 다시 한 번 흘끗 뒤돌아보았다. 미그기는 이미 사라지고 없었다. 펠을 찾기 위해 머리 위 상공을 살폈다.

"고도를 말하라, 펠."

아무 응답도 들을 수 없었다.

"펠, 고도를 말하라."

"3만 8000, 아니 2만 8000, 2만 7000피트다! 미그기를 따돌릴 수가 없다! 안쪽으로 파고들고 있다!" 쩡 깨질 듯한 날카로운 외침이 귓전을 파고들었다.

클리브는 기수를 내렸다. 저 아래 어딘가에 있었다. 클리브는 3만 3000피트 상공에 떠 있었다.

"어디 있나, 펠?" 다른 편대의 조종사가 물었다.

전파가 겹치는지 무전기가 지지직거렸다.

"미그기는 잡았나?" 누군가 물었다.

"아니다."

그 순간 아래 왼편으로 비행기 두 대, 아니 석 대가 방향을 트는 모습이 클리브의 눈에 포착되었다. 그는 그쪽을 향해 비스듬히 하강하며 비행기의 정체를 파악하는 데 온 정신을 쏟았다. 멀리 떨어져 있는 까닭에 그때는 작은 곤충이나 다름없게 보였다.

"위치를 말하라, 펠." 누군가 다시 물었다.

미그기 두 대와 펠의 비행기였다. 이제 확실하게 식별이 가능했다. 클리브는 위를 올려다보았지만 아무것도 눈에 띄지 않았다. 고개를 돌려 양옆과 뒤를 살폈다.

"분리됐다." 펠이 외쳤다. "연료통이 분리됐다!"

"펠의 위치를 아는 사람은 말하라."

"안둥에서 동쪽으로 16킬로미터 떨어진 지점이다." 클리브가 응답했다.

"알았다."

클리브가 미그기를 향해 하강비행을 하는데 갑자기 펠 뒤쪽에 있던 미그기가 덜컹하더니 빙빙 돌기 시작했다. 상대보다 더 급하게 방향을 꺾느라 기수를 너무 많이 돌린 탓이었다. 미숙한 조종사에게 흔히 일어나는 일이었다. 클리브는 또 다른 미그기를 찾았다. 잠시 시간이 걸렸다. 처음에는 긴가민가했지만 곧 확신했다. 미그기는 저 멀리 날아가고 있었다. 도저히 따라갈 수 없는 거리였다. 그는 펠의 상황을 파악하기 위해 그쪽으로 기수를 돌렸다. 적기가 추락한다! 펠이 외쳤다. 그러면서 그는 빙글빙글 맴도는 미그기 바깥쪽으로 선회하며 추격할 태세를 갖췄다. 클리브는 미그기가 종잇장같이 맥없이 나부끼며 2만 5000피트 상공에서 추락하는 광경을 지켜보았다. 곧이어 낙하산이 펴졌다. 그로부터 얼마 뒤 미그기는 나무 언덕에 그림자를 길게 드리우며 빠른 속도로 충돌했다. 부드러운 폭발음이 들렸다. 가느다란 잿빛 연기가 피어올랐다.

"추락하는 거 봤나?" 펠이 격앙된 목소리로 외쳤다.

"봤다."

"어느 쪽인가?" 이밀이었다. "무사한가, 펠?"

"그렇다."

"어느 쪽이 추락했나?"

"미그기다."

"펠 자네가 잡았나?"

"그렇다." 펠이 말했다.

"잘했다."

대령은 김포 기지로 돌아온 뒤 디브리핑 시간에 한 손으로 펠의 어깨를 감싸고 한 손은 탄띠에 엄지손가락을 찌른 채 서 있었다. 들레오는 그곳에 있던 짧은 시간 동안에도 마치 이 세상의 모든 들리지 않는 목소리처럼 테이블 한쪽 끝에 붙박여 있었다. 표정 없는 얼굴로 아무 말도 하지 않으려 했다. 클리브는 자신을 믿는 사람들에게 설명할 의무가 있었음에도 어떤 설명도 하고 싶지 않았다. 그 어떤 것도 상황을 바꿀 수는 없었다. 펠은 미그기를 잡은 것이었다. 세 번째 미그기를.

사람들이 펠 주위에 모여들었다. 그들은 대령이 있어서 모여들었고 미그기를 잡은 이야기를 듣고 싶어서 또 모여들었다. 그러곤 마술사의 현란한 손놀림에 홀리고 입담에 넋이 나가버렸다. 마술쇼가 거의 끝나갈 무렵 조용해진 틈을 타서 펠이 클리브 쪽으로 걸어왔다.

사냥꾼들

"미처 고맙단 인사를 못했어요." 펠이 말했다.

"신경 쓰지 말게."

"편대장님이 그때 오지 않았으면……."

"됐다니까, 펠."

"……미그기 잡은 걸 어떻게 확인받았을지, 필름도 없었는데 말이에요. 물론 다른 사람이 봤겠지만 사람 일 알 수 없잖아요."

이밀 대령이 펠 옆으로 다가왔다.

"가서 점심 같이 들게." 대령이 말했다. "클리브 자넨 어때? 같이 갈 텐가?"

"아닙니다, 전 됐습니다."

클리브는 대령과 펠이 차 쪽으로 걸어가 지프에 올라타는 모습을 지켜보았다. 대령이 후진 기어를 넣고 길 위로 차를 빼더니 곧 속도를 내며 시야에서 멀어졌다.

"저 친구 왜 저래?" 대령은 덜컹거리는 차 안에서 펠에게 물었다.

"같이 지내기 힘들어 죽겠어요."

"처음 듣는 소린데."

"저만 그런 게 아니에요. 편대원이 다 그렇게 느낍니다."

"그래?"

"솔직히 말씀드리면 편대장님이 전투에서 몸을 좀 사리는 것 같습니다."

"그럴 리가 있나?" 이밀이 믿기지 않는 표정으로 물었다.

펠은 어깨를 으쓱해 보였다. 침묵이 흘렀다. 지프가 정적을 뚫고 요란스레 달렸다.

"자네가 편대를 맡지 않은 게 유감이야." 대령은 생각에 잠긴 얼굴로 중얼거렸다.

펠은 잠자코 있었다. 그러면서 그 문제에 대해 더 이상 가타부타 말하지 않고 가만히 있는 편이 낫겠다는 생각을 했다. 점심 식사를 끝내고 내무실로 돌아오자 클리브가 편지를 쓰고 있었다. 펠은 테이블에 의자를 바짝 당겨 앉았다. 클리브는 여전히 고개를 숙인 채였다.

"더치가 편대장님을 끔찍이 생각하던데요." 펠이 말을 걸었다.

"다음에, 펠. 지금 바빠."

"우리 편대가 최고라고, 다 편대장님 덕분이라고 했어요." 펠은 계속했다. "그것도 여러 번이나."

"잘됐군."

"더치를 예전부터 아셨다고 했죠? 파나마에서."

"자네만큼 친하진 않았어. 난 이밀 대령님이라고 불렀으니까."

"저도 면전에서 더치라고 부르진 않아요."

클리브는 계속 편지를 써 내려갔다.

"편대장님을 오랫동안 알아왔다면서," 펠이 말을 이었다. "곧 미그기를 잡을 테니 두고 보라고 하던데요. 신뢰가 대단해 보였어요."

"이제 그만하지."

"진짜예요."

클리브는 아무 대꾸도 하지 않았다.

"이제 윙맨 말고 저를 분대장으로 만들고 싶어 하는 눈치였어요." 펠은 계속 말했다. "저보고 어떠냐고 물어보던데요."

"그래서 뭐라고 했나?"

"편대장님한테 말하고 나서 그렇게 하겠다고 했죠."

"그럼, 대령님께 가서 다시 말하게. 자네가 잘못 생각했다고." 클리브가 단호하게 말했다. "왜냐하면 자넨 내 편대원이고, 내 허락이 떨어지지 않는 한 자넨 윙맨이기 때문이다. 자네가 분대장이 되는 날은 자네한테 그럴 능력이 있다고 내가 판단할 때다."

"과연 그럴까요?"

"함부로 지껄이지 마. 분명히 그렇게 될 테니까."

"제가 분대를 이끌면 어떻게 될지 두려운 건 아니고요?"

"여기서 당장 나가." 클리브는 명령했다.

펠은 빙긋이 웃었다. 그는 조금도 어색한 기색 없이 일어서더니 내무실에서 나갔다.

클리브는 한참 동안 꼼짝도 하지 않고 테이블에 앉아 있었다. 다음 순간 쓰고 있던 편지를 갈기갈기 찢어 쓰레기통에 버렸다.

18

바람이 세차게 부는 화창한 봄날이 찾아왔다. 계절의 변화가 한반도 곳곳에서 꿈틀거리고 있었다. 눈부신 봄이었다. 따스한 햇살 속에 창문이 끊임없이 덜컹거렸고 거세게 휘돌아치는 바람에 문이 밖으로 활짝 열렸다. 서울로 가는 구불구불한 고갯길의 키 작은 소나무와 이따금 눈에 띄는 버드나무들도 빛나는 것 같았다. 빈 밭마다 가래질에 쟁기질한 자국이 선명했다. 땅은 비옥해 보였지만 어쩐지 햇빛 속에 지쳐 보였다. 얼음을 판다는 팻말이 길가의 판잣집 옆에 올 들어 처음 세워졌다. 한국인들은 겨우내 꽁꽁 언 강에서 얼음 덩어리를 떼어내 톱밥에 묻어둔 다음 날이 풀어지면 내다 팔았다. 그들의 가장 큰 수입원 가운데 하나였다.

도터스의 심장은 이제 더 이상 그들과 함께하지 않고 미래에 가 있었다. 임무가 열 번, 아홉 번, 여덟 번 남아 있을 뿐이었다. 그에게 전쟁은 이미 끝난 것이나 다름없었다. 남은 날들이 견딜 수 없을 만큼 길게 느껴졌다. 꿈꾸는 시간으로도 그 날들을 채울 수 없었다. 그는 오로지 세 아들과 아내만을 생각했고 가족과 재회하기만을 갈망했다. 그도 한때는 여느 조종사처럼 영광의 꿈을 남몰래 간직했었지만 그 꿈은 이내 빛이 바래 사라져버렸다. 지금은 오직 집으로 돌아가겠다는 일념뿐이었다.

도터스는 굴복한 것이었다. 여름날 오후면 그는 아이들과 집 주변을 산책했고 자기가 잘 아는 개울이나 호수로 아이들을 데리고 가 송어며 농어가 어디에 숨는지를 알려주곤 했다.

도터스는 어렸을 때 들판이 가장 좋았다. 가을날 오후, 하굣길에 동물을 발견하면 어김없이 집으로 가지고 왔다. 봄과 여름에는 거북과 토끼, 마대에 넣은 뱀, 들쥐와 오리와 개들이었다. 한번은 둥지에서 새끼 매 세 마리를 훔쳐온 일도 있었다. 그는 어린 새들을 손에 앉혀 훈련시켰다. 대학에 들어간 뒤에도 집 뒷마당의 동물들은 방학에 맞춰 돌아오는 그를 기억했다.

전쟁에 이어 결혼이 그를 동물로부터 멀어지게 했다. 그가 집을 떠나자 가족들은 동물들을 모두 풀어주었다. 토끼들은 풀밭으로 돌아갔고 뱀들은 굼틀굼틀 기어갔고 들쥐와 다람쥐들은 숲 속으로 재빨리 사라졌고 거북들은 오래된 연못에서 햇볕을 쬐며 메마른 네 발을 말렸다. 매들은 스스로 사냥을 하기 위해 멀리 날아갔다. 집에서 보내오는 편지에서 그는 때때로 동물들 소식을 들었다. 집으로 돌아오는 동물은 매가 유일했다. 매는 꼭 한 마리씩 날아와 1, 2분 남짓 뒤뜰 울타리에 오만하게 앉아 있다가 날아가곤 했는데, 고개를 발딱 젖히는 모습으로 쉽게 알아볼 수 있다고 했다. 그는 아직도 그들이 자신의 새인 것처럼 느껴졌다.

사동인 정은 도터스에게서 무엇을 느꼈는지 그에게는 다가가 고개를 숙인 채 서툰 영어로 작게 이야기하곤 했다. 정. 도터스도 소년의 성을 몰랐다. 소년은 그저 정이었다. 깡마른 몸에 언제나 헐렁한 옷을 걸치고 체념한 듯한 피로감을 두 어깨에 짊어진 소년은 그저 정이었다. 소매와 바지 자락은 늘 걷어올린 채였고 발은 무거운 작업화 속에서 헛돌 게 분명했다. 정은 어느 가난한 시골 마을 출신이었다. 한참 시간이 흘렀건만 그의 존재를 의식하는 사람은 거의 없었다. 그는 좀처럼 말을 하지 않았다. 일할 때도 눈에 안 띄게 조심스레 했다. 군화를 닦고 침대를 정리하고 유리잔을 부시고 창문을 닦고 바닥을 쓸고 먼지를 닦고 윤을 냈으며 하루 일과가 끝나면 이따금 평소의 소심함을 벗어던지고 다른 사동들과 캐치볼을 하기도 했다. 사람의 왕래가 그리 잦지 않은 병영 뒤편에 저희가 세워놓은 철봉 비슷한 것에 매달려 이런저런 시합을 하면서 그들의 언어를 새처럼 종알거리며 환하게 웃을 때도 있었다. 그러나 호출이 오면 공을 던지고 있건 철봉에 매달려 있건 하던 놀이를 멈추고 잽싸게 재킷에 팔을 꿴 뒤 한달음에 달려왔다. 1년 열두 달 하루도 쉬지 않고 아침 8시부터 오후 5시까지 일했다. 그가 어디에서 무엇을 먹는지 클리브는 몰랐다. 조종사들이 지나가는 길에 초코바 두어 개를 쥐여 주기도 했는데, 그럴 때면 눈만 휘둥그레질 뿐 표정 변화가 없어서 그저 예의상 받는 것인지 아니면 진심으로 고마워하는지 알 길이 없었다.

사냥꾼들

묘한 아이였다. 어떻게 보면 길들여진 동물 같기도 했고 또 어떻게 보면 인간적으로 안쓰럽고 불쌍해 보였다.

"정이 며칠 집에 가고 싶어 합니다, 편대장님." 도터스가 설명했다.

"정, 집이 어디니?"

"안성이요."

"그게 어디지, 짐?" 클리브가 물었다.

"여기서 남쪽으로 80킬로미터쯤 떨어진 곳입니다." 도터스가 대답했다.

"멀군."

정은 아무 말도 하지 않았다. 금세라도 눈물이 차오를 것 같은 그 크고 까만 눈으로 클리브를 잠시 쳐다보고는 포기한 듯 눈길을 바닥에 떨굴 뿐이었다.

"며칠이면 될까, 정?" 클리브가 물었다.

"집까지 걸어서 이틀, 그리고 집에서 이틀, 그다음에 다시 걸어서 돌아오는 데 이틀이 걸린답니다."

"도합 엿새군."

"보낼까요?" 도터스가 물었다.

"그 정도는 해줘야지."

"제 생각도 그래요. 개중에 제일 나은 아이잖아요. 안 그래, 정?"

소년은 수줍게 웃었다. 그러면서 눈으로는 클리브를 쫓았다.

"집에 무슨 문제가 있는 건 아니지, 정?" 클리브가 물었다.

정은 고개를 가로저었다.

"아버지가 혹시 편찮으셔?"

"아버지 없어요."

"아, 그래? 그럼 어머니?"

"아니요."

"근데 집에는 왜 가려고 하니?"

"할아버지 생신이랍니다." 도터스가 소년 대신 대답했다.

"그거 때문에 그 먼 길을 걸어서 간다고? 다른 이유는 없니, 정?"

"네." 소년은 바닥을 내려다보았다.

"좋아." 클리브가 말했다. "근데 그 발로 걸어서 간다고?"

그는 선반으로 걸어가서는 담배 두 갑을 가지고 왔다.

"이거 받으렴. 선물. 할아버지 선물이야, 알아들었지?"

소년은 기쁜 기색 없이 담배를 받았다. 클리브는 별안간 가슴이 뭉클해져서 아이가 좋아할 만한 선물을 줘야겠다고 생각했다. 그는 주머니에 손을 집어넣어 종이돈 몇 장을 꺼냈다. 세어보니 모두 8000원이었다. 정은 한 달 월급으로 3만 원을 받았다.

"이것도 받아둬. 필요할 거야." 클리브가 말했다.

소년은 선뜻 받으려고 하지 않았다. 클리브는 굳은살 박인 그 작은 손에 돈을 억지로 쥐어 주었다.

정은 자기 물건을 창가 선반에 올려 두고 썼는데, 클리브가 나가자 선반에 작은 보자기를 펴고는 그 위에 담배를 놓았다. 마침 내무실로 들어오던 펠의 눈에 담배가 들어왔다. 펠은 헌터와 유효사거리 이내 사격 연습을 마친 뒤 비행기의 총포를 점검하고 돌아오던 길이었다. 그는 최근 들어 자기 자신이 꽤 쓸 만한 사수라는 생각이 든 데다 세세한 것 하나까지 자기 손으로 챙겨야 마음이 놓였다. 비행기를 점검하는 것도 그런 이유에서였다. 펠은 비행기 점검에 관한 한 아주 세밀한 부분까지 정비병과 의견을 나누었는데 다행히도 정비병이 입담이 좋은 사내였다. 그사이 페티본과 헌터는 펠 옆에 서서 무슨 이야기가 오가는지 귀를 세우며 들었다. 펠은 아주 근소한 차로 리드하는 상황에서도 침착하게 균형을 유지하며 골프채를 휘두를 줄 아는 골프 선수처럼 자기가 아는 게 별로 없을 때조차도 능숙하게 이야기를 이어나갔다.

펠은 내무실로 들어서다가 문득 발을 멈추고 소년의 보자기에 놓인 물건을 빤히 쳐다보았다.

"웬 담배야?" 그가 물었다. "누구 거지?"

"편대장님이 정한테 준 거야." 도터스가 대답했다.

"대체 이걸로 뭘 하라고요? 그 녀석의 유일한 장점이 담배를 안 피운다는 건데."

"할아버지 생신 선물이야. 휴가를 보내기로 했다."

"휴가? 누구 맘대로?"

"편대장님이 허락하셨어."

"휴가에다 선물까지?" 펠은 잠시 뭔가 생각하더니 문을 벌컥 열었다. "정!"

소년이 복도 모퉁이에서 재빨리 뛰어왔다.

"할아버지 생신이라고? 그게 진짜야?"

"네."

"그래서 휴가를 가겠다고?"

"네."

"할아버지도 없는데 말이야, 안 그래?" 펠이 추궁했다.

소년은 아무 말도 못한 채 어리둥절한 표정으로 서 있었다.

"이 녀석 봐. 누굴 속이려고? 담배 한 갑 찔러주면서 꾀고 싶은 열두 살짜리 계집애가 생긴 모양인데. 어때, 내 말이 맞지?"

"무슨 말인지 나 몰라요. 할아버지 보러 가요."

"암, 그렇고말고." 펠이 뻬딱하게 말했다. "그래서 할아버지한테 담배 두 갑을 갖다 준다고?"

소년은 고개를 주억거렸다. 작은 손이 옆구리에 초조하게 매달려 있었다. 온순해 뵈는 동그란 얼굴에는 어떤 표정을 지어야 할지 몰라 난감해하는 기색이 역력했다. 구슬 같은 두 눈동자는 묻듯이 주위를 두리번거렸다. 누군가 담배를 뺏어 갈 줄 처음부터 알고 있었다는 듯이 당장이라도 담배를 돌려줄 태세였다.

"그렇게 겁먹은 표정 짓지 마." 펠이 명령조로 말했다. "여자애가 담배를 피우나 보지?"

"무슨 말인지 나 몰라요."

"담배 한 보루 있어, 빌리 리?"

"있지."

"나한테 줘봐. 이따 오후에 사서 줄게."

펠은 담배 한 보루를 받아 소년에게 내밀었다.

"자, 받아." 그가 말했다. "담배야. 시레이션C-ration. 전투식량도

줘야겠군."

펠은 뚜껑이 열린 통 하나를 들고 오더니 차며 설탕이며 커피 따위를 잔뜩 꺼내 통 옆에 수북이 쌓았다.

"선물이 이 정도는 돼야지." 펠이 말했다. "이거 갖고 가면 여자애가 최고의 사랑을 줄 거야."

정은 어떡해야 좋을지 묻는 시선을 도터스에게 던졌다.

"거긴 왜 쳐다봐? 지금 내가 너한테 주는 건데. 누구의 허락도 필요하지 않아. 내가 오케이하면 끝이야, 알겠어?"

"네."

"알아들었으면 어서 가서 보자기로 잘 싸놔."

소년은 펠이 준 물건을 창가로 가지고 가서 보자기 위에 하나씩 가지런히 내려놓기 시작했다. 원래 그곳에 놓여 있던 담배 두 갑은 풍성한 선물 옆에서 한없이 초라해 보였다.

"나 참, 기가 막혀서." 펠은 큰 소리로 말했다. "저걸 나눠 피우라고? 꼴랑 담배 두 갑으로? 다음번에 필요한 게 생기면 누구한테 와야 할지 이제 확실히 알겠지, 정?"

도터스는 밖으로 나가 햇빛 속에 홀로 앉았다. 심기가 불편했지만 애써 자신을 추슬렀다. 그는 형刑을 살고 있을 뿐이었다. 더욱이 만기 출소까지 얼마 남지도 않았다. 머나먼 길을 뒤로하듯 지난날을 의식의 표면 아래로 가라앉힌 채 그는 오로지 앞만 내다보며 달렸다. 도와달라는 간청도 외침도 그 어떤 울부짖음도 그를 되돌릴 수 없었다. 그가 응시하는 것은 집과 제대뿐이었다. 상공에서의 그 지독한 흥분도 더 이상 그를 강제할 수 없었다. 하늘을 날 때는 아랫배가 딴딴해지면서 그만 욕지기가 솟을 것만 같았다. 이제는 그 어떤 신성한 이유도 그를 이곳에 묶어둘 수 없었다. 임무가 끝나면 그는 이 족쇄에서 풀려날 것이고 이제 그 끝에 거의 다다랐다. 참을 수 없을 만큼 가까웠다. 편대의 분열을 그는 알아채지 못했다. 그에게 물어보았다면 아마도 부인했을 것이다. 그런 건 존재하지 않는다고. 그는 편대 일에 관여할 여력이 없었고, 스스로를 보호하기 위해서 그런 일은 없다고 실제로 믿게 된 것인지도 몰랐다. 하지만 그날 오후 그는 클리브에게 말을 해야 한다고 느꼈다. 워낙 오랫동안 현실에 눈을 감고 지내온 터라 정확한 사정은 알지 못했지만 여하튼 아주 중요한 무엇인가를 얘기해야 할 것만 같은 생각이 들었다. 불씨가 아직 완전히 꺼지지 않은 탓에 도터스는 자신이 어떻게든 애를 써야 한다는 사실을 거의 본능적으로 직감했다.

그날 밤 클럽에서 기회가 왔다. 바람이 변덕스럽게 부는 따뜻한 저녁이었다. 봄기운이 바이러스처럼 온몸을 파고들었다. 클리브는 놀런과 그다음 날 일정을 조율하는 중이었다. 네 번의 임무가 예정되어 있었다. 그중 클리브의 편대는 세 개의 임무에 투입될 것이었다. 첫 번째 비행은 7시, 그다음은 10시 반, 마지막 비행은 14시였다.

"세 번 다 나가고 싶나, 짐?"

"네, 그렇습니다."

"7시는 오전 정찰비행이야." 놀런이 설명했다.

"나머지는요?"

"둘 다 출격이야."

클리브는 고개를 끄덕였다. 그가 나갈 비행이었다.

"좋아." 클리브가 말했다. "정찰대에 자네와 펠이 나가게, 짐. 버트와 페티본도 나가고."

"브리핑은 몇 시입니까?" 도터스가 물었다.

"5시 50분." 놀런이 답했다.

도터스는 씩 웃어 보였다.

"임무 도중에 한숨 자두게." 클리브가 말했다. "아무것도 못 볼 테니."

"요샌 이른 아침에도 미그기가 떠."

"자주는 아니지."

"무슨 소리야. 펠이 두 번째 미그기를 잡은 게 오전 정찰비행이었어. 기억 안 나?"

"기억나지."

"내일도 분명 뜰 거야." 놀런은 자리를 뜨면서 말했다. "내리 엿새째 출현하고 있다고."

밤마다 클럽 안이 온갖 추측으로 어수선한 것은 바로 그런 이유에서였다. 기대에 찬 흥분이 전염병처럼 공기 중에 맴돌았다. 경험 많은 조종사들은 전술이니 영웅이니 목소리를 높였고 아직 적기와 대면하지 못한 신참들은 강요된 침묵 속에 앉아 과거에 일어난 위대한 전투들과 시간이 지남에 따라 점차 격렬해지는 공중전 이야기에 가만히 귀를 기울였다. 그동안 그 이름은 끊임없이 사람들의 입에 오르내렸고 신성불가침의 광휘를 내뿜었다든지 까만 줄이 도도하게 빛났다든지 하는 그의 전투기에 대한 묘사는 쉼 없이 이어졌다. 그가 돌아왔다. 인간의 용기를 시험하기 위해 이 땅에 내려온 힘센 사자使者를 만나듯이 어느 빛나는 봄날 아무런 예고도 없이 그와 맞닥뜨릴지 모를 일이었다.

"그를 잡는 자는 누구든 나를 능가하는 조종사가 될 것이다. 제군 가운데 그런 자가 나올지는 실로 의심스럽지만 말이다." 이밀은 이렇게 말했었다.

이밀다운 이야기였다.

"드릴 말씀이 있어요." 도터스가 입을 뗐다.

"무슨 일인가?"

"펠에 관한 얘기예요."

"다른 건 없나?"

"네?"

"관심 없어. 다른 얘기 좀 해보게. 여기서 다들 무슨 얘기를 하는지 아나? 난 한 시간째 듣고 있어."

"펠을 구하려고 편대장님이 미그기를 포기했다는 거 알고 있어요. 저 혼자 아는 사실이 아닙니다."

"펠은 미그기를 잡았어."

"그게 무슨 의미가 있는데요?"

"입안에 구정물이 가득하다는 거지." 클리브가 말했다.

"전쟁이 끝나면 펠은 아무것도 아니에요. 편대장님도 아시잖아요?"

"그럼 우리는? 우린 어떻게 될 거 같나?"

"지금 그 얘기를 하자는 게 아니잖아요." 도터스가 항의했다. "펠이 미그기를 잡은 건 순전히 우연이었어요."

"그건 중요하지 않아. 미그기를 잡았다는 사실이 중요하지."

"저번 일을 만회하고도 남을 만큼 편대장님께도 기회가 많이 올 겁니다."

"그래, 그래야지." 항상 끝은 그랬다.

만반의 태세를 갖추고 이곳에 왔지만 지금은 그 어느 것도 확신할 수 없었다. 승리의 순간을 위해 이곳에 왔지만 어떤 의미에선 지금 그가 원하는 것은 그것이 아니었다. 그는 그 이상을 원하고 있었다. 승리를 갈구하는 것에 초연하기를, 승리를 거머쥐어야 하는 필요로부터 벗어나기를 바랐다. 하지만 자신이 그곳에 다다르지 못하리라는 것을 그는 너무나도 잘 알았다. 그는 이미 전쟁의 포로였다. 미그기를 잡지 못하면 제 자신은 물론이고 다른 사람에게도 그는 실패자가 되는 것이었다. 들레오든 도터스든 그 누구와 얘기해보더라도 그것은 자명한 사실이었다. 그게 무슨 의미가 있느냐고 그들은 반박하지만 실제로 그것은 고백이나 다름없었다. 그들은 그에게 기대를 걸었다. 그는 베테랑이었다.

이 모든 것으로부터 해방될 수만 있다면. 지푸라기라도 잡고 싶은 심정이었다. 이 무자비한 제단에 제 자신을 바치게 될까 그는 두려웠고, 이제는 경멸할 힘조차 남지 않은 그 무엇을 위해 싸우게 될까 두려웠다. 다음 에이스의 옆자리를 위해. 펠.

19

새벽녘에 자리에서 일어나는 사람들 기척이 들려왔다. 대원
들이 조용히 혹은 간간이 뭐라고 속삭이며 옷을 갈아입고 있
었다. 그는 반쯤 잠이 든 상태로 담요 속에 누워 군화가 바닥
에 끌리는 소리와 침대 스프링이 삐걱거리는 소리를 들었다.
대원들이 하나씩 내무실을 빠져나가고 이윽고 문이 닫혔다.
그는 다시 곤한 잠에 빠져들었고 그로부터 얼마나 지났을까
엔진 소리가 고요한 아침의 정적을 찢으며 요란스레 귓전을
파고들었다. 굉음은 활주로를 따라 한동안 쉬지 않고 울려 퍼
지더니 정점에 이르러 우르릉하고 떨고는 브레이크를 푼 비행
기들이 우렛소리와 함께 하늘 높이 비상하자 빠르게 잦아들
다 이내 잠잠해졌다. 그는 완전히 잠에서 깨어 편대장 없이 임
무에 나선 대원들을 생각했다. 조종석에 앉아 있는 그들의 모
습이 생생하게 눈앞에 그려지자 마음이 왠지 불안해졌다. 선
두에 도터스, 그다음에 펠과 들레오, 페티본.

아침을 먹고 그는 상황실로 걸어갔다. 서늘했지만 한낮의 열기를 예고하고 있었다. 남쪽으로 시선을 돌리자 아직도 희뿌옇게 떠 있는 새벽안개 너머로 울퉁불퉁한 고갯길이 뻗어 있었다. 군용차 몇 대가 모래 먼지를 자욱이 날리며 지나갔다. 새들이 푸르르 날아갔다. 새들의 재잘거리는 소리가 희미하게 들렸다. 그는 불안한 마음을 끌어안고 몽유병 환자처럼 걸어갔다. 손목시계를 내려다보았다. 지금쯤이면 돌아오는 중일 거라고 그는 판단했다. 대원들은 100킬로미터 떨어진 북쪽 상공에서 눈에 보이지 않는 긴 하늘길을 따라 하강하고 있을 터였다. 정비소를 지났다. 정비병들이 임무가 꽉 찬 하루를 위해 비행기를 점검하고 있었다. 그는 그제야 고개를 들어 하늘을 살펴보았다. 온종일 맑을 것 같았다. 이제 막 솟아오르는 해는 마치 천 한 폭을 두른 것처럼 대지에 따사로운 햇살을 던지고 있었다.

한 사내가 달려오다가 클리브에게 소리쳤다. 클리브는 고개를 돌렸다. 사내가 한 말이 뇌리에 새겨지는 순간 그는 우뚝 멈춰 섰다. 정찰대 소식 들었어?

"무슨 소식?"

사내가 멀어져가며 어깨 너머로 소리쳤다.

"미그기가 떴어. 두 대 잡았대."

엄습해오는 극렬한 고통에 클리브는 마치 청을 드리듯 무의식적으로 고개를 들어 텅 빈 하늘을 올려다보았다. 지난날의 괴로웠던 기억이 그 어느 때보다 선명하게 되살아났다. 그 이상 알기가 두려웠다. 어차피 사내에게 물어볼 수도 없는 일이었다. 사내는 이미 저만치로 달려간 뒤였다. 몇 분 후 클리브가 상황실 건물에 이르렀을 때 비행기 소리가 들렸다. 클리브는 하늘을 살폈다. 곧 비행기들이 나타났다. 최초 접근을 시도하려는 참이었다. 믿을 수 없었다. 마치 머리 없는 사람이 걸어오는 모습을 지켜보는 것 같았다. 석 대뿐이었다.

그는 주기장으로 가서 대원들을 기다렸다. 비행기들이 장주비행을 하고 있었다. 그가 서 있는 곳에서는 누구 비행기인지 분간이 안 되는 데다 앞쪽에 모래주머니 방벽과 비행기들이 시야를 가려서 활주로 쪽이 잘 안 보였다. 사람들이 하나둘 주기장으로 모여들기 시작했다. 비행기가 착륙한 뒤에도 또 한참을 기다린 것 같았다. 이윽고 그는 엔진이 공회전할 때 내는, 휘파람을 부는 듯한 희미한 소리를 들었다. 소리가 점점 커졌다. 비행기를 유심히 살폈다. 선두 비행기가 주기장 빈터로 진입하며 속도를 줄였고 두 대가 그 뒤를 바짝 따랐다. 비행기가 옆을 지날 때 그는 헬멧을 알아보았다. 첫 비행기는 들레오였다. 두 번째는 페티본, 세 번째는 펠이었다. 클리브는 달리기 시작했다. 그러고는 막 멈춰 서는 들레오의 비행기 날개로 펄쩍 뛰어올랐다. 곧이어 윙 하고 공기가 빠지는 듯한 소리와 함께 엔진이 꺼졌다. 들레오는 클리브가 옆에 있다는 걸 빤히 알면서도 클리브의 시선을 외면한 채 천천히 헬멧을 벗어 앞 유리 위에 걸쳐 놓았다.

"어떻게 된 일이야?" 클리브가 물었다.

"케이시 존스가 떴어요. 빌어먹을! 그런 광경은 처음……."

"어디서?"

사냥꾼들

"귀환하는 길이었는데 잘 모르겠어요. 도저히 제 눈을 믿을 수가 없어요. 정말이에요." 들레오가 깊은숨을 내쉬었다.

"도터스는?"

"격추됐어요."

"어떻게?"

"저도 잘 모르겠어요." 들레오는 자리에서 일어나 허리를 굽혀 낙하산 버클을 더듬더듬 풀었다. "포탄에 맞고 곧바로 추락했어요." 들레오의 두 무릎이 떨렸다.

"자네도 봤어?"

들레오는 다리를 들어 날개 위로 발을 내딛었다. 그러고는 그 위에서 몸을 가누었다. 정비병과 장교 몇 명이 아래에 모여들었다.

"네, 봤어요. 10마일 안에서는 누구나 봤을 겁니다. 불길에 휩싸여 있어서 똑똑히 보였어요."

"탈출하지 못한 건 확실해?"

"네, 탈출했다면 못 봤을 리가 없어요." 들레오가 대답했다. 그는 미끄러지듯 날개에서 내려와 쏟아지는 질문을 뒤로한 채 사람들 틈을 지나 펠이 비행기를 세운 모래주머니 방벽 쪽으로 걸어갔다. 클리브도 옆에서 함께 걸었다.

"미그기는 누가 잡았어, 버트?"

"펠이요."

클리브는 흠칫 발걸음을 멈추었다.

"잠깐만. 자네도 봤어?"

"한 대가 격추되는 걸 봤어요."

"어떻게 된 일이야? 빨리 말해봐."

그들은 램프 한가운데 서서 구멍이 뚫린 철판 바닥을 내려다보다 때때로 잠깐씩 시선을 교환했다. 들레오는 힘겹게 말을 이어갔다. 그들이 미그기와 마주친 것은 정찰 임무를 마치고 남쪽으로 기수를 돌리던 참이었다. 케이시 존스와 또 다른 미그기 다섯 대였다. 전혀 예기치 못한 미그기의 출현이었다. 미그기가 뒤에 바짝 붙어 포탄을 날릴 때까지 그 누구도 미그기를 보지 못했다. 그 어떤 경고도 듣지 못했다. 곧바로 그들은 급선회를 하며 대열을 깼다.

"지금까지 들은 얘기는 아무것도 아니었어요." 들레오가 말했다. "명함도 못 들여요. 맙소사! 제가 무슨 짓을 해도 다 소용없었다고요. 자포자기의 심정으로 그저 앉아서 기다렸죠. 진짜예요. 그는 내내 제 뒤에 붙어 있었어요. 따돌리려다가 그만 날개가 꺾이는 줄 알았어요. 아무리 죽을 기를 써도 어떻게 할 수가 없더군요. 여전히 내 뒤에 붙어 있었으니까. 아, 말로 다 못하겠어요. 한데 신기한 일은 그가 한 번도 발포하지 않았다는 거예요. 적어도 전 못 봤어요. 계속 제 뒤만 따라왔죠. 사실 어떻게 벗어났는지 지금도 영문을 모르겠어요. 열 번도 넘게 저를 격추할 수 있었는데. 처음부터 말이죠. 근데 단한 번도 발포를 안 했어요. 기관포에 문제가 있었던 거 같아요. 분명해요. 그 와중에 페티본은 기수를 더 꺾으라고 줄곧 비명만 질러댔어요. 아무튼 그 녀석 어디에 처박혀 있었는지 코빼기도 안 보였어요. 아주 큰 도움이 됐죠. 차라리 혼자 비행하는 게 더 나을 뻔했어요. 끝에 가서 펠이 도터스한테 탈출하라고 외치는 소리가 들리고, 곧이어 페티본이 다들 어디에 있느냐고 묻더군요. 마침내 시커먼 연기가 피어오르는 게 보였어요. 도터스였어요. 화염에 싸인 비행기가 기름을 흩뿌리며 추락하더군요. 지상에 충돌하는 걸 제 눈으로 봤습니다. 근데 어느 틈에 비행기 한 대가 또 뒤에 붙어 있었어요. 젠장! 페티본인 줄 알았는데 또 다른 미그기였어요."

사람들이 펠의 비행기 주위를 에워싸고 있었다. 들레오와 클리브가 가까이 다가가자 한복판에서 펠이 손짓까지 해가며 이야기하는 모습이 보였다. 한 사내가 들레오에게 미그기를 잡았느냐고 물었다. 들레오는 대답 대신 사람들 틈을 밀치고 들어갔다. 펠은 그들을 보자 안됐다는 듯이 고개를 가로저었다.

"하도 순식간에 일어나서 리더가 피할 틈이 없었어요." 펠이 말했다. "미그기 두 대가 별안간 우리 사이로 들어오더니 곧바로 리더한테 포탄을 퍼붓기 시작했죠. 제가 미그기 두 대를 몽땅 격추하긴 했지만 이미 때는 늦었어요."

"왜 급선회하라고 외치지 않았어?" 들레오가 물었다.

"무슨 소리예요? 전 했어요."

"네가 했다고? 난 못 들었어."

"두 번 세 번 했어요." 펠이 반박했다.

"거짓말하지 마."

"미그기 두 대가 도터스 뒤에 따라붙었다면 네가 주위를 충분히 살피지 않았다는 얘기다." 클리브가 끼어들었다.

"교전 중이었어요. 적기가 뜨면 언제나 앞보다 뒤에 더 많게 마련이죠."

"이론 얘기는 집어치워."

"설명을 해드리려고 했을 뿐이에요." 펠은 어깨를 으쓱 추어올려 보였다.

"너의 임무는 리더를 엄호하는 거다."

"당연히 엄호했죠. 미그기를 보자마자 급선회하라고 외쳤다고요." 펠이 대답했다. "근데도 리더가 그렇게 안 하는 걸 난들 어떻게 합니까? 일단 리더한테서 미그기를 떼어내야 하니까 총을 발사했죠."

"나라면 리더를 먼저 구해." 클리브가 말했다.

"아, 이제 그만 좀 하세요. 저도 충분히 괴롭다고요. 이게 다 무슨 소용이라고."

"그래, 다 부질없는 짓이지." 클리브가 말했다. "하지만 넌 이제 끝이야, 펠. 이번이 너의 마지막 비행이야. 네가 비행하는 일은 두 번 다시 없을 거다. 내 명예를 걸고 말한다."

펠은 조금도 동요하는 기색이 없었다. 오히려 안심하는 눈치였다. 공공연한 근심을 덜었다고 생각하는지 얼굴에는 특유의 교활한 자신감이 떠올랐다.

"전장에 있지도 않았으면서 뭘 안다고." 그가 내뱉었다. "우리가 싸우는 동안 침대에 편안히 누워 있지 않았나? 전투가 벌어질 때면 도쿄든 어디든 꼭 다른 데 가 있었으면서."

"뭐야?"

몸 안에서 캡슐이 퍽 하고 터지면서 그 안에 있던 내용물이 독액처럼 일순간 핏속으로 퍼지는 기분이었다. 그는 생각할 틈도 없이 발을 앞으로 내디디며 주먹을 휘둘렀다. 순간 균형을 잃었지만 잽싸게 휘두른 팔은 무중력 상태처럼 가벼웠다. 얼굴을 비켜 간 주먹은 펠의 목을 스치고 지나갔다. 사람들이 일시에 그들 주위로 몰려들면서 클리브를 꼼짝 못하게 붙드는 바람에 팔 하나는 어깨 높이에서 멈추어져 있었다. 클리브가 어설프게 몸을 비틀어 빼내는 동안 큰 소리가 오가고 팔들이 뒤엉켰다.

"무슨 일이야?"

이밀 대령이 사람들 사이를 확 밀치고 들어왔다. 그러고는 좌중을 휘둘러본 다음 클리브 쪽으로 몸을 돌렸다.

"대체 뭐야? 뭣 때문에 이 난리들이야?"

"아무 일도 아닙니다."

"아무 일도 아니라고?" 이밀은 펠을 돌아보았다. "오늘 충분히 싸우지 않았나?"

펠은 빙긋이 웃었다.

"적기 두 대를 잡았다고?" 대령이 말했다.

"네, 그렇습니다."

"아군 피해는?"

"도터스가 추락했습니다."

"어쩌다가?"

"격추되었습니다. 제가 최대한……."

"대령님," 클리브가 말했다. 숨이 차서 잠깐 말을 멈춰야 했다. "대령님께 따로 드릴 말씀이 있습니다."

"무슨 일인데?"

"따로 말씀드리겠습니다."

"무슨 일이냐니까, 클리브? 사람들 보는 데서 말하게. 뭐 겁나는 거라도 있나?"

클리브의 얼굴에 시뻘건 핏기가 올라왔다. 자기도 모르게 입안이 바싹 타들어가는 게 느껴졌다. 사람들의 손아귀에서 벗어난 뒤라 그는 홀로 선 채, 이제는 두어 걸음 뒤에서 자신을 에워싸고 있는 사람들의 시선이 조용히 자신의 얼굴에 꽂혀오는 것을 의식했다. 그는 적당한 말을 찾으려는 시도를 포기했다.

"펠에게 비행금지령을 내리십시오." 클리브가 말했다.

대령이 곧바로 대답을 하지 않는 바람에 낮게 깔린 침묵이 한층 더 깊어졌다. 스타디움에 감도는 침묵과도 같았다.

"그게 대체 무슨 소리야?"

"펠에게 비행금지령을 내리십시오." 클리브는 똑같은 말을 반복했다. "펠이 비행하는 일은 두 번 다시 없을 겁니다."

"적기 다섯 대를 격추한 조종사한테 비행금지령을 내리라고? 자네, 제정신이야? 편대장으로 앉혀도 시원찮을 판에."

"비행전대를 통째로 주지 그러십니까?"

"이제 그만하게, 코넬."

"펠은 오늘 리더를 죽게 했습니다. 리더를 제 손으로 격추한 거나 다름없습니다. 도터스가 전사한 건 순전히 펠 때문입니다."

"제 잘못이 아니에요." 펠이 항의했다. "도터스가 급선회를 하지 않았다고요."

사냥꾼들

"거짓말하지 마. 넌 급선회하라고 외친 적이 없어."

대령은 고개를 번쩍 들더니 겹겹이 서 있는 사람들의 얼굴을 한번 휘둘러보고는 그들 쪽으로 몸을 돌렸다.

"자, 자," 그는 손을 홰홰 내저어 사람들을 내몰면서 소리쳤다. "각자 볼일들 보라고. 어서!"

사람들이 하나둘 흩어지기 시작했다. 대령은 모두 자리를 뜰 때까지 가만히 서서 지켜보았다. 이윽고 들레오와 펠을 마주 보았다.

"디브리핑실로 가게. 사람들이 자네들 보고를 기다리고 있어."

"무슨 말을 하는지 저도 들어야겠어요." 펠이 버텼다.

"그건 걱정하지 말게." 대령이 명령했다. "자넨 그냥 가면 돼."

펠이 경례를 올렸고 잠시 후 들레오가 그 뒤를 따랐다. 그들이 저만치 멀어지고 펠의 비행기 날개 옆에 대령과 클리브, 몬카비지만 남게 되자 대령은 뜻밖에도 거칠게 몸을 돌려 클리브를 노려보았다.

"대체 이게 무슨 짓이야, 코넬? 전대를 와해시키고 싶어서 환장했나?"

"아닙니다, 대령님. 전대가 와해되는 것을 막기 위해서입니다."

"말도 안 되는 헛소리를 지껄이면서 말이지. 그것도 이 염병할 놈들이 다 지켜보는 데서?"

"사람들 보는 데서 말하라고 하지 않으셨습니까?" 클리브가 단호하게 말했다.

"일단," 대령은 더 이상 듣지 않고 제 할 말만 빠르게 쏟아냈다. "자네는 임무에 나가지 않았어. 왜 그랬는지는 모르겠지만 이번이 처음이 아니라는 건 분명해. 전투가 벌어질 때면 늘 자넨 다른 곳에 있더군. 그게 첫 번째고, 둘째, 그 이름이 뭐야, 여하튼 그 이탈리아 놈하고 자네는 자꾸 무슨 이유를 갖다 대면서 펠을 비난하는데, 펠이 없었다면 지금 자네 편대는 어떤 꼴이었을까? 자네 편대에서 공훈 비슷한 거라도 세우는 사람이 펠 말고 또 있나? 나도 부하와 비행기를 잃는 게 싫어. 여기 있는 그 누구보다. 그렇다고 섣부르게 결론을 내리진 않아. 전투 중에 무슨 일이 있었는지 면밀히 알아보고 혹시라도 문제가 발견되면 그땐 거기에 걸맞은 행동을 취할 걸세. 일개 대위한테서 비행단을 어떻게 운영하라는 둥 누구를 비행금지시키라는 둥의 소리는 듣고 싶지 않아."

"저를 아신 지 얼마나 됐죠?"

"50년 동안 자넬 알았다고 해도 달라질 건 없어."

"잠시만 제 말씀을 들어주십시오."

"듣기 싫어! 아직도 내 말을 못 알아듣는 것 같군. 자네가 내 말을 듣는 거지, 내가 자네 말을 듣는 게 아니야."

"평판이 아무리……" 클리브가 말했다.

"그만하라니까! 자네 왜 이렇게 말귀를 못 알아듣는 건가?"

클리브는 입을 다물었다. 적대감을 드러낸 채 앞에 서 있는 사내가 한없이 낯설었다. 그들이 함께했던 과거는 그 순간 사라졌다. 그 사실을 깨닫자 그는 발밑의 땅이 꺼지는 것처럼 메

스꺼움을 느꼈다. 그 후에 무슨 말이 오갔는지 그는 기억하지 못했다. 그러나 자신이 펠의 비행기 옆에 홀로 남겨진 채 분노가 차츰 사그라지는 동안 완벽한 외로움과 적막감에 사로잡혀 있었던 것만은 뇌리에 선명하게 남아 있었다. 어떻게 해야 할지 몰랐다. 아니, 생각조차 할 수 없었다. 그는 램프 한복판에 혼자 남겨져 있었다. 그곳에서 사라져 먼 훗날로 갈 수만 있다면 그 어떤 것도 내놓을 수 있을 것 같았다. 하지만 군 복무를 마치고 이 모든 기억을 떨쳐내려면 아주 오랜 시간이 걸릴 것이었다. 앞으로 견뎌야 할 나날이 산줄기처럼 버티고 있었다.

펠은 디브리핑실에서 대령들과 대면했다. 그는 진지했고 열성을 다했다. 질문에 답할 때에는 대령들의 눈을 똑바로 쳐다보았다. 시간이 오래 걸리지는 않았다. 10분 후쯤 그가 설명을 끝내자 모두 차를 타고 클럽으로 향했다. 보통 그 시각에는 문을 닫지만 몬카비지가 클럽 매니저에게서 열쇠를 받아 왔다.

그들은 클럽 안으로 들어갔다. 한밤중의 부엌처럼 텅 빈 클럽은 서늘했다. 그들은 바에 앉았다. 몬카비지가 캐비닛 열쇠를 찾아내 술병을 꺼냈다.

"유리잔은 자네 바로 뒤에 있네." 이밀이 말했다. 몬카비지는 유리잔 세 개를 꺼내 바에 내려놓았다. 이밀은 코르크를 뽑고 유리잔의 4분의 1쯤 차게 술을 따랐다.

"자네한텐 지금 이게 필요할 거야." 그가 펠에게 말했다. "물론 나한테도."

몬카비지는 술에 섞을 물을 찾았다.

"멋진 하루였어. 닥터, 자네를 위해 건배." 이밀이 술잔을 들어 올리며 말했다.

대령과 펠은 술을 벌컥 들이켰다.

"후유." 이밀은 긴 숨을 내쉬더니 어금니를 맞물었다. "아직도 이른 아침이군."

펠은 웃으며 입가를 닦았다.

"이제 나도 늙어가나 봐." 이밀이 말했다. "자넨 어때, 몽크?"

몬카비지는 술을 홀짝이고 있었다.

"오렌지주스 마시나?" 그가 말했다. "쭉 들이켜게."

그들은 바에 둘러앉아 천천히 술을 마셨다. 창을 넘어온 아침 해가 거친 나무 바닥에 네모 모양의 빛살을 던지고 있었다. 다른 부분은 여전히 어둑했다. 어둠 속에 벽이 어슴푸레 드러났다. 펠은 술기운이 온몸을 타고 퍼지는 걸 느꼈다. 아무것도 먹지 않은 공복이었다. 이밀은 펠의 잔에 술을 따른 뒤 제 술잔을 들어 한 모금 마셨다.

"한 번에 적기 두 대라니," 그가 말했다. "정말 대단해."

"저도 한 번에 두 대를 잡은 적이 있습니다." 몬카비지가 말을 받았다.

"그래, 자네도 그랬었지." 이밀이 동의했다. "둘이서 클럽을 하나 만들어야겠군."

펠이 활짝 웃어 보였다.

"바로 그거야." 대령이 말을 이었다. "웬만한 조종사는 한 대도 잡을까 말까인데, 맙소사, 자네들은 한 번에 두 대라니. 대체 어떻게 한 거야?"

대령은 자기 술잔을 유심히 들여다보았다.

"이 얘기를 해주고 싶네." 그가 펠에게 말했다. "자네가 살아 있는 한 어떤 일이 일어난다 하더라도 오늘은 결코 잊지 못할 게야."

"네, 맞습니다, 대령님."

"에이스가 된 날을 어찌 잊겠나?"

펠은 술잔을 비웠다. 몸이 노곤하게 풀리는 것을 느꼈다.

"대령님." 펠이 호기 있게 이밀을 불렀다.

"말해보게."

"대령님 말씀이 맞습니다. 결코 오늘을 잊지 못할 겁니다."

"그럼, 어떻게 잊겠어?"

"대령님은 어떠십니까?"

"다섯 번째 적기를 격추한 날을 기억하느냐, 그 말인가?"

"네, 그렇습니다." 펠은 곤란한 문제를 해결한 사람처럼 고개를 끄덕였다.

"첫 번째 아니면 두 번째? 뭐, 어느 때건 상관없네. 둘 다 아주 선명하게 기억하니까. 군이 비교하자면 첫 번째 기억이 더 생생하지. 올해 몇 살인가, 닥터?"

"스물다섯입니다." 펠은 마치 손가락으로 나이를 알려주듯 한 손을 바 위에 천천히 폈다.

"스물다섯이라고?"

펠은 고개를 끄덕였다.

"내가 다섯 번째 적기를 잡았을 때 몇 살이었는지 아나?" 이밀이 물었다.

"모르겠습니다."

"스물두 살이었네."

"애송이였네요." 펠이 웃으며 말했다.

이밀이 큰 소리로 웃었다. 술을 마실 때에는 체격이 더 우람해 보였다. 대령이 입술을 핥았다.

"그때 일이 바로 엊그제 일만 같아. 영국이었지. 전쟁이 아주 치열했어. 안 그런가, 몽크?"

"저는 이탈리아에 있었습니다."

"이런." 이밀은 술잔을 비운 후 펠이 술잔에 똑같이 술을 따르는 모습을 지켜보았다. "그날 비행기에서 내리던 순간이 지금도 눈앞에 훤해. 그때의 기분이란! 나를 품기엔 세상이 너무 좁아 보이더군. 무슨 말인지 자넨 알 거야."

"알다마다요." 펠이 망설임 없이 대답했다.

"그때 만나던 여자가 있었는데 그치가 뭐라고 했는지 아나?"

"뭐라고 했는데요?"

"오늘 밤 에이스가 되어줘, 꼭이야." 대령은 주먹 쥔 손을 번쩍 쳐들고 껄껄 웃었다.

펠은 흡족한 표정으로 어깨를 으쓱해 보였다.

"모두가 꾸는 꿈이지요." 그가 중얼거렸다.

비행기 엔진 소리가 클럽 안을 서서히 채웠다. 그들은 창문 너머로 시선을 던졌다. 임무대가 곧 출격할 참이었다. 비행기들이 활주로 끝에 정렬해 있는 모습이 눈에 들어왔다.

"저것 좀 보게." 이밀이 말했다.

그들은 비행기를 찬찬히 바라보았다. 선두기들이 활주로를 내달리기 시작하자 클럽 안의 공기가 진동했다.

"저기 자네 새끼들이 가고 있어, 몽크." 이밀은 비행기를 향해 손을 흔들며 크게 외쳤다. 술잔이 넘어지면서 술이 바 위로 쏟아졌다. 그는 개의치 않았다. "가슴이 벅차오르지 않나?"

몬카비지는 동의했다.

"출격하지 않을 때면 늘 이런 기분이 든단 말이야." 이밀이 말했다. 그가 몸을 불쑥 움직이는 바람에 엎어져 있던 술잔이 바닥으로 떨어졌다. 술잔은 벽으로 튕겨 갈 뿐 깨지지는 않았다. 몬카비지는 손을 뒤로 뻗어 새 잔을 꺼냈다.

엔진 소리가 마침내 잦아들었다. 펠은 바 위에 팔꿈치를 괴고 기대앉아 있다가 손을 들어 별 의미 없이 흔들었다.

"그래, 그런 거였어." 그는 들릴락 말락 작은 소리로 말했다.

"지금 뭐라고 했나?"

"아니요." 펠이 대꾸했다. "뭘 좀 생각하고 있었어요."

"무슨 생각?"

"무전기가 불통이었을지도 모르죠." 펠이 말했다. "안 그런 가요?"

"아, 잊어버리게. 모두 끝난 일이야."

"끝났다고요? 정말이요?"

"자넨 최선을 다했어." 이밀이 말했다. "누구한테나 일어날 수 있는 일이야."

"전 분명히 외쳤어요."

"거참, 그만. 자넨 오늘 미그기 두 대를 잡았어, 안 그런가?"

펠은 방아쇠를 당기는 시늉을 해 보인 다음 혀를 튕기며 총탄이 날아가는 소리를 냈다.

"그럼요, 총알을 퍼부어서 두 대를 잡았죠." 펠이 말했다. "중요한 건 그거예요. 믿기 어려운 게 뭐가 있겠어요?"

침묵이 흘렀다.

"자기가 주위를 둘러볼 수도 있었잖아요." 펠이 말을 이었다. "그랬으면 미그기를 분명히 봤을 테고. 대령님이라면 미그기를 못 봤을 리가 없죠."

"그만 잊어버려, 펠."

"대령님이 무슨 소릴 들으셨는지 모르겠지만," 펠은 천천히 말을 이어나갔다. 말투가 사뭇 진지했다. "한 가지 사실은 분명해요. 그것만은 확실히 해두고 싶어요. 전 틀림없이 외쳤습니다."

이밀은 술병을 들어 세 개의 술잔에 술을 따르기 시작했다. 잠시 손을 멈췄다. 그다음 잔 세 개에 양이 똑같도록 다시 따랐다.

"내 말 잘 듣게." 그가 말했다. "자넨 미그기 다섯 대를 격추한 에이스야."

"맞습니다." 펠이 우렁차게 외쳤다.

"그게 중요한 거야."

"네, 저도 압니다."

"자네가 살아 있는 한 사람들은 자넬 기억하고 우러러볼 걸세. 알아들었나?"

"네, 알겠습니다."

"그러니 잊지 말게, 펠. 자네가 누구인지를."

사냥꾼들

"대령님과 저, 잊지 않겠습니다."

이밀은 옆에까지 다 들리도록 숨을 깊이 들이마셨다.

"멋지지 않습니까, 대령님?" 펠이 물었다.

"그래, 아주 멋져."

"한 쌍의 에이스입니다." 펠이 큰 소리로 웃었다.

대령은 펠을 가만히 쳐다보았지만 펠은 전혀 의식하지 못하는 것 같았다. "오늘 오후 도쿄로 가게." 대령이 정색하고 말했다.

"알겠습니다."

"별들하고 악수도 하고. 알겠나?"

"네, 열심히 흔들다 오겠습니다."

"사나흘 도쿄에서 푹 쉬게." 이밀이 명령했다. "그동안 쓸데없는 생각일랑 다 잊어버리고."

"네, 알겠습니다."

"돌아오고 싶을 때 돌아오게."

"걱정 마십시오." 펠이 대답했다.

그 후 술잔이 비도록 별다른 대화는 오가지 않았다. 이윽고 펠이 자리에서 일어나 문가로 걸어갈 때에는 다들 입을 다물고 있었다. 이밀은 클럽에서 나가는 펠의 뒷모습을 바라보았다. 그런 다음 몬카비지를 잠시 쳐다보고는 몸을 돌려 출격대가 보였던 창밖으로 시선을 옮겼다.

"이제 어쩌실 겁니까?" 마침내 몬카비지가 물었다. 그는 지금 이 상황이 내심 재미있었다.

"전대장은 자네야. 자네 생각은 어떤가?"

"잘 모르겠습니다."

"나도 모르겠네."

"펠의 말을 믿으십니까?"

"모르겠어." 이밀이 얼버무렸다. "내가 저 친구에게 말한 그 대로야. 펠은 에이스야. 우리의 자랑스러운 에이스."

펠은 그날 오후 언론과 인터뷰하고 본부의 장성들을 만나기 위해 도쿄로 떠났다. 헌터와 페티본도 동행했다. 이밀 대령이 헌터와 페티본에게도 휴가를 내준 것이다. 펠의 요구 사항이었다. 동료의 휴가까지 요구하는 것은 흔치 않은 일이지만 일이 일사천리로 진행된 탓에 뮬크 장군의 의례적인 전보가 도착하기도 전에 이미 그들은 일본행 비행기에 올라타 있었다. 전보는 5시에 내무실로 전달되었다. 누런 전보지는 '뮬크 장군이 펠 소위에게 보내는 친서'라는 문구로 시작되었다. 그다음엔 에이스가 된 것을 축하한다는 내용이 이어졌다. 클리브는 고요하기만 했던 그날의 마지막 임무를 마치고 내무실로 들어오다가 전보를 보았다. 그는 전보지를 들고 읽어내려갔다. 창을 넘어 쏟아져 들어오는 청명한 석양빛에 미세한 먼지가 연기처럼 뿌옇게 떠다녔다. 온종일 비행한 뒤라 기진맥진한 들레오는 클리브의 어깨 너머로 전보를 넘겨다보았다. 그들은 서로 아무 말도 하지 않았다. 클리브는 침대 위로 종이를 내던졌다.

시간이 정지한 듯 사방이 고요했다. 모든 사람이 어디론가 사라진 듯한 시간이었다. 그는 바람이 불 때마다 연통의 통풍 조절판이 부드럽게 덜그럭거리는 소리를 들었다. 피곤했다. 마치 몸이 살갗 안에 말려 있는 것처럼 불편했다. 옷을 벗고 담요 위에 누웠다. 갑자기 그는 한없이 연약한 존재가 되었다. 창을 넘어온 햇살이 얼굴과 가슴을 따뜻하게 비추며 몸 위로 창살 무늬 그림자를 던졌다. 그는 눈을 감았다. 메마른 눈을 달래줄 누액이 서서히 차올랐다. 햇살이 기분 좋았다. 찢기고 터진 살갗 위에 연고를 바르는 것 같았다. 삶의 지평을 부드럽게 해주는 듯했다. 수많은 생각이 머릿속에서 부유했다.

도터스에 생각이 이르자 가슴이 저려왔다. 비대한 미그기가 무자비하게 뒤에 따라붙은 채 시커먼 아가리를 벌리고 포탄을 퍼부었을 그 끔찍한 마지막 순간을 자신의 일처럼 생생하게 느낄 수 있었다. 슬쩍 닿기만 해도 감전되는 고압선이나 제삼궤조처럼 예광탄이 휙휙 눈앞을 스쳐 지나갔을 그 공포의 순간. 도터스가 연신 뒤돌아보면서 급선회를 시도하지만 끝내 빗발치는 포탄을 피하지 못했을 거라는 데 생각이 미치자 온몸이 오그라드는 것 같았다. 포탄이 조종석에 명중했을지도 모른다. 그랬다면 그리 나쁜 죽음은 아니었을 것이다. 하지만 전투기 안의 인간은 작았다. 기체만 포탄에 맞았을 뿐 어쩌면 도터스는 저 아래 푸른 땅을 향해 점점 더 빠른 속도로 곤두박질치는 비행기 안에 갇힌 채 말을 듣지 않는 조종 장치를 절박하게 붙들고 헛된 싸움을 벌였을지 모른다. 이렇게 따뜻한 봄날 홀로 죽는 것은 쉬운 일이 아니다. 서서히 다가오는 죽음은 경시하거나 심지어 무시할 수 있지만, 예상치 못한 순간에 죽음과 맞닥뜨리면 이생에서 한 번만 더 살 기회를 달라고 마음속으로건 큰 소리로건 간절히 외치지 않을 사람은 아마 없을 것이다.

　그러다 그는 자신이 살 가능성에 생각이 닿았다. 전에 그런 생각을 안 해본 것은 아니지만 이번처럼 상상 속의 고문에 무방비로 노출된 채로 고립감을 느꼈던 적은 한 번도 없었다. 휘하에 있던 부하 병사에서 자신이 따랐던 지휘관에 이르기까지 그는 모든 관계로부터 철저하게 단절되어 있었다. 큰 어려움 없이 쌓았던 명성도 한 줌의 재가 되어 사라졌고, 그것을 경멸함으로써 얻었던 힘도 더불어 사라졌다. 일시에 사방에서 공격을 받는 것 같았다. 머리를 어지럽히는 상념을 도저히 몰아낼 수가 없었다. 가장 끔찍한 상상은 북녘땅 한복판으로 내던져져 적군에 쫓기는 것이었다. 그런 절체절명의 위기에서 살고자 하는 의지만큼 중요한 것은 없다. 그것은 본능적 의지와는 확연히 다른 것이다. 그는 그런 상황에서 어떤 난관도 이겨낼 만큼 자신의 생존 의지가 강할까 확신할 수 없었다. 그것은 혈우병 환자가 권투 챔피언결정전에서 싸우는 것과 비슷했다. 그는 처마 밑에서 참새들이 재재거리는 소리를 들었다. 그는 생각했다. 봄, 그다음엔 긴긴 여름.

　그리고 케이시 존스. 그는 케이시 존스를 떠올렸다. 예전에 그는 들레오에게 간단히 몇 가지 물어보고서 그자 역시 인간이라는 사실을 처음 깨닫고 전율과 실망을 동시에 느꼈었다. 그러나 홀로 퇴각하면서 그들 모두를 증오하고, 마치 끝없이 이어진 은밀한 복도를 걷듯 그들과 그들이 숭배했던 모든 것으로부터 멀어지는 지금, 클리브는 어둡고 강한 적, 아니 적이라기보다는 오히려 친구 같은 그의 존재를 거의 생생하게 느낄 수 있었다. 클리브는 그와 맞닥뜨린 적이 한 번도 없었다. 이밀은 그를 대면했다. 그리고 들레오. 인간 사슬을 타고 그가 자신에게 점점 가까이 다가오는 듯했다. 그 순간이 자연히 머릿속에 그려졌다. 케이시 존스, 그자가 누구든지 간에 상관없었다. 눈이 시리도록 푸르른 북녘 상공에서 그를 패배시킨 뒤 그들 모두에게 경멸에 찬 시선을 던지며 우뚝 서는 것, 승리의 제스처를 취하며 최후의 목소리를 획득하는 것. 그는 꿈같은 망상이라고 연신 머리를 흔들었지만 그 생각은 유일무이한 가치처럼 익명으로부터, 실패로부터 끊임없이 되살아났다. 그들 모두가 볼 수 있는 단 하나의 선명한 마크. 챔피언을 죽이는 것. 다시 한 번 최고의 숨결을 느끼는 것. 그보다 중요한 것은 이 세상에 없었다.

20

심지어 펠에게도 시간이 느리게 지나갔다. 별자리마저 얼어붙은 듯했다. 도쿄에 있는 닷새 동안 공중전은커녕 적기 한 대도 목격되지 않았다. 펠이 없는 사이 하늘은 고요했다. 휴가를 끝내고 귀대한 뒤에도 그의 공적은 여전히 사람들 기억에 생생했고 어디를 가나 그의 이름이 들렸다. 그가 떠날 때와 모든 것이 똑같았다. 다만 단 한 가지만 달랐다. 그는 예전의 그가 아니었다. 그는 달라져 있었다. 지난주의 승리를 통해 그는 지금껏 가지지 못했던 견고한 자신감을 얻게 되었다. 그는 완전무결하고 만고불변한 최후의 펠이 되었다. 어딘가 연약해 보였던 구석까지 없어진 것은 아니었지만, 이제는 그 경쾌한 신약身弱함마저 전선처럼 쉽게 끊어낼 수 없는 그의 일부가 되었다. 그는 굳건히 자리를 잡았다. 그렇다고 해서 현실의 위해로부터 절대 자유로운 것은 아니었으나 그가 넘어설 수 있는 것이 적어도 하나는 있었다. 그 누구도 그를 무시할 수 없다는 것이었

다. 모든 사람이 펠을 알았고 그는 그 사실에 환희했다. 하루
해가 저물 무렵 임무를 마치고 활주로를 미끄러져 들어올 때
정비병이 조종석으로 건네는 차가운 캔 맥주처럼 그는 그것을
마셨다. 영원불멸하고 드라마틱한 다른 에이스들의 회색과 검
정색 액자와 함께 구내식당 벽에 걸려 있는, 에이스 칭호를 받
은 자신의 액자 밑에서 그는 그것을 먹었다. 또한 모든 이들이
한눈에 알아보는 귀족의 갑옷처럼 그는 그것을 입었다. 조종
석 바로 아래 동체에 일렬로 칠해진 빨간 별 다섯 개.

　저녁이 되면 사람들은 펠과 술 한잔 기울이면서 얘기를 나
누고 그의 무용담을 듣고 그의 시가를 피우기 위해 내무실에
들렀다. 그들은 펠 주위에 모여 앉아 담배 연기를 천장으로 피
워 올리며 한 마디라도 놓칠세라 귀를 기울였다. 아주 끝내줬
어, 펠이 말했다. 그는 도쿄에서 장성들을 만났다. 이번 전쟁을
실질적으로 좌지우지하는 자들이었다. 그는 이 배불뚝이 장성
들을 지근거리에서 지켜볼 기회가 생기길 진심으로 바랐다.
그자들에게 불가능한 일은 없어 보였다. 그들이 하는 일이라
곤 담뱃재를 탁탁 떨다가 처리할 일이 생기면 전화기를 드는
것이 전부였는데, 그런 자들이 하나같이 펠을 닥터라고 불렀
다. 한번은 해군 제독이 맞교환 형식으로 그를 항공모함으로
전속 보낼 테니 얼마간 그곳에서 전투기를 모는 게 어떻겠느
냐고 제안했다. 그러고는 펠이 동의만 하면 자기가 항공모함
사령관에게 얘기해놓겠다고도 덧붙였다. 물론 연줄을 대야 하
지만 그 정도는 어려운 일도 아니었다. 하지만 펠의 설명에 따
르면 도쿄에서 그의 일을 봐주던 다른 대령들은 제독의 생각

을 별로 탐탁지 않게 여겼다. 그중 하나는 펠이 한국에서 임무를 마치는 대로 본국으로 돌아가 공군본부에서 일하길 원했다. 공군방공사령부에 자리를 하나 마련해놓겠다고 했다. 공중전을 잘 아는 조종사가 필요하다며 승진도 꽤 빠를 거고 전망도 좋다고 했다.

"그래서 내가 일단 생각해보겠다고 했지." 펠이 설명했다. "나이 지긋한 노친네를 섭섭하게 해드릴 수는 없잖아."

"그 대령 이름이 뭐야? 나도 그런 곳에서 일하고 싶다."

"한 이태 동안은 비행기 못 탈 텐데."

"그래도. 아무튼 그 대령이 누구야?"

"신경 꺼." 펠이 말했다. "내가 지금 생각 중이라니까."

이밀 대령은 한국에서의 임무가 끝나면 전술비행단에서 계속 복무하라고 이미 충고했다. 괜찮은 방법이라고 펠도 수긍했지만 아직 마음을 확실히 정하진 않았다. 가능한 모든 방법을 따져보자는 계산이었다.

그는 셔츠의 주름을 펴며 혁대 속으로 옷자락을 집어넣었다. 군복마저 도드라져 보이는 것 같았다. 허리께의 권총집이 묵직하게 내려갈 만큼 권총띠를 헐렁하게 두른 채 빨간색 공단 야구 모자를 옆으로 삐딱하게 눌러쓰고 있었다. 어떤 무리에 속해 있어도, 심지어 등을 돌리고 서 있을 때에도 그는 한눈에 띄었다. 그런데 기다란 시가를 뻐끔거리는 모양새가 영 어울리지 않았다. 시가를 잡기에는 손가락이 섬세한 데다 입술도 얼굴도 너무 갸름했다. 마치 가족과 한자리에 있는 기수를 보는 것 같았다.

"얻은 것도 있지만 잃은 것도 있지. 안 그래, 페티?" 펠이 말했다.

페티본의 얼굴이 새빨개졌다. 페티본은 휴가에서 돌아온 이후로 이상하게 말이 없었다.

"상처는 좀 어때?" 펠이 물었다.

"괜찮아."

"왜 그래? 다들 보고 싶어 하는데."

"그만 좀 해."

"어디 한번 보자." 펠이 고집스레 말했다. "밝은 데서."

"이러지 마."

"계집애처럼. 왜 그래? 부끄러워?"

"싫다고."

"도쿄 사람들 절반도 넘게 다 보여줘놓고선."

"화끈하게 한번 보여줘, 페티." 누군가 옆에서 거들었다.

"이제 제발 좀 그만해." 페티본은 울상이 되었다.

도쿄에서 펠은 페티본에게 생애 첫 여자를 품게 해주었다. 사건이 벌어진 것은 한밤중 낡고 커다란 호텔에서였다. 페티본이 묵던 방에서 한바탕 난리가 났다. 무슨 일인가 싶어 사람들이 몰려들었다. 문을 열고 들어가자 페티본이 당혹스러운 표정으로 방 한복판에 팬티만 걸치고 서 있었다. 다리에는 피가 흘러내리고 있었다. 바닥이며 옷이며 온통 핏자국이 벌겋게 번져 있었다. 나중에 밝혀진 바에 따르면 귀두를 덮은 살갗이 찢어졌고 여자가 도움을 청하러 뛰어나간 사이 페티본은 어쩔 줄 몰라 하며 서 있었던 것이다. 난리 통에 여자가 호텔 매니저와 다른 사람들을 불러왔는데 대개가 여자들이었다. 상처 부위에 붕대를 감을 때까지 그 모든 과정을 그들은 유심히 지켜보았다. 치료 방법에 대해 모두 한마디씩 거들었고 방이 말끔하게 치워지는 데에는 근 한 시간이나 걸렸다.

끝내주게 재미있는 일이었다. 펠은 만나는 사람마다 그 이야기를 들려주었다. 물론 펠에 관한 이야기도 넘쳐났다. 그는 자석이 쇠붙이를 잡아당기듯 수많은 일화를 만들어냈다. 전설이 탄생하는 순간이었다.

전설을 퍼뜨리는 임무는 헌터가 맡았다. 펠이 말하고 행한 모든 것, 특히 도쿄에서의 환영 연회를 그는 부풀렸다. 그러나 도쿄에서 펠을 많이 보지는 못했다는 사실을 그는 순순히 인정했다. 일정이 아주 **빡빡했다.** 저녁이 되어서야 그들은 펠이 누구를 만났고 무슨 이야기를 했고 그다음 날 일정이 어떻게 되는지에 대해 들을 수 있었다. 만나는 사람이 죄다 장성이었다고 헌터는 말했다. 제독도 두어 명 본 것 같았다. 펠이 편대는 물론이고 자기들 얘기도 뮬크 장군에게 좋게 해주었다고 헌터는 특히 강조했다. 펠은 대령들이 밖에서 대기하는 동안 장군의 집무실에서 한나절을 보냈다.

이야기는 클럽에서 한층 더 과장되었고 페티본이 클럽 안으로 들어가자 그를 반기는 목소리가 우렁차게 울렸다.

"우리의 연인!" 페티본을 보고 사람들이 여기저기서 외쳐댔다. "우리의 종마!"

몬카비지 대령이 일어서더니 그 자리에서 영광의 상처를 보여주면 퍼플하트 훈장미국에서 전투 중 부상을 입은 군인에게 주는 훈장을 수여하겠노라고 약속했다. 페티본을 외치는 갈채와 환호성이 요란하게 터져 나왔다.

"어서 보여줘." 누군가 외쳤다.

"폐맨 자국도 보여줘."

페티본은 얼굴이 시뻘게져서 아무 말 없이 바닥만 내려다보았다. 그는 재치 있게 한마디 할 수 있는 용기가 간절했다.

"폐매지 않았어요. 펠이 과장한 거예요." 페티본이 중얼거렸다.

"퍼플하트 훈장 받아야지." 대령이 재촉했다. "자, 어서 보여줘."

클리브는 그런 광경을 지켜볼수록 더욱더 자신 속으로 침잠해 들어갔다. 임무를 끝내고 들레오와 이런저런 이야기를 나누다가도, 저녁에 클럽에서 술을 마시다가도, 침대에 누워 어둠을 응시하다가도 펠을 향한 증오는 마치 땅을 뚫고 흘러가는 시냇물처럼 마음속에 물길을 내고 하루가 다르게 맹렬한 기세로 흐르더니 급기야는 그의 모든 일상을 지배하기에 이르렀다. 여타의 감정이 허용되지 않을 만큼 펠을 증오했다. 그를 증오하기 위해 태어난 것 같았다. 그를 알기 전부터, 아니 그가 존재하기도 전인 아주 옛날부터 그를 증오해온 것 같았다. 중세 희곡의 비현실감과 악마적인 힘으로 달려드는 펠은 모든 절대적인 존재의 전형이었고, 인간의 영혼을 요구하기 위해 부활한, 죽음의 미소를 짓는 천사였다. 생각이 여기에 미치자 클리브는 섬뜩한 공포를 느꼈다. 출구는 그 어디에도 없었다. 펠이 승리하는 순간 자신은 살아남을 수 없다는 사실을 그는 잘 알았다.

클리브는 불안 속에서 살았다. 오후에는 간이침대를 밖으로 옮겨 일광욕을 즐길 수 있을 만큼 날이 더워졌다. 반바지만 걸치고 열에 들뜬 듯 침대에 누워 있노라면 오후의 열기가 파도처럼 몰려왔다. 장주비행 코스가 머리 위로 보였다. 눈을 감으면 엔진 소리가 요란하게 커졌다가 비행기가 아직 하늘 높이 날아오르기 전인데도 별안간 잦아드는 것처럼 들렸다. 바람의 장난이었다.

이른 아침은 언제나 안 좋았다. 그런 까닭에 클리브는 새벽 임무가 싫었다. 무방비로 노출된 채 여전히 잠의 장막이 눈과 입을 덮고 있는 아침이 가장 취약한 시간이었다. 면도를 하기 위해 거울을 들여다보면 자신의 진정한 나이가 드러나는 듯했다. 그 순간 그는 자신의 능력을 의심했다.

그러나 밤은 더 안 좋았다. 아군기가 격추된 날에는 특히 더했다. 머릿속을 헤집는 수많은 상상과 끊임없이 싸워야 했다. 가능성을 의심하고 따질 수밖에 없었다. 자신이 모든 사람과 장소로부터 멀리 떨어져 있는 것처럼 느껴졌다. 미국은 상상도 할 수 없을 만큼 멀었다. 도쿄에 갈 수 있다면, 따뜻한 저녁 강가 큰길을 지나 그 공원에 갈 수 있다면, 단 한 번만이라도. 그런 생각이 격렬한 선율처럼 마음속을 훑고 지나갈 때면 그보다 더한 즐거움은 없는 듯했다. 흠씬 취한 듯한 짙은 어둠을 그는 생각했다. 흔들거리는 택시에 나른하게 몸을 싣고 어둠을 지나 미요시의 깨끗한 다다미방으로 다시 갈 수 있다면. 그 경건함을, 그 깊고 만족스러운 밤을 다시 느낄 수 있다면.

어느 날 오후 이밀 대령이 임무를 마친 뒤 클리브에게 말을 걸어왔다. 그날 이후 처음이었다. 디브리핑이 끝난 뒤라 상황실에는 사람이 거의 없었다.

"잠깐 얘기 좀 하지."

클리브는 어색했지만 한편으로는 흥분되었다. 그러곤 곧바로 그런 감정을 느낀 자기 자신이 부끄러웠다.

"밖으로 나갈까?" 대령이 물었다.

그들은 햇빛이 쏟아지는 건물 주위의 모래주머니 방벽에 기대섰다.

"내가 원래 욱하는 성질이 있어." 대령이 입을 열었다. "홧김에 말을 내뱉고는 나중에 후회하지. 그때는 진심인 것 같은데 시간이 지나면 꼭 후회한단 말이야."

클리브는 아무 대답도 하지 않았다. 대령은 땅바닥을 내려다보았다.

"그렇다고 내가 쫀쫀한 사람은 아니야. 적어도 날 그렇게 부를 사람은 여기에 없지." 대령은 애써 웃음을 지었다.

조종사 둘이 지나가면서 경례를 올렸다. 이밀은 쳐다보기만 할 뿐 경례에 답하지는 않았다.

"내가 실수를 한 것 같네." 그가 말했다.

"네."

"그 일은 자네가 잊어주면 좋겠어. 솔직히 말해 내가 자네였어도 그렇게 했을 게야. 아주 똑같이. 하지만 이젠 다 끝났어. 내가 틀렸다는 걸 인정하네."

"네."

"더 할 말 없나?" 이밀이 물었다.

"저 역시 나중에 후회할 말을 합니다." 클리브는 잠시 침묵을 지키고 있다가 대답했다.

이밀은 알아들었다는 뜻으로 어깨를 으쓱 추어올렸다. "어쩌면 지금이 그럴지 모르겠습니다." 클리브는 하던 말을 계속했다. "대령님, 그건 사과의 문제가 아닙니다."

이밀의 낯빛이 벌겋게 달아올랐다.

"이런, 젠장." 이밀은 성난 목소리로 말했다. "좋아. 자네가 원하는 게 정녕 이거라면."

그는 입을 다문 채 저리로 걸어가버렸다. 강자가 자존심에 상처를 입을 때 겪는 참담함이 얼마나 큰지 클리브는 그때 미처 몰랐지만, 이후의 시간이 분명히 알려주었다. 이밀은 두 번다시 클리브에게 다가오지 않았다.

들레오는 100번의 임무까지 단 세 번을 남기고 있었고 임무가 끝나기만을 고대했다. 고국으로 돌아가도 행복하지 않다는건 그도 잘 알았지만 그렇다고 그 사실이 그를 머뭇거리게 하지는 못했다. 끝에 가면 모두 하나같이 그랬다. 순간의 욕망을위해서라면 모든 것을 내던지는 비이성적인 맹목성으로 그들은 임무를 마친다는 생각에 사로잡힌 채 목마른 자가 신기루를 쫓듯 그 끝을 향해 돌진했다.

"이제 세 번이에요, 세 번." 들레오가 말했다. "그러면 이 지긋지긋한 생활도 끝이라고요."

"난 스물다섯 번이군." 클리브는 자신의 남은 임무를 셌다. 남은 임무의 횟수가 벽에 표시되어 있었다. 마치 이생에서 살

수 있는 남은 나날처럼 보였다.

"사기 북돋우게 엽서 보낼게요."

"좋지."

"잘 지내세요. 저를 위해서라도 미그기 꼭 잡으시고요. 당신의 추종자 앨버트 E. 들레오를 위해."

"다시 이곳으로 돌아오길 바라게 될 걸세."

"아, 무슨 그런 말씀을. 꿈에도 그런 생각은 안 할 겁니다. 이제 남은 전쟁은 모조리 편대장님 거예요. 전 할 만큼 했습니다. 그런데 아흔일곱 번 비행하고도 여전히 적기를 격추할 생각을 하고 있으니. 그게 다 무슨 소용이 있다고."

"임무 두세 번 남기고 영웅이 되는 게 자네가 처음은 아닐 텐데."

"환상 속에서 살라고요? 저한테 그런 운이 있을 리 없어요. 그건 편대장님도 마찬가지일 텐데요."

어디를 가나 운 얘기였다. 이곳에 온 지 얼마 안 된 그 추운 겨울날 데즈먼드가 그랬듯이 모두들 도박사처럼 운을 믿었다.

"그건 운이 아니야." 클리브는 반박했다.

"아니라고요? 말하기 싫지만 제가 그 소리를 가장 최근에 누구한테 들었게요? 현실을 직시하세요. 운이 있든지 없든지 둘 중 하나예요."

"운 탓으로 돌리지 말게."

"말씀은 고맙습니다만, 편대장님도 지금까지 운이 끝내주게 좋으셨죠."

"난 아직 임무가 끝나지 않았네." 클리브가 말했다.

"그래봤자 소용없어요. 두고 보세요. 이미 너무 늦었어요."

"아직은 모르는 일이야."

"물론 제가 틀렸을 수도 있지요." 들레오가 말했다. "아니면 어리석거나. 하지만 분명한 건 제가 자랑스럽게 여길 만한 게 한 가지는 있었다는 거예요. 그 편대에 있었고, 그곳에서 그와 함께했으며, 그와 함께 나란히 하늘을 날았다는 것."

한밤중 같은 침묵이 오래 흘렀다.

"하지만 현실은 그렇게 녹록지 않았어요."

"맙소사, 이제 그 얘기는 그만하세. 내일 일정이 어떻게 되느냐, 난 그게 궁금할 뿐이네."

사냥꾼들

바다의 너울 위에 흩뿌려진 물거품처럼 드높은 하늘에 얇은 구름 몇 조각이 걸려 있는 화창한 날이었다. 들레오는 마지막 비행에 나섰다. 미그기가 이륙했다. 그 소리에 그는 첫 전투가 벌어졌을 때처럼 온몸이 긴장함을 느꼈다. 그러나 미그기를 본 사람은 아무도 없었다. 마침내 그는 평소보다 조금 일찍 편대를 돌려 남쪽의 기지로 향했다. 그는 조종석에 웅크리고 앉아 생각에 잠겼다. 불침번은 끝났다. 틈틈이 하늘을 살폈지만 기계적인 동작에 지나지 않았다. 페티본의 시각에 의존한 채 그는 땅과 그 너머 에나멜을 입힌 듯 햇살이 부서지는 바다를 오래도록 응시했다.

그것은 오래된 연인을 떠나는 것과 비슷했다. 다 기억할 수도 없을 만큼 많은 일이 있었다. 그는 저 아래 손바닥만 한 땅을 내려다보았다. 느리게만 지나가던 땅이 지금은 시간의 기류를 타고 흘러가듯 빠르게 뒤로 물러났다. 리본처럼 연이은

황토색 길과 산줄기와 마을들이 날개 아래로 획획 지나가며 시야에서 사라졌다. 걷잡을 수 없는 슬픔이 밀려왔다. 이별 비행이었다. 조종석에서 몸을 돌려 뒤를 돌아보았다. 말없이 흐르는 탁한 압록강을 흐릿한 눈 끝으로라도 한 번 더 보고 싶었다. 어느새 저만치 멀어진 강줄기는 매분 매초 뒤로 달아나며 언덕과 평야를 끼고 유유히 흘러갈 뿐이었다. 이곳으로 오기 전에는 압록강이라는 이름조차 들어본 적 없고, 가장 가까이 다가간 것도 수 킬로미터 떨어진 상공에서 내려다본 게 전부였지만 그는 어쩐지 마을길처럼 저 강—개펄과 드넓은 강어귀, 다리와 도시, 누런 흙을 드러낸 강둑과 섬, 강가에서 외롭게 뻗어나간 길까지—을 잘 아는 기분이 들었다. 다시는 저 강을 볼 수 없다는 사실이 믿기지 않았다.

비행기가 활주로를 미끄러져 서서히 멈춰 서는 순간부터 그는 그곳의 모든 일로부터 떨어져 있는 듯한 느낌을 받았다. 그는 더 이상 그곳에 속하지 않았고 전쟁과도 아무런 관련이 없었다. 다시 그곳으로 자신을 끌고 들어가기란 여간 힘든 일이 아니었다. 그는 단 한 번의 전공도 없이 그저 100번의 임무만을 완수했고, 생일 선물처럼 객관적인 판단 끝에 공군수훈장 몇 개를 받았을 뿐이었다. 이제 다 끝났다. 한시라도 빨리 그곳에서 벗어나 모든 것을 잊고 싶었다.

그러나 제대 명령이 내려오기까지 그는 또 한참을 기다려야 했다. 명령이 곧바로 떨어지지 않은 까닭에 아무 할 일 없이 빈둥거리는 시간이 일주일이나 지속되었다. 그는 그 시간을 즐기기로 마음먹었다. 클럽이 문을 닫는 밤늦은 시간까지 술을 마시며 노래를 부르고 큰 소리로 떠들었다. 아침에는 늦게까지 자고 오후에는 대부분의 시간을 일광욕으로 보냈다. 하지만 즐겁지 않았다. 고장 난 시계에 자신을 맞추며 사는 기분이었다. 하루 중 일정한 때가 되면 문이 닫히고 사람들이 서성거리고 트럭이 브리핑실로 질주했다. 따사로운 햇볕 속에 누워 그들이 오가는 모습을 지켜보는 것은 자신이 한때 그들의 전우였다는 사실을 일깨울 뿐 결코 특권으로 다가오지 않았다. 이따금 그는 병영 뒤 산등성이에 올라 사나운 사냥꾼 무리가 활주로를 집어삼킨 뒤 북쪽으로 사라져가는 모습을 한참 쳐다보았다.

떠나는 날, 들레오는 클리브와 함께 언덕 꼭대기에 올라 비행장을 내려다보았다. 가방을 옆에 내려놓고 그들은 서울의 공항으로 그를 태워 갈 지프를 기다리고 있었다. 이제 얼마 후면 1마일 너머 상황실 건물을 떠난 군용 지프가 먼지구름을 일으키며 곧게 뻗은 길을 질주해 모퉁이를 돌아 언덕으로 올라오는 모습이 눈에 들어올 것이었다. 햇살 따뜻한 고요한 오후였다. 활주로 위로 아지랑이가 가늘게 피어올라 눈앞이 가물거렸다.

클리브에게는 어떤 말도 부질없어 보였다. 단지 몇 마디 말로 지나간 시간과 갈림길을 설명할 수는 없는 일이었다. 클리브는 들레오의 어깨에 팔을 두르면 좋겠다는 생각을 했다.

"자네에게 못다 한 말이 많아, 버트."

"그러게요. 갑작스러워서."

"말 안 해도 자네가 다 이해했으리라 믿네."

들레오는 잠자코 있다가 손을 내저어 뺨에서 파리를 쫓았다.

"내가 처음 편대로 온 날 기억나나? 자네들 모두 테이블에 앉아 있었지."

"그럼요, 기억나죠."

"자넨 스스로를 이탈리아 촌놈이라고 했지."

들레오는 그저 고개만 끄덕였다.

"자네 덕분에 이제 그 말은 나한테 아주 멋진 단어로 기억될 거야."

"편대장님도 함께 가셨으면 좋겠어요."

"난 자네가 안 갔으면 좋겠네. 아직 난 떠날 준비가 안 됐어."

"도쿄에서 며칠 같이 있으면 좋을 텐데."

"예전처럼 말인가?" 그때의 기억이 시간 순서와 상관없이 빠르게 클리브의 뇌리를 스치고 지나갔다. 오래전 어느 날 아침 그들은 함께 도쿄로 떠났었다. "조만간 도쿄로 갈 거네. 이번엔 자네가 먼저 가 있게."

"몇 번 남았죠? 스물한 번?"

"응."

"많이 남지는 않았네요."

"그래. 적은 건 아니지만 많지도 않지."

"금방입니다." 들레오가 말했다.

지프가 언덕길을 올라오고 있었다. 그들은 저만치서 달려오는 지프를 이미 보고 있었고, 그들 쪽으로 점점 다가오는 모습을 가만히 서서 지켜보았다. 잠시 뒤 울퉁불퉁한 노면에 차축이 멈춰 서는 소리가 귓전을 울리더니 곧이어 엔진이 부릉 떠는 소리가 들려왔다. 클리브는 뒷좌석에 짐을 싣는 것을 거들었다. 들레오는 운전석 옆에 올라타더니 손을 뻗어 악수를 청했다. 그들은 손을 맞잡았다. 클리브는 이것이 들레오와 나누는 첫 악수라는 사실을 깨달았다.

"몸조심하십시오, 편대장님."

"자네도 몸조심하게."

그들의 손은 여전히 맞잡은 채로 위아래로 흔들렸다.

"건투를 빕니다." 지프가 움직이기 시작했다.

"잘 가게." 클리브가 인사했다.

들레오는 가볍게 경례를 했다.

"사요나라."

클리브는 지프가 언덕길을 올라 모퉁이를 급하게 돈 뒤 다시 언덕길을 내려가 평지에서 완만하게 커브를 틀고는 가느다란 먼지를 피우며 활주로와 나란히 달리는 모습을 지켜보았다. 지프가 창고를 지나 이윽고 시야에서 사라졌다. 길 위에 솜 같은 먼지만 뽀얗게 일어나 있었다. 그는 몸을 돌려 병영 쪽으로 걸어갔다.

비행대대는 삶의 요약판이다. 당신은 어려서 그곳에 처음 당도한다. 그때는 기회도 헤아릴 수 없이 많고 모든 것이 새롭다. 그러다 자기도 모르는 새에 고통스런 배움의 나날과 환희의 날들이 지나가고 어느덧 성인기에 접어든다. 그러나 그것도 잠시, 어느 날 문득 당신은 이미 늙어버린 자신을 발견한다.

주위는 온통 생소한 얼굴과 관계뿐, 당신은 그 속에서 반갑지 않은 존재가 된다. 또한 당신이 알고 지냈던 모든 이들은 이미 사라지고 없으며 전쟁은 그 누구와도 공유할 수 없는 먼 옛날의 기억으로 잊히고 만다. 마치 대학교 졸업반 시험이 끝난 것과 비슷하다. 모든 사람이 그곳을 떠나기 위해 발걸음을 재촉하고, 그중에 대부분이 당신의 친구들이다. 또한 그중에 대부분을 당신은 두 번 다시 못 보게 될 것이다. 데즈먼드에 이어 로비와 도터스 그리고 들레오. 병영 내무실은 끊임없이 낯선 얼굴로 채워지고 매주가 지날수록 신참들은 더 많이 밀려들어온다. 그들은 과거와 그 시절의 신성함에 대해 아무것도 모른다. 그들에게 전쟁이란 자신들이 도착하는 날 시작되는 것이며, 그들이 전임자들처럼 전쟁에 진저리를 치면서 임무를 빨리 마치고 집으로 돌아갈 날만을 손꼽아 기다리려면 아직 한참 더 기다려야 한다. 클리브는 주위를 둘러보았지만 어디에서도 자신을 찾을 수 없었다. 그들은 너무 미숙했고, 너무 자신만만했다.

이튿날 편대에 새로 배치된 후임자 둘이 상황실에서 클리브에게 다가오더니 자신들을 소개했다. 클리브의 눈에 그들은 자신의 손자뻘 되는 애송이들로 비쳤다.

"카이저입니다, 편대장님." 그중 하나가 말했다.

"슈람입니다."

"비행 시간은 얼마나 되나?" 클리브가 물었다.

"220시간입니다." 카이저가 대답했다.

"저도 비슷합니다. 238시간입니다." 다른 하나가 대답했다.

"아군기는 몰아본 경험이 있나?"

"네. 사격학교에서 몰아봤습니다."

"좋아. 몇 시간쯤?"

"40시간쯤 됩니다. 맞지?"

다른 하나가 고개를 끄덕였다.

"편대장님, 임무에 나가려면 얼마나 기다려야 합니까?" 그가 물었다.

"훈련 비행을 먼저 마쳐야 하네. 보통은 서너 번쯤 하지."

"저희가 들은 그대로군요."

"시간이 더 걸릴 때도 있네." 클리브가 경고했다.

"펠 중위님은 이틀이면 될 거라던데요."

언제나 그랬다. 펠을 모르는 사람이 없었다. 낮이건 밤이건 그가 지나가면 사람들은 하던 대화를 멈추고 그를 보기 위해, 그에게 말을 건네기 위해 돌아보았다. 들판에서 축축한 풀이 신발 바닥에 묻어나듯 이런저런 인사말이 그의 뒤를 따랐다.

"여, 닥터." 사람들은 말했다.

"안녕, 닥, 어이, 펠. 안녕! 잘 지내지? 안녕!"

헌터와 페티본은 그와 함께 다니는 일이 더 잦아졌다. 이야기를 할 때도 그의 말을 되받아 따라했다. 펠이 내뱉은 말의 조각들을 이어 붙여 자신들의 말을 완성했다. 그것은 정글의 법칙과 같았다. 그가 들어올 때면 언제나 그 뒤에 그들이 있었다. 그가 나가면 그들도 항상 따라 나갔다. 그들은 망각으로부터 자신을 보호하고 축복받는 법을 배우기 위해 그의 곁을 지키는 것일지도 몰랐다. 어린아이의 순진함인지 아니면 자신들의 행동을 명확히 인지하고 있는 것인지 알 길이 없지만, 여하튼 그들은 그의 수제자 역할을 충실히 해냈다. 펠은 아버지를 흉내 내는 어린 아들처럼 입 한쪽에 시가를 삐딱하게 문 채 자신의 제자들에게 충고를 하곤 했다.

"빌리 리, 지금 가장 중요한 건 말이지, 비행 시간을 최대한 많이 쌓아서 진급하는 거야."

"내가 보기엔 진급할 가능성이 없는데." 헌터가 이의를 달았다. 그들 모두 중위로 진급한 지 일주일이 채 안 됐을 때였다.

"가능성이야 당연히 없지. 그러니까 중요하다는 거 아냐."

"가능성이 없는데 어떻게 진급을 해?"

"기회는 언제나 있게 마련이거든." 펠이 말했다. "이제 그 정도는 알 때도 되지 않았나."

"응, 알았어."

클리브는 혼자였다. 어찌 보면 그가 선택한 삶이었다. 사람들과 어울릴 적에는 시간이 빨리 흘러갔었다. 하지만 지금 그는 보이지 않는 삭구索具가 뒤엉킨 것처럼 과거의 거미줄을 몸에 휘감은 채 홀로 다녔다.

사람은 혼자 살다가 혼자 죽는다. 특히 전투기 안에서는 더더욱 그렇다. 전투기. 지금껏 숱한 난관이 있었지만 그 단어가 이토록 황폐하게 다가온 적은 없었다. 당신은 텅 빈 조종석 안으로 미끄러져 들어가 벨트를 매고 당신 자신을 기계에 꽂는다. 조종석 뚜껑이 닫히면 당신은 세상과 완전히 차단된다. 당신의 산소, 그리고 금속 용기의 차가운 진공 속으로 불어넣는 당신의 숨결. 말을 하려면 무전기를 켜야 한다. 무無를 향해 아래가 아니라 위로 올라갈 뿐 당신은 심해의 잠수부처럼 고립되어 있다. 당신의 동료들도 비행에 나선다. 그들은 적어도 두 대씩 짝을 이루어 전령처럼 당신 옆에서 편대비행을 하고 때론 능란한 조종술로 적과 싸우지만 실제로 당신에겐 아무 도움도 되지 않는다. 당신은 철저히 혼자다. 끝에 가서 당신이 접촉할 수 있는 사람은 아무도 없다. 언젠가 추락하는 비행기에서 누군가 비탄에 찬 목소리로 애원하듯 "오, 하느님!" 하고 외치는 소리를 들은 것처럼, 당신도 그들을 큰 소리로 부를 수는 있어도 그들이 당신에게 와 닿을 수는 없다.

클리브는 에이코에게 편지를 썼다.

……날들이 길게만 느껴집니다. 시간이 좀처럼 움직이지 않는 것 같군요. 모든 잃어버린 시간이 모여 있는 저 머나먼 곳으로 천천히, 아주 천천히 흘러갈 뿐. 공중전은 언제 벌어질지 종잡을 수가 없습니다. 적기는 한번 나타났다 하면 줄지어 출현합니다. 몇 날 며칠 고요하다가도 돌연 미그기가 출현하면 모든 것이 광란에 휩싸입니다. 그것을 어찌 다 말로 표현할 수 있겠습니까. 어느 날 갑자기 나타난 당신 혹은 그들. 그러자 모든 것이 중요해졌습니다.

마음속에 있던 말을 전부 한 것은 아니지만 그는 그녀에게 자신이 최전방에 홀로 서서 도전에 맞서고 있다는 사실을 상기시키고 싶었다.

열기와 가없는 날들. 그는 의자에 기대앉아 눈을 감았다. 그는 분간할 수 없었다. 하루이틀 시간이 지나고 임무를 끝마칠 때마다 자신의 몸에서 서서히 빠져나가는 것이 용기인지 열정인지 아니면 그보다 더 치명적인 그 어떤 것, 이를테면 생명 그 자체인지. 마치 인간이 가지고 태어나거나 후천적으로 습득할 수 있는 생명력이 정해져 있는 까닭에 생명력이 한번 고갈되면 다시는 보충할 수 없는 것처럼 느껴졌다.

22

날이 웅웅 뜨거워졌다. 흙먼지 이는 발길이 길게 이어졌다. 신발은 바짝 말라버린 땅 위로 질질 끌렸고 햇빛은 안개처럼 무겁게 쏟아져 내렸다. 한밤중에 사람들의 목소리는 한껏 부푼 공기를 타고 멀리까지 너울거렸고 전등은 밤늦도록 방 안에 희미한 불빛을 던졌다. 잠드는 게 쉽지 않았다. 담요를 두른 듯한 깊은 정적 속에 난로가 뜨거운 열기로 쉭쉭거리는 겨울밤과는 사뭇 달랐다. 벌레는 쉴 새 없이 달라붙었고 얼음은 한국 얼음밖에 없었다.

임무가 얼마 남지 않은 탓에 클리브는 신중하게 선택했다. 승산이 있다고 판단되는 것만을 골랐는데 그동안 단련된 직감에 기대 최후의 순간에 결정을 내리곤 했다. 그렇지만 전투는 많지 않았다. 매번 실패에 실패가 더해질 뿐이었다. 그는 수많은 기회를 놓치고 실패를 곱씹었다. 미그기를 정신없이 뒤쫓다 어느 결에 미그기가 은색 배를 드러내고 머리 위 상공을 지나 저 멀리 사라져가는 모습을 지켜본 적이 얼마나 많았던가. 미그기를 잡기 위해 고도를 높이며 도박하듯 연료를 다 써버린 통에 정작 마지막 순간 미그기가 나타났을 때에는 전투는커녕 더 이상 그곳에 머무를 수조차 없었던 적이 또 얼마였던가. 룰렛 게임을 하는 사내처럼 판돈을 갑절로 걸면서 성과 없는 임무에 연달아 나섰던 적은 또 몇 번이던가. 평균적으로 따지면 결국 자신에게 유리하리라는 확신으로 모험에 나섰지만 실패만 거듭될 따름이었다. 미그기가 출현했는데도 재빨리 보지 못해서 다시는 오지 않을 결정적 기회를 놓친 적도 한두 번이 아니었다. 그는 다음을 기약하며 쓰디쓴 희망과 절망 사이를 오갔다. 만일에 다음이 있다면 말이다. 멈춘 듯한 나날이 조금씩 지나갔다.

그가 여든다섯 번째 임무에 나선 것은 순전히 익숙한 강가를 떠나 북쪽 내륙 지방까지 깊숙이 들어간다는 이유에서였다. 그는 스스로를 훈련시킬 생각으로 비행기에 올랐다.

구름이 잔뜩 긴 날이었다. 생소한 북동쪽 방향으로 비행기를 몰아 희천 시를 지나 두 강이 합류되는 지점을 향해 한참 날아갔다. 그곳에선 전폭기들이 철로 옆 강에 걸린 다리에 폭격을 가하고 있을 터였다. 1만 2000피트 상공에 이르자 드넓은 구름바다가 나타났다. 구름을 헤치고 하강하는 것은 마치 바닷속에 뛰어드는 것과 같았다. 그 깊은 물속에서는 모든 것이 희미하고 서늘했으며 비현실적이었다. 높고 낮은 바위 언덕은 초록색 벨벳으로 휘감겨 있었고, 머리에 닿을 듯 축 처진 구름지붕은 그곳이 흡사 커다란 반투명 동굴 같다는 착각을 일게 했다. 미그기가 다가오면 그 소리까지 들릴 것 같았지만 미그기는 끝내 보이지 않았다.

시간은 천천히 흘렀다. 새벽녘에, 그리고 후덥지근한 밤의 적막 속에서 그는 자신을 내리누르는 나약함을 떨치기 위해 안간힘을 썼다. 침대에 누워 두 눈을 뜬 채 어둠 속에서 신음했다. 그럴 때면 어김없이 자신이 소모되고 고갈되고 있다는 느낌이 강하게 엄습해왔다. 얼마만큼의 에너지가 자신의 몸 안에 남아 있는지 그는 알지 못했다. 그것은 마치 연료 계기판이 제로를 가리키는 가운데 죽음 같은 정적의 순간을 기다리며 비행하는 것과 같았다. 하늘에서 그는 다분히 공격적이었다. 창공을 날 때에는 언제나 단호했지만 비행과 비행 사이에 놓인 그 기나긴 시간 동안 그는 마음의 정처를 잃은 채 한없이 무기력했다. 앞으로 남은 비행에 대해 생각하는 일이 잦아졌는데, 그럴 때면 열다섯 번, 열네 번, 열세 번의 임무들이 지금껏 겪은 그 어떤 임무보다 몇 갑절이나 위험하게 느껴졌다. 그러는 한편 그는 허망하게 지나가버린 모든 임무를 되돌릴 수만 있다면, 하고 바랐다. 고집스레 제 자신을 밀고 나가는 수밖에 없었다.

펠은 이밀 대령의 지시로 분대를 이끌었다. 적어도 임무 중에는 그랬다.

"펠을 사격 위치로 보내게." 대령이 말했다. 클리브에게 직접한 말이 아니라 대대장과 놀런을 통해 내려온 말이었다. "편대까지 이끌어도 좋아. 필요하면 대위라도 펠의 윙맨으로 앉히게. 소령도 상관없어. 펠은 전훈을 세웠어. 그런 자가 선두기로 나서야지."

"그러기엔 경험이 아직 부족합니다, 대령님."

"경험 좋아하네. 지천으로 깔린 게 노련한 놈들이야. 그런 건 다 소용없어."

"네, 알겠습니다."

"지금부터 펠을 리더 위치로 보내도록."

"네!"

헌터와 페티본은 펠의 윙맨이 되었다. 썩 좋아하는 눈치는 아니었지만 그렇다고 불평하지도 않았다. 어쨌든 펠은 미그기를 발견했고, 그러지 않을 때에는 미그기가 펠을 찾아냈다.

"제대하기 전에 기필코 한 대를 잡고 말 테야." 헌터가 말했다. "어떻게 잡든 그건 상관없어. 누구의 윙맨인지도 중요하지 않아. 기회만 잡을 수 있다면."

"총은 펠이 다 쏠 텐데." 페티본이 지적했다.

"항상 그런 건 아니잖아. 펠이 발군이라는 것, 그것만이 중요하다고. 출격했다 하면 미그기와 맞닥뜨리잖아."

사실이었다. 펠이 출격할 때에만 전투가 벌어지는 것 같았다. 펠이 클리브 없이 출격하는 날에는 무슨 필연적인 귀결처럼 두 대씩 짝을 이룬 비행기들이 시커멓게 그을린 총구를 드러낸 채 연료통 없이 기지로 귀환하곤 했다.

사진 촬영 정찰기를 호위해야 하는 날, 펠은 다른 편대로 차출되었다. 그가 엄호조에서 분대를 이끌고 있을 때 느닷없이 미그기 한 대가 정찰기를 향해 날아들었다. 그 누구도 미그기가 다가오는 것을 보지 못했다. 미그기는 펠의 앞에서 수

평비행을 했다. 기껏해야 300미터 남짓 떨어져 있었다. 여섯 번째 격추. 펠이 임무를 마치고 활주로를 미끄러져 들어와 멈춰 서자 이밀 대령이 비행기 날개로 껑충 뛰어오르더니 그에게 수훈십자훈장을 받게 해주겠노라고 충동적으로 약속했다.

대단한 일이었다. 펠은 경이로운 존재였고 점점 신화가 되어 갔다. 그 무렵 그는 공군에서 가장 유명한 조종사였고 고작 쉰 몇 번의 임무 만에 그런 공훈을 세운 것이었다. 아직도 갈 길이 창창했다. 미국 신문에서 오려낸 기사며 사진을 동봉한 편지가 매일같이 쏟아져 들어왔다. 그는 그것들을 읽고는 시가 상자에 차곡차곡 모아놓았다. 우편함은 펠에게 온 우편물로 언제나 넘쳐났다. 우표 수집가들은 인쇄된 편지 겉봉을 동봉해 보내며 그것들을 압록강으로 가지고 간 다음 배서해서 다시 보내줄 것을 청하기도 했다. 그가 한 번도 가본 적 없는 도시의 소녀들이 편지를 보내왔는데, 자기 사진을 동봉한 소녀들도 제법 되었다. 잡지는 그의 일대기를 원했고 하다못해 그의 글이라도 달라고 아우성이었다. 어떤 항공사에서는 사장이 직접 축하 인사를 보내왔다.

클리브가 귀국하면 누가 편대를 이끌지 벌써부터 이야기가 돌았다. 클리브는 열한 번의 임무만을 남긴 상태였다. 멀지 않았다.

"우리 편대를 맡을 사람은 단연 하나밖에 없지." 헌터가 단정적으로 말했다.

카이저가 호기심이 동하는 모양이었다.

"그게 누군데요?" 그가 물었다.

"진짜 몰라서 하는 소리야?"

"펠 중위님이요?"

"당연하지. 두고 봐."

"정말 그렇게 생각하세요?"

"그럼 누가 되겠어?"

카이저는 휘파람을 불었다.

"대단한데요. 펠 중위님이 이곳에 처음 오신 게 소위 계급 장 달고 얼마 안 됐을 때잖아요."

"그 후로 공훈이 좀 화려했어."

"그렇다고는 해도 편대장 자리엔 보통 대위가 오지 않나 요?"

"적기 여섯 대를 격추한 자를 당할 수 있겠어?"

"근데," 카이저가 물었다. "펠 중위님과 함께 비행한 적이 있 으세요? 미그기도 보셨어요?"

"당연하지."

"어때요?"

"부대에서 틀어주는 전투 영화랑 똑같아."

"그래요?" 카이저가 집요하게 물었다. "어떻게 시작됐죠? 펠 중위님은 미그기를 어떻게 잡으셨어요?"

"온갖 방법을 다 동원해서." 헌터가 대답했다. 그는 이렇게 말을 빨리하는 게 내심 불편했다. "이봐, 자네도 곧 보게 될 거 야. 조바심 내지 마."

침묵이 흘렀다.

"중위님도 미그기를 격추한 적이 있으세요?"

"아직." 헌터가 대답했다.

"중위님이 미그기를 잡을 때 저도 옆에 있으면 좋겠어요."

"그렇게 될 거야."

슈람이 걸어오더니 옆에 앉았다. 그는 카이저보다 말수가 적고 위협적인 사내였다.

"클리브 대위님이 내내 편대를 이끄셨나요?" 그가 물었다.

"응, 처음부터. 여기 오래 계셨지."

"펠 중위님이 이곳에 오시기 전부터요?"

"그렇지."

"그런데 어떻게 미그기를 한 대밖에 못 잡을 수가 있죠? 능력이 별로인가요?"

"그건 아니야." 헌터가 부인했다.

"그럼 그걸 어떻게 설명하죠?"

"나도 몰라. 일단 나이가 많지."

"몇 살인데요?"

"서른다섯쯤."

"할아버지뻘이네요."

"조종사로는 흠잡을 데 없는 분이야." 양심에 찔리는 구석이 있어서 헌터는 이렇게 말했다. "대위님과 비행하는 게 자네들한테도 여러모로 좋을 거야. 적기를 못 만난다는 단점이 있긴 하지만."

"그건 왜 그렇죠?"

"글쎄, 나도 잘 몰라. 내가 확실히 아는 건 적기를 잡는 사람이 닥터라는 거야. 중요한 건 바로 그거라고. 그 친군 매번 미그기 한복판에 떠 있으니까. 한번은 닥터 바로 옆에서 리더가 격추당한 적이 있는데, 그때도 닥터는 살아 돌아왔어."

"정말요?"

"그뿐이 아니야. 그 와중에 미그기 두 대를 잡았지."

"정말 대단한데요." 카이저가 말했다.

"진짜라니까. 난 그날 임무에 투입되진 않았지만. 펠이 격추당하지 않는 한 아마 이번 전쟁의 최고 영웅이 될 거야. 내 말 잘 기억해두라고. 여길 거쳐 간 조종사를 한둘 봤어야지."

"정말 펠 중위님이 편대장이 될 거라고 생각하세요?" 카이저가 물었다. "그건 좀 큰일 아닌가요?"

"펠을 능가할 사람이 있겠어? 게다가 머리까지 아주 비상한 친구야. 자네들도 곧 그 친구를 알게 될 테니 조금만 기다려 봐."

"좀 건방져 보이기도 해요." 슈람이 말했다. "항상 입에 시가를 물고 다니잖아요."

"시가 안 피우는 조종사도 있나?" 헌터가 퉁바리를 놓았다.

23

후텁지근한 6월의 열기가 무겁게 내려앉고, 보드랍고 창백한 달걀 껍질 같은 아침이 찾아왔다. 이른 바람이 감질나게 간간이 불어왔지만 그것도 잠시일 뿐 한낮에는 바람 한 점 없었다. 숨 막히는 더위였다. 발바닥까지 쑤시고 몸에 걸친 옷조차 거추장스럽게 느껴졌다. 침대 시트며 콘크리트 벽이며 수도관마저도 뜨거웠다. 더위를 피할 곳은 그 어디에도 없었다. 끝없는 나날이 이어졌다. 그러나 아침, 그 영원한 아침이란! 지평선 위로 아직 모습을 드러내진 않았지만 벌써부터 말갛게 달아오른 아침 해는 마치 최후의 날의 여명 같았다. 그 공허함에 마음은 한없이 움츠러들었다. 아침을 마주한 얼굴에는 본능적으로 굵은 주름이 잡혔다. 잠든 수많은 사람의 머리 위로 내려앉은 새벽처럼 아침은 완벽하게 고요하고 위협적이며 치명적이었다. 토마토처럼 빨간 해가 동쪽 언덕에 떠오르며 두꺼운 열기를 대지 위로 던지는 그 적막한 시간, 불길한 예감은 해충처럼 꿈틀거렸다.

중국 국경을 따라 적진을 살피던 정찰기가 귀환한 뒤 믿기 어려운 광경을 보고한 것은 바로 그런 어느 날 아침이었다. 해변에 흩뿌려진 자갈돌처럼 은색의 미그기가 활주로를 새까맣게 덮고 있더라는 것이었다. 날개가 맞닿을 만큼 빼곡하게 세워진 미그기는 무려 700여 대로 추정되었다.

"내 그럴 줄 알았어." 이밀 대령이 확신에 찬 목소리로 말했다. 대령은 아침 식사 중에 그 소식을 접했다. "진작 알았다니까."

"무슨 일입니까?" 몬카비지가 물었다.

"오늘 아침 북쪽에서 미그기 700대를 보았다는군."

"오, 맙소사! 대체 무슨 일이죠?"

"탄약을 싣고 있다는데, 무슨 낌새를 챈 모양이야."

"낌새라니요?"

"그건 나중에 얘기하지. 일단 상황실로 가자고."

그들은 지프에서 머리를 맞댄 채 이야기를 주고받으며 서둘러 상황실로 향했다. 차가 멈출 무렵 몬카비지는 상황을 파악했다.

"오늘은 정예만." 대령은 상황실 건물로 걸어가며 말했다.

"네."

"알짜배기만 필요해. 몬카비지, 아주 큰 건이야. 감이 온다고. 700대라니, 맙소사! 전투가 크게 벌어질 거야."

얼마 뒤 대령은 제5공군으로 연결된 직통 전화기를 손에 들고 큰 소리로 외치고 있었다. 연결이 좋지 않았다. 송화구에 대고 외치는 소리가 건물 전체에 쩌렁쩌렁 울렸다.

"이밀이다. 정찰기가 조금 전에 귀환했다. 뭐라고? 정찰기. 그렇다. 지금 막 돌아왔다. 미그기 700대가 목격되었다. 좋다. 알았다. 젠장, 그편이 낫겠다. 아니다, 아직 안 왔다. 기다리겠 다. 오케이, 알았다."

그는 송화기를 내려놓고 자리에 앉아 몬카비지를 쳐다보았 다.

"7시 30분." 그가 손목시계를 내려다보며 알렸다. "두 시간 이내로 출격 명령이 떨어진다. 명령서는 특수 요원이 직접 들 고 온다."

몬카비지는 담배 연기를 훅 내뿜었다.

"대대에 알리는 게 좋지 않을까요?"

"아직은 아니야." 이밀이 말했다. "괜히 미리부터 긴장시킬 필요 없어. 시간은 아직 많아."

"제 집무실로 가서 기다리시겠습니까?"

"여기서 기다린다. 명령서 봉투를 내 손으로 뜯고 싶다."

8시가 되자 조종사들이 식당에 모여 앉아 웅성거리기 시작 했다. 납이 녹듯 불길한 열기가 기지 주변에 피어올랐다. 변소 에서도 길가에서도 주기장에서도 사람들이 떼를 지어 전투 이 야기로 수런댔다. 큰 전투가 벌어질 것이었다. 물이 불어나듯 흥분이 점차 고조되고 있었다. 지시가 있을 때까지 모든 임무 가 취소되었다. 그 이상 아는 사람은 아무도 없었다.

11시 30분에 헌터가 내무실 문을 불쑥 열고 들어왔다. 그러 고는 주위를 재빨리 살폈다.

"편대장님 어디 계셔?"

"무슨 소리 들었어?" 펠이 대답 대신 물었다.

"15분 후에 브리핑실로 모두 내려오래. 한 명도 빠짐없이."

"신참들도?" 펠이 고갯짓으로 카이저와 슈람을 가리켰다.

"응. 모조리 다."

"무슨 일인지 알아?"

"몰라." 헌터가 대답했다. "편대장님은?"

"알 게 뭐야." 펠은 자리에서 일어섰다. "가자고. 페티 자네도."

헌터는 뒤에 남아 이 내무실에서 저 내무실로 뛰어다녔다. 병영 전체가 텅 비어 있었다. 모두 브리핑실로 내려간 뒤였다. 그렇게 10분 후쯤 그는 병영 뒤에서 일광욕을 즐기는 클리브를 찾아냈다. 클리브가 정복을 차려입는 데 또 시간이 지체되었다. 상황실 건물로 향하기 전에 이미 시계는 11시 45분을 가리키고 있었다. 차도 모두 가버린 탓에 그들은 걸어가야 했다.

상황실 건물에 도착했을 때에는 10분이나 지나 있었다. 부대원 전체가 모여 있었다. 브리핑실은 사람들로 꽉 차 있었다. 의자가 부족해서 뒤쪽에 서 있는 조종사들도 많았다. 몬카비지 대령이 빠진 사람이 없는지 확인하며 중앙 복도를 돌아다녔다. 헌터와 클리브가 들어서자 대령이 돌아보았다.

"와줘서 고맙네, 코넬." 대령이 말했다. 사람들의 고개가 입구 쪽을 향했다.

상황실은 찌는 듯이 더웠다. 시간은 천천히 지나갔고 불안은 한층 높아졌다. 기침 소리에 섞여 성냥 긋는 소리가 들려왔다. 자욱한 담배 연기로 숨 쉬는 것조차 힘들었다. 12시 15분. 대령들은 여전히 상황실 앞쪽에 진지한 표정으로 앉아 저희끼리 이야기를 주고받고 있었다. 클리브는 푸르스름한 담배 연기 너머 10여 미터 앞에 놓인 지도를 응시하며 서 있었다. 눈을 가늘게 뜨고 주시했지만 뭐가 쓰여 있는지 보이지 않았다. 일정 게시판도 비어 있었다. 벽에도 꼭대기 한가운데에 '불굴의 투지'라고 적힌 눈에 익은 표어 외에는 아무것도 없었다. 조종사들은 짐짓 무심한 표정으로 기다렸다. 마침내 이밀 대령이 일어서더니 낮은 연단 쪽으로 걸어가 그 위에 섰다.

"제군," 그가 입을 뗐다. 완벽한 침묵이 감돌았다. "우리 모두가 기다려온 전투가 임박했다. 오늘 전투는 이번 전쟁에서 가장 큰 전투로 기록될 것이다."

이밀은 말을 멈추었다. 클리브는 심장이 거칠게 뛰는 것을 느꼈다. 구역질이 치밀 정도로 머릿속에서 숱한 생각이 널뛰었다. 가장 큰 전투. 안둥에 쏟아지는 포탄. 압록강 북쪽의 비행장. 그의 뇌리에 제일 먼저 떠오른 생각들이었다.

"워싱턴의 합동참모본부에서 최종 승인이 떨어졌다." 이밀이 말을 이었다. "오늘, 우리는 수풍댐으로 출격한다."

이제 알겠다는 뜻의 웅성거림이 들렸다. 공격 지점은 압록강이었다.

"규모로는 세계에서 네 번째로 크고 전력 생산량으로는 두 번째로 큰 댐이다." 이밀이 말했다. "지금까지 우리가 이 댐을 공격한 적은 없다. 감히 건드리지 못했는데 마침내 승인이 떨어졌다. 오늘 제5공군의 모든 전폭기가 출격해서 강 건너 미그기와 맞설 것이다. 적들도 비행장에서 포연을 볼 것이고 그러면 그들 역시 우리를 저지하기 위해 총출동할 것이다. 분명한 사실이다. 누가 적군을 이끌지 말 안 해도 알 것이다. 나만큼 제군도 잘 알고 있을 걸로 안다. 그는 분명히 오늘 나타날 것이다. 내 명예를 걸고 맹세한다. 우리의 임무는 전폭기가 댐을 폭파하도록 지원하는 것이다. 그게 우리가 할 일이다. 출격 가능한 비행기는 모두 출격한다. 각 대대에서 차출할 수 있는 비행기 숫자는 다 파악했나, 몽크?"

"네, 여기 있습니다."

"읽게."

몬카비지는 숫자를 읽어내려가기 시작했다. 스물두 대, 열여덟 대, 스무 대. 몬카비지가 종이를 작전장교 한 명에게 넘기자 작전장교가 숫자표를 일정 게시판에 그대로 옮겼다. 그런 다음 각 대대에서 전투에 투입될 수 있는 조종사를 골랐고, 조종사의 이름도 게시판에 차례로 적혀나갔다. 클리브는 자신의 대대에서 열여덟 개의 칸이 채워지는 것을 지켜보았다. 대대장이 첫 번째 편대를 이끌고 펠과 페티본이 하나의 분대로 그 편대에 속해 있었다. 가브리엘과 그의 편대원 셋이 그다음 편대였고, 작전장교인 놀런과 그의 오래된 편대원 셋이 그 뒤를 이었다. 그리고 제일 밑에 뚝 떨어진 채 두 대의 비행기로만 이루어진 분대 자리에 코넬과 헌터의 이름이 적혀 있었다. 칸이 모두 채워지는 데에는 몇 분도 걸리지 않았다. 이륙 시각이 고지되고 있었다.

"좋아." 이밀이 말했다. "날씨."

클리브는 건성으로 들었다. 단어들이 그의 의식을 스치고 지나갔다. 그는 손바닥에 땀이 차오르는 것을 느꼈다.

"……하층부 2000피트에서 고층부 오륙천 피트까지 적운이 약하게 발달해 있다." 기상장교가 말을 이어나갔다. "늦은 오후에는 간간이 그보다 높은 지점에서 적운을 만날 것으로 예상된다. 3만 5000피트 상공에 엷은 권운층이 발달해 있지만 여기저기 흩어져 있는 정도다. 가시거리는 24킬로미터 이상이다."

그다음으로 상공의 바람 세기며 태양의 방위각과 고도, 조류 상태, 공기와 물의 온도를 전한 후 마지막으로 이륙 시 활주로 주변의 온도를 알렸다.

"비행운은 어떤가?" 이밀이 물었다.

"오늘은 어떤 고도에서도 비행운이 보이지 않을 것으로 예상됩니다."

"좋아." 이밀이 말했다. "이제 비행로를 알려주겠다."

이밀은 편대 및 대대별 이륙 시각을 말한 뒤 초계 고도를 설명했다. 그런 다음 어떤 전폭대가 선발대로 출격할지, 또 어떤 방향에서 비행할지도 말했다. 목표 지점 부근에서는 경포든 중포든 모든 대포를 조심하라고 일렀다. 대령의 등 뒤 벽에 대포의 위치가 모두 표시되어 있었다.

클리브는 자신의 지도에 표시를 하기 시작했다. 그와 헌터는 가장 마지막으로 출격할 터였다. 그리 놀라운 일도 아니었다. 그는 뜨뜻한 땀방울이 등골을 타고 엉덩이로 무겁게 흘러내리는 것을 느꼈다. 방 안은 견딜 수 없게 더웠다. 그곳에 온

지 못해도 반 시간은 지난 것 같았다.

"제군," 이밀이 계속 말했다. "빈말이 아니다. 오늘 그들은 분명히 상공에 나타날 것이다. 500대가 출격한다고 해도 놀랍지 않다. 그들은 우리 아래 전폭기를 노릴 것이다. 좋다. 우리는 그들을 기다리면 된다. 편대 리더들은 들어라! 과감하게 공격하라. 긴 추격으로 시간을 낭비하지 마라. 승산이 있을 때에만 적기 뒤에 바짝 붙어라. 분대 리더들은 들어라! 최대한 오랫동안 편대 리더를 엄호하기 바란다. 꼭 필요할 때에만 쪼개지고 그 전까진 편대를 유지하라. 윙맨들은 들어라! 그대들의 임무가 가장 어려운 것이다. 눈을 똑바로 뜨고 사방을 살펴라. 리더 주변으로 적기가 다가오지 않도록 하라. 오늘은 적기가 하늘을 새까맣게 덮을 것이다. 그러니 수 킬로미터 뒤에 작은 점 하나가 떠 있다고 무턱대고 급선회를 외치면 안 된다. 미그기가 분명하고 급선회해야 한다는 확신이 들 때까지 기다려라. 제군! 아주 중요한 이야기를 할 때에만 무전기를 사용하라. 긴 대화로 주의를 산만하게 하지 마라. 연결이 좋지 않으면 다른 주파수를 찾아라. 연료를 늘 점검하라. 연료가 떨어져서 귀환하는 게 힘들 만큼 상공에 오래 머물러선 안 된다. 만일 귀환 길에 연료가 바닥나버리면 결코 기지에 당도할 수 없다. 1500파운드 아래로 내려가면 회항하라. 한 번만 더, 하면서 미련을 가지면 안 된다. 그 즉시 철수해야 한다. 이번 출격에는 제군 모두 미그기를 볼 것이다. 눈에 띄면 바로 뒤를 쫓아라. 적기에 근접하면 조준점을 표적에 겨눈 뒤 방아쇠를 당겨라. 적중했다면 방아쇠를 당긴 손을 풀지 마라. 기지로 돌아와서 누가 격추됐다든지 하는 소리는 결단코 듣고 싶지 않다. 승리의 소리만을 듣고 싶다. 오로지 승리뿐이다. 그것을 명심하라."

그는 잠시 말을 멈췄다.

"지금 제군 주위를 살펴보라. 내일 어쩌면 빈자리가 생길지 모른다. 그게 내가 아니길 기원하라. 자, 이제 적기를 잡으러 가자!"

조종사들이 모두 일어나 제자리에 서 있는 동안 대령은 연단에서 내려와 그들 사이를 헤치고 상황실 뒤쪽의 문을 향해 걸어갔다. 잠시 뒤 대령의 뒤를 따라 상황실 밖으로 느릿느릿 걸어가는 사람들의 발소리가 들려왔다. 그들은 문 앞에 몰려 있다가 한 사람씩 차례를 기다리며 밖으로 빠져나갔다. 클리브는 한가운데에 서서 물결에 몸을 맡겼다. 헌터를 힐끗 쳐다보았다. 헌터는 힘없는 미소로 그의 시선을 받았다. 고립감에 저항하기 위함인지 클리브는 어쩐지 먼 과거에 이미 한번 이번 임무에 투입됐었고 지금 또다시 출격하는 것 같은 느낌을 받았다.

"감이 오나, 게이브?" 이밀이 말했다. 그는 상황실 밖에 서서 지나가는 조종사의 이름 하나하나를 부르고 있었다.

가브리엘은 별생각 없이 고개를 주억거렸다.

"어떤가, 닥터? 미그기를 잡을 것 같나?"

"물론이죠." 펠이 대답하며 작은 주먹을 들어 올렸다.

"그래, 좋았어." 이밀은 활짝 웃었다.

그는 자신만만하게 그곳에 서 있었다. 이밀 역시 흥분되면서도 긴장하는 기색이었다. 그는 이따금 지나가는 어깨를 툭 툭 쳤다.

"제군, 때가 왔어." 그가 연신 말했다.

한번은 몸을 휙 돌려 몬카비지의 배를 주먹으로 때리는 시늉을 했다. 그러고는 껄껄 웃었다.

"몽크, 자넨 어때?"

"준비됐습니다." 몬카비지는 큼큼 헛기침을 한 뒤 대답했다.

"암, 그래야지."

라커룸은 후덥지근했고 파리가 들끓었다. 조종복으로 갈아입기에는 너무 일렀다. 한 시간도 더 넘게 기다려야 했다. 클리브는 헌터와 밖으로 나가 한쪽이 처마 그늘에 가려진 벤치에 앉았다. 조용했다. 하릴없이 그곳에 앉아 있는 동안 심장은 소리 없이 뛰고 있었다.

"마지막 편대라니, 젠장." 헌터가 불평했다. "하필이면 이럴 때에. 목표 지점에 도착하면 이미 다 끝나 있을 거예요."

클리브는 아무 대꾸도 하지 않았다.

"편대장님한테는 거의 마지막 임무잖아요. 다 썩어 문드러졌어."

"도리가 없지 않나?"

"뭐라고 말씀 좀 해보시지 그랬어요."

"누구한테 할까? 목사님?"

"대령님께 한 말씀 하시죠." 헌터가 말했다. "소령님, 아니 그 누구한테라도요."

클리브는 쓴웃음을 지었다.

"다 끝난 일이야." 그가 말했다. "우습지 않나? 차라리 기도

하는 편이 낫지."

"그런 걸로 농담하지 마세요. 저는 정말로 몇 번이나 기도를 드렸다고요."

"그래서 일은 잘됐나?"

"농담 아니에요."

"나도 알아. 그러니까 내가 물어보는 거 아닌가."

"아직은 아니지만," 헌터는 자못 진지한 표정으로 말했다. "곧 응답 받을 거예요."

"그건 어디까지나 가능성이지."

잠시 뒤 전혀 예상치 못한 것처럼 첫 출격조의 엔진 소리가 들려왔다. 클리브는 소리 나는 쪽을 돌아보았다. 까만 램프는 열기로 녹아내리는 듯했다. 그 위에 뜨겁게 달아오른 비행기가 마치 신기루처럼 서 있었다. 출발하는 비행기들 뒤로 멍울진 공기가 세차게 뿜어져 나오는 게 보였다. 그는 헌터와 함께 라커룸으로 돌아가 천천히 옷을 갈아입었다.

장비를 챙겨 비행기로 걸어갔을 땐 이미 땀으로 흠뻑 젖어 있었다. 뜨거운 햇빛이 낙하산과 맞먹는 무게로 어깨와 등에 무겁게 쏟아져 내렸다. 목이 말랐다. 입과 목구멍 안이 바짝 타들어갔다.

어찌된 영문인지 정비병들이 여전히 그의 비행기를 손보고 있었다. 그는 장비를 왼쪽 날개에 올려놓고 무슨 일인지 보기 위해 기체 쪽으로 걸어갔다. 정비병 하나가 쩔쩔매고 있었다. 건 카메라에 필름이 껴서 도무지 빠지지 않는 모양이었다.

"이게 중간에 딱 껴서," 정비병이 설명했다. "들어가지도 나오지도 않아요."

"내가 한번 해보지." 클리브가 말했다.

그는 좁은 구멍으로 손을 집어넣어 필름을 빼내려고 했다. 손가락이 미끄러운 데다 구멍이 하도 좁아서 쉽게 잡히지 않았다. 클리브 역시 방법이 없었다.

"할 수 없지," 그가 말했다. "그냥 이대로 두는 수밖에. 돌아오고 나서 손보지."

"네, 알겠습니다."

클리브는 비행기 주변을 돌며 기체를 찬찬히 살핀 뒤 조종석으로 올라가 벨트를 맸다. 시간이 제법 걸렸다. 준비를 마치고 손목시계를 내려다보았다. 아직 몇 분 더 남아 있었다. 몇 시간을 기다린 기분이었다. 갈증이 점차 심해져서 마치 타는 듯한 화열 속에 앉아 있는 것 같았다. 주위의 쇳덩이는 만질 수 없을 만큼 뜨거웠다. 땀방울이 다리를 타고 주저하듯 천천히 흘러내렸다. 마침내 시간이 되었다. 그는 시동을 걸었다.

활주로는 더 뜨거웠다. 하지만 그때쯤에는 어떤 전이 같은 것이 이루어진 뒤였다. 불안이 온몸을 감싼 나머지 더 이상 불안을 느낄 수 없었다. 그렇게 불안의 세례를 받는 게 오히려 마음이 편했다. 산소마스크 안은 물고기처럼 미끄덩거렸고 공기는 후덥고 답답했지만 임무에 완전히 몰입한 지금, 그 밖의 모든 것은 중요하지 않았다.

활주로로 미끄러져 갈 때 찐득한 타르가 바퀴에 달라붙으면서 날개 아래쪽에 커다란 물방울 모양으로 튀었다. 그는 비행기를 정렬한 뒤 헌터가 옆으로 다가오기를 기다렸다. 그들은 엔진 속도를 높였다. 클리브는 옆을 돌아보았다. 헌터는 고개를 까닥했다. 클리브가 오른손을 내리는 것과 동시에 그들은 브레이크를 풀었다. 그다음 속도를 높이며 활주로를 달렸다. 이륙 직후는 언제나 자신감이 최고조에 달하는 순간이었다. 비상하는 영혼. 클리브는 다시금 온몸이 가벼워지고 일신됨을 느꼈다. 무적의 상태. 하지만 이 지복의 시간은 오래가지 않았다. 대신 초조함이 그 자리를 서서히 채웠다. 클리브는 북녘땅으로 기수를 잡으며 불안감이 자신을 관통하는 것을 느꼈다.

24

번뜩거리는 은색의 물고기처럼 그들은 낮게 드리운 운해를 뚫고 티 한 점 없는 하늘로 솟아올랐다. 위로, 위로 올라갔다. 한강을 건너 보이지 않는 선을 넘은 뒤 작은 실수도 용서되지 않는 적지로 들어갔다. 시간이 빨리 흐르는 것 같았다. 랜드마크는 여느 때보다 빨리 눈에 띄었다. 고도계의 바늘은 평소보다 더 빠르게 움직이는 듯했다. 무전기에서는 평소와 다를 바 없는 교신 내용이 흘러나왔다. 전투는 아직 시작되지 않았다. 클리브는 한껏 고무되었다. 이런 행운이 있으리라고는 기대하지 못했다.

헌터를 뒤돌아보자 가슴 한편이 용기와 자부심으로 뻐근해 왔다. 누군가를 이끈다는 것만큼 가슴 벅찬 기쁨은 없었다. 옥석을 가리는 최후의 전투를 향해 그들은 함께 날아갔다. 지상에서는 그들을 볼 수도 들을 수도 없지만 그들은 분명 그곳에 있었다. 작은 금속의 점으로 선사시대의 하늘을 차고 올라

오로지 그들의 존재만으로 창공을 오염시키고 또한 흥분시켰다. 클리브는 정제된 성취감을 느꼈다. 이 순간을 위해서라면 그 어떤 것도 아깝지 않았다.

압록강 가까이로 다가가자 운량이 한층 늘어났고, 하얀 구름바다 위로 몇 개의 마을을 합한 것만큼 커다란 적운이 빛나는 버섯처럼 높이 솟아 있었다. 그것은 우주의 버섯이었고 켜켜이 쌓인 분노였다. 그들은 4만 피트에 이른 뒤에도 계속 상승했다. 압록강에 도달하려면 아직 5분은 더 가야 했다. 갑자기 희미한 목소리를 뚫고 이밀의 음성이 울렸다.

"제군, 안둥 활주로에서 먼지가 인다." 그가 외쳤다. "조심하라."

그들이 자신을 기다린 것만 같다고 클리브는 천천히 생각했다. 불그스름한 먼지 기둥을 찾아 상반신을 숙여 앞을 내다보았지만 적운이 시야를 가리고 있었다. 저 거대한 구름 너머에서 적군이 전투를 벌이기 위해 상공으로 날아오르고 있었다. 그는 모래사장에서 다이아몬드를 잃어버린 사람처럼 시력을 모아 하늘을 샅샅이 훑어 내려갔다.

1번 기차가 이륙했다. 대령은 자기 눈으로 보았다며 그 사실을 확인했다. 채 1분도 지나지 않아 무전기는 2번 기차의 출격을 알렸다. 잠시 뒤 3번 기차.

"적군이 압록강 북쪽으로 날아오르고 있다." 이밀이 말했다. "곧 마주친다."

클리브가 강에 도착했을 때에는 적군의 5개 편대가 이륙해 있었다. 그는 댐과 저수지를 향해 북동쪽으로 기수를 돌렸다.

이미 그쪽에선 마치 돌맹이가 호수의 침전물 속으로 떨어질 때처럼 아득하게 느껴지는, 소리 없는 폭격이 이루어지고 있었다. 그는 불길이 예상치 못한 곳에서 불쑥 치솟는 모습을 지켜보았다. 불기둥에서 시커먼 연기가 솟아올랐다. 그는 뒤를 돌아보았다. 헌터는 그림자처럼 견고하게 제 위치를 지키고 있었다. 메마른 목소리가 무전기를 타고 또다시 외쳤다.

"6번 기차, 7번 기차 안둥 이륙. 북쪽으로 향한다. 6번 기차, 7번 기차 안둥 이륙."

그는 저수지에 도착한 뒤 다시 남서쪽으로 방향을 돌려 서서히 상승하면서 다른 비행기들보다 높이 올라갔다. 모든 편대에 초조한 흥분이 감돌았다. 무전기에서는 다급하고 어지러운 외침이 쉴 새 없이 흘러나왔지만 적기와 충돌한 사람은 아무도 없어 보였다. 교전은 아직 벌어지지 않았다. 8번 기차와 9번 기차가 안둥 비행장을 떠났다. 일촉즉발의 순간이었다. 클리브는 초 단위로 살고 있는 듯한 느낌을 받았다. 강을 따라 강어귀로 향했다.

"10번 기차 기수 방향 330도. 10번 기차 기수 방향 330도."

그가 기억하기에 10번 기차가 이륙한 적은 없었다. 난파선에 빼곡히 들어찬 수많은 객실처럼 11번 기차, 12번 기차가 차례로 이륙했다. 그것은 홍수였다. 그는 이상하게 자신을 쳐다보는 눈이 등 뒤에 있는 것처럼 어깨와 등의 살갗까지 오롯이 느낄 수 있었다. 온몸의 감각이 참을 수 없게 예민했다. 헌터의 다급한 목소리가 들렸다.

"적기가 10시 방향 상공에 있다!"

사냥꾼들

클리브는 왼편의 텅 빈 하늘을 올려다보았다.

"다섯 대, 아니 여섯 대다." 헌터가 외쳤다.

여섯 대. '6'이라는 숫자가 확실성을 부여했다. 클리브는 왼편으로 완만하게 방향을 틀면서 적기를 찾아 하늘을 살폈다.

"아직 안 보인다."

"10시 방향 상공에 있다. 지금 9시 방향으로 지나가고 있다."

클리브는 위를 올려다보았다. 텅 빈 하늘은 눈이 시리도록 푸르렀다. 그는 상공을 응시하며 적기를 찾기 위해 고통스럽게 하늘을 훑었다.

"찾았나?" 헌터가 초조하게 외쳤다.

적기는 금방이라도 나타날 것이었다. 사방을 미친 듯이 살핀 탓에 눈에 눈물이 어릴 정도였다.

"안 보인다." 마침내 클리브가 말했다. "어서 가서 쫓아라."

헌터는 기수를 돌리지 않았다. 클리브는 헌터를 지켜보며 기다렸다.

"추격하라. 가서 저들을 잡아라."

여전히 응답이 없었다.

"아," 헌터가 외쳤다. "놓쳤다."

침묵 속에서 그들은 다시 강을 따라 올라갔다. 마지막 전폭기들이 댐을 향해 고요하게 날아가고 있었지만, 그는 비행기 안의 조종사들이 어떤 기분일지 잘 알았다. 불안을 느끼지 않는 자는 없었다. 미그기가 공격해오지 않는 게 믿기지 않는 일이었지만, 시간이 손에서 천천히 빠져나감에 따라 그는 점차 그 사실을 받아들이게 되었다. 연료가 떨어져가는 편대가 적지를 떠나기 시작했다. 이밀이 기지로 돌아간다는 소리가 무전기에서 들려왔다. 클리브는 연료 계기판을 내려다보았다. 2100파운드.

그들은 강을 따라 올라가는 동안 스로틀을 닫은 채 고도를 서서히 낮췄다. 연료를 아끼는 동시에 비행 속도를 유지하기 위해서였다. 저수지를 지나 30여 킬로미터를 더 비행한 뒤 안둥을 향해 되돌아왔다. 절반쯤 왔을 때 그가 헌터에게 물었다.

"얼마나 남았나, 빌리?"

"1800파운드 남았다."

한 번만 더, 그는 생각했다. 다른 편대가 연달아 철수하는 소리를 그는 담담히 들었다. 성과 없이 돌아가는 깨끗한 비행기들. 이륙 순서와 거의 비례해서 연료가 떨어졌고 그곳을 떠났다. 이제 운은 분 단위로 갈리는 문제였다. 안둥 부근에서 북동쪽을 향해 비행기를 돌릴 무렵 연료 계기판 바늘은 1600파운드를 가리키고 있었다.

"마지막으로 한 번 더 간다." 그가 말했다. "지금 얼마나 남았나?"

"1500파운드다."

그들은 강을 따라 올라갔다. 그것은 마치 먼바다로 홀로 헤엄쳐가는 것과 같았다. 시간은 그들이 거슬러 가야 하는 물결이었다. 연료 계기판으로 자꾸 눈길이 갔다. 시계처럼 뚫어져라 쳐다볼 때에는 바늘이 꼼짝도 하지 않는다는 사실을 그는 알았다. 마침내 그들은 저수지에 도착했다. 무전기는 간혹 울릴 뿐 조용했다. 그들은 80킬로미터 근방에서 회항하지 않은 마지막 편대 중의 하나였다. 왼쪽으로 크게 원을 돌며 선회했지만 역시나 아무것도 없었다. 상공에 너무 오래 머물러 있었다. 남쪽으로 기수를 돌릴 때 기름은 1200파운드로 떨어져 있었다. 클리브는 김포 기지를 향해 고도를 높이기 시작했다.

그는 어깨 너머로 헌터가 있는 쪽을 돌아보았다. 검은 연기가 수풍댐 위를 뒤덮었다. 그는 얼마간 그곳에 시선을 두었다. 고개를 돌리자 반대편에는 여전히 커다란 적운이 안둥 땅 위로 걸려 있었지만, 어쩐지 이제는 사화산처럼 생기라곤 없이 퇴색해 보였다. 그것은 외로운 하늘에 떠 있는 거대한 유물이었다. 눈길이 살짝 옆으로 움직였다. 눈에 보이지 않는 그 무엇이, 모든 감각을 초월하는 힘이 눈길을 잡아끈 것이다. 처음에는 별생각 없이 지켜보았다. 그러다 하늘에서 떨어지듯 별안간 비행기들이 나타났다. 눈을 조금만 움직이거나 깜박거려도 영영 사라져버릴 것처럼 작고 희미한 점들이. 연료 계기판을 내려다볼 엄두가 나지 않았다. 대신 그는 기수를 돌리며 헌터에게 물었다.

"얼마나 남았나, 그린 투?"

"1100파운드까지 내려갔다. 무슨 연유로 기수를 북쪽으로 돌리는가?"

클리브는 대답하지 않았다. 비행기에서 눈을 뗄 수가 없었다. 작은 점은 점차 뚜렷해졌다. 여전히 멀리 떨어져 있어서 색깔만 조금 진해졌다 뿐이지 크기가 더 커진 것은 아니었다. 1분 후쯤 헌터가 외쳤다.

"1시 방향에 적기 넉 대가 있다, 리드!"

"나도 보고 있다."

"2시 방향으로 내려온다. 이쪽으로 다가온다!"

"뭐라고?" 클리브가 외쳤다. 그가 눈길을 꽂고 있던 비행기들은 아직 작은 점에 불과했다.

"3시 방향에서 넉 대가 내려온다, 리드!"

곧이어 "급선회할 준비하라!"

클리브는 재빨리 오른쪽을 올려다보았다. 미그기 넉 대가 있었다. 저 멀리 앞쪽의 비행기를 응시하느라 미처 오른편의 적기를 못 본 것이다.

"오른쪽으로 선회하라, 빌리!"

그들은 공격하는 적기 쪽으로 기수를 돌렸다. 미그기는 계속 다가오지 않고 일단 물러서는 듯했다. 클리브는 머리 위로 날아가는 적기를 지켜보다가 곧장 그 뒤를 쫓기 위해 방향을 바꾸었다. 그는 그때껏 한 번도 보지 못한 광경을 간담 서늘한 시선으로 목도했다. 적기가 편대에서 두 대씩 갈라지는 것이었다.

"이번엔 만만찮은 놈들이다, 빌리."

"리드?"

"말하라."

"조금 전에 저들을 봤나?"

"그렇다. 무슨 일인가?"

"리더의 비행기에 까만 줄이 있다."

심장이 요란하게 뛰는 소리가 귀에까지 들렸다. 두려움에 찬 무엇이 자신의 내부에서 터지는 것이 느껴졌다. 그는 두 대씩 따로 선회하는 미그기들 속에서 그자를 찾으려고 했다. 그 수많은 기회 중에서 하필 지금이라니. 그는 헛웃음이 나올 뻔했지만 그러기엔 얼굴 근육이 너무 경직돼 있었다.

"확실한가?"

"그렇다."

그렇다. 확실했다. 북쪽의 깊숙한 적지에서, 그것도 연료가 이 정도밖에 남지 않았을 때 마침내 그를 만난 것이다. 연료 계기판을 내려다보았다. 900파운드. 연료통에서 기름이 빠져나가는 게 느껴지는 듯했다. 마치 혈관에서 피가 새어나가는 것 같았다.

"남쪽으로 계속 비행한다." 클리브가 말했다.

그러나 그것은 생각만큼 쉽지 않았다. 적기가 두 대씩 짝을 이루어 다시 공격해 들어왔다. 먼저 두 대가 앞서고, 나머지 두 대는 클리브가 선두조를 만났을 때 클리브의 후미로 바짝 붙을 수 있도록 때맞춰 치고 들어올 것이었다. 상당한 비행술을 요하는 전술이었다. 어려운 기술인 만큼 제대로 수행하면 치명적이었다. 클리브는 가장 가까운 적기로 다가가기 전에 가급적 오래 기다렸다. 적군을 가능한 한 남쪽으로 유인하기 위함이었다. 미그기 역시 연료가 얼마 남지 않았을 터였다.

"왼쪽으로 선회!" 클리브가 외쳤다.

선두조가 벌써 근접해 있었다. 중력으로 잡아채지는 머리를 어렵사리 쳐들고 그는 어깨 위로 미그기를 올려다보았다. 미그기가 포탄을 발사하기 시작했다. 예광탄이 마치 펄펄 끓는 쇳물처럼 비행기의 옆과 아래를 획획 스치고 지나갔다.

미그기는 선회하는 클리브를 뒤쫓는 대신 위치를 정해 재차 공격해 들어오기 위해 비스듬히 고도를 높였다. 두 대씩 짝을 이루어 차례로 공격해올 것이다. 미그기가 처음으로 자신의 뒤쪽으로 지나가자 클리브는 "180도 회전!" 하고 외쳤다. 급선회하여 미그기가 자신을 앞질러 가면 그때 총을 발사하기 위해서였다. 하지만 그는 방아쇠를 당기지 못했다. 미그기 뒤로 빠지긴 했지만 너무 멀어서 사정거리를 벗어난 터였다. 어깨 너머로 흘끗 시선을 던졌다. 헌터가 보이지 않았다.

"내 옆에 있나, 빌리?"

응답이 없었다.

"빌리!"

"난 괜찮다."

클리브는 오른쪽과 왼쪽을 모두 뒤돌아보았다. 헌터는 여전히 눈에 띄지 않았다.

"오른쪽으로 급선회!" 그는 헌터의 외침을 들었다.

두 번째 조였다. 클리브는 적기를 향해 힘껏 기수를 꺾었다. 자신보다 조금 아래 떨어진 곳에서 방향을 트는 헌터의 비행기가 눈에 들어왔다. 미그기가 포탄을 날리며 클리브 뒤를 지나갔다. 그는 즉시 선회를 멈추고 똑바로 날아갔다. 서쪽을 향하고 있었다. 다시 남쪽으로 기수를 돌렸다. 첫 번째 조가 자신 쪽으로 날아오는 게 보였지만 이번에는 미그기의 위치가 아까만큼 좋지 않았다. 너무 멀리 떨어져 있었다. 잘하면 그들과 거의 정면으로 맞닥뜨릴 수 있을 것 같았다. 그는 적을 향해 날아간 뒤 마지막 순간에 방아쇠를 당겼다. 헌터도 총을 쏘아댔다.

일순간 미그기가 스쳐 지나갔고, 클리브는 광기에 가까운 욕망에 사로잡힌 채 일각의 망설임도 없이 비행기를 돌려 적의 뒤를 쫓았다. 그는 조금이라도 유리한 위치를 선점하려고 안간힘을 썼다. 적들은 고도를 높이며 저 멀리 도망가는 대신 기수를 클리브 쪽으로 되돌렸다. 그는 그 모습에 적잖이 놀라면서도 한편 기회가 왔음을 직감했다.

그는 지금 무엇을 하고 있는지 그리고 앞으로 무엇을 할지 거의 의식하지 못했다. 몇 년간 비행기를 본 손이 자신을 이끌고 있었다. 티끌 하나 놓칠세라 사방을 주시할 뿐 그저 자신의 손에 이끌려 비행하는 듯했다. 그는 방향을 꺾는 미그기의 항로를 중간에서 자르고 적기 안으로 파고들었다. 이제 리더의 까만 줄무늬가 식별되었다. 그는 흥분하여 적을 뒤쫓았다. 총을 발사하기엔 여전히 너무 멀었고, 일순간 그는 체념과 두려움이 엄습해오는 것을 느꼈다. 깊은 정적 속에 그들은 고집스레 원을 그리며 상공을 돌았다. 연료는 점점 떨어져갔다. 계기판을 힐끗 내려다보았다. 700파운드. 그들은 서서히 하강하고 있었다. 2만 피트를 지나고 있었다. 대기속도가 빨라졌다. 다른 미그기 두 대와 헌터는 보이지 않았다. 마치 세상이 그들 주위를 도는 것과 같은 정지의 순간, 보이는 것이라곤 저 아래 굽은 땅길과 자신과 함께 선회하는 리더의 비행기뿐이었다.

1만 4000피트를 지나고 있었다. 그렇게 지상까지 내려갈지도 모를 일이었다. 일분일초가 연료와의 싸움이었다. 낮은 고도에서 전속력 비행을 하느라 기름을 너무 많이 쓰고 있었다. 치명적인 선회비행이었다. 다른 적기가 자신의 뒤를 쫓고 있다면 선회비행을 그만두는 순간 위험에 노출될 것이고, 그렇다고 연료가 충분치 않으니 계속 그렇게 돌 수도 없는 노릇이었다. 귀대하려면 한 방울의 기름도 아껴야 했다.

"아직…… 내…… 보이나, 빌리?" 말하는 게 힘들었다. 중력 때문에 말이 뒤틀려서 나왔다.

"보인다. 다른 적기는 없다."

쥐어짜는 듯한 헌터의 숨소리가 무전기를 타고 들렸다.

그들은 계속 원을 그리며 비행했고 위치를 확보하려고 사투를 벌였다. 거리는 쉽게 좁혀지지 않았다. 미그기는 여전히 저만치 앞서서 날아갔고 클리브는 조준 지점보다 원의 4분의 1만큼 뒤처진 채 돌고, 돌고, 또 돌았다. 조금이라도 위치 변화를 꾀하기 위해 그들은 싸우는 중이었다. 비행기는 이제 더 이상 중요하지 않았다. 마치 이빨 하나로 누가 더 오래 매달리는지를 시합하듯 그것은 차라리 의지의 싸움이었다. 포기는 곧 패배였고 그런 점에서 보면 클리브가 유리했다. 끝까지 버티겠다는 그의 결심은 단호했다.

갑자기 미그기가 원에서 벗어나더니 하강하기 시작했다. 영원과도 같은 찰나에 클리브는 깜짝 놀라 주저했다. 그들은 이미 낮게 내려와 있었다. 적을 쫓아 급강하하다 보면 지상과 충돌할 가능성이 있었지만 그건 미그기도 마찬가지였다. 끔찍한 선택의 시간이 지나고 이윽고 그는 기체를 회전시키며 적을 뒤쫓기 시작했다. 그들은 드넓은 창공에서 스플릿 에스Split S.

기체를 180도 뒤집어 수직하강한 뒤 원래의 진행 방향과 반대로 수평비행하는 전투비행술. 주로 전투에서 벗어나려 할 때 사용한다 기동전술을 사용하며 곧장 하강했다. 구름바다를 뚫고 내려갔다. 땅이 확 다가왔다. 조종간이 뻣뻣하게 느껴졌다. 그는 균형을 잡고 조종간을 힘껏 잡아당김과 동시에 하강 각도를 유지하기 위해 속도제동기를 펼쳤다. 주위가 온통 잿빛으로 희미해졌다가 이내 암흑 속에 잠겼다. 잠시 뒤 잿빛이 다시 나타나기 시작했을 때 그는 자신도 적도 해냈다는 사실을 알았다. 지상 가까이까지 내려온 그는 케이시 바로 뒤로 날고 있었다. 언덕과 나무가 그들 아래로 휙휙 지나쳤다. 기체가 공기의 저항을 받고 덜커덩거리며 미친 듯이 흔들렸다.

케이시는 왼쪽으로 선회했다. 날개 끝에서 허연 김이 곡선을 그리며 피어올랐다. 원의 안쪽에 자리 잡은 클리브는 적의 뒤에 바짝 붙은 채 최대한 방향을 꺾었다. 밝은 망선 안으로 적기가 들어왔다. 덜컹거리는 탓에 불안정했지만 꼬리와 동체, 날개 뿌리가 서서히 조준점에 잡혔다. 그는 방아쇠를 힘껏 당겼다. 예광탄이 포물선을 그리며 적기 후미에 떨어졌다. 꼬리 근처에 몇 방이 맞았다. 그는 흔들리는 조준점을 겨우 고정하고, 비록 몇 인치에 불과했지만 조준점을 앞으로 당겼다.

그들은 나무 위를 날았다. 미그기에서 잠시도 눈을 뗄 수 없었지만 초록색과 갈색의 물결이 눈 옆을 위태롭게 스쳐 지나가는 게 보였다. 또다시 발사했다. 심장이 목구멍 밖으로 터져 나오는 듯했다. 그는 마스크에 대고 악 하고 소리를 질렀다. 그것은 말이 아닌 의미 없는 외침이었다. 동체에 여러 방이 적중했다. 하얀 불길이 치솟더니 곧이어 연기가 솟아올랐다. 미그기는 급상승을 시도했다. 적기는 조금씩 멀어져갔지만 클리브는 도망치는 적기를 향해 마지막으로 총탄을 퍼부었다. 이윽고 미그기는 장막 같은 불길을 뒤로 길게 내뿜으며 한쪽으로 뒤집히더니 땅으로 곤두박질치기 시작했다.

"격추됐다!"

클리브는 아무 대답도 할 수 없었다.

"남하한다." 마침내 클리브가 입을 열었다. "다른 적기가 보이나?"

"안 보인다."

"좋다. 귀환한다."

그들은 고도를 높이며 기지로 향했다. 그러나 클리브는 연료가 바닥나서 기지에 가닿을 수 없으리라는 것을 확신했다. 다른 미그기는 모두 사라지고 없었다. 그들만이 홀로 상공에 떠 있었다. 연료를 확인했다. 350파운드.

"얼마나 남았나?" 그가 헌터에게 물었다.

"다시 말하라, 리드."

"연료는 얼마나 남았나?"

"……300파운드까지 내려갔다."

"최대한 높이 올라간다."

고도를 높이는 동안 엔진이 기름을 삼키는 듯했다. 대출혈이었다. 연료를 들이붓더라도 고도를 높이는 수밖에 없었다. 기름이 쑥 내려갔다. 계기판을 내려다보자 바늘이 더 이상 움직이지 않는 것 같았다. 1분이 영원처럼 길게 느껴졌다. 그는 고통스레 시간을 느끼며 아무 생각도 하지 말자고 스스로를 다잡았다. 어깨 너머로 바다를 내려다보았다. 헌터와 자신이 최후를 맞이할지도 모를 곳이었다. 바다는 언제나 성지였지만 지금은 그들을 집어삼킬지도 모르는 두려운 존재였다. 탈출하는 생각을 했다. 비행기에서 탈출한 적은 한 번도 없었다. 밀폐된 조종석을 등지고 저 순수한 절정의 공간으로 뛰어든다는 생각을 하자 순간 등골이 오싹해왔다.

그들은 빠르게 상승했다. 비행기는 가벼운 만큼 민첩했고, 검은 밑판 위에서 계기판 바늘은 100파운드도 안 되는 지점을 가리키고 있었다. 연료통 바닥을 다 적시지도 못할 터였다. 신안주를 지나고 있었지만 가야 할 길이 160킬로미터도 넘었다.

"지금 얼마인가, 빌리?"

"얼마 안 남았다."

"비었나?"

"거의 그렇다." 헌터가 응답했다. "기지까지 갈 수 있다고 보는가?"

"나도 잘……." 클리브가 말을 끝마치기 전에 헌터의 외침이 들렸다.

"어, 어!"

"완전히 바닥났나?"

"그렇다."

클리브는 계기판을 쳐다보았다. 제로를 가리키고 있었지만 그래도 엔진은 여전히 돌았다. 그는 엔진을 껐다. 1, 2분 후면 바닥을 드러낼 것이었다.

그들은 완전한 정적 속에서 하늘을 가르며 나란히 미끄러져갔다. 3만 8000피트였다. 성공 여부는 전적으로 바람 세기와 남아 있는 거리에 달려 있었다. 그는 앞쪽을 내다보았다. 아직 가야 할 길이 멀었다. 고도계 바늘이 움직였다. 3만 7000피트.

지금껏 날아온 견고한 길을 뒤로한 채 그들은 남쪽으로 비스듬히 하강했다. 고도계는 기계적으로 피트를 표시했다. 3만 6500피트. 3만 6000피트. 그는 바늘이 조금씩 움직이다가 악몽 속 시계처럼 빠르게 내려가는 모습을 지켜보았다. 그들은 영광으로부터 서서히 추락하는 중이었다. 그는 마스크 밸브가 숨을 내쉬고 들이쉴 적마다 열렸다 닫혔다 하는 소리를 들었다. 3만 5000피트. 모든 것은 조금의 오차도 없이 정교하게 이루어져야 했다. 대기속도가 중요했다. 몇 노트_{선박이나 항공기의 속도를 재는 단위. 1노트는 시속 1.852킬로미터}만 높거나 낮아도 수 킬로미터 차이가 났다. 그는 속도를 유지하는 데 온 정신을 쏟았다. 3만 4000피트. 3만 3500피트.

그는 지도에서 고도를 확인하며 가능성을 끊임없이 계산했다. 어림짐작할 사항도 있었지만 그 외의 것은 철저하게 계산했다. 3만 2000피트. 그가 두려워한 것은 착수着水를 시도할지 아니면 계속 한강 쪽으로 기수를 잡고 기지까지 날아갈지를 결정해야 하는 순간이 다가오는 것이었다. 그것은 최후의 결단이었다. 그는 확신이 서기를 바라며 계속 기다렸다. 3만 1000피트. 마침내 결정의 순간이 왔다.

사냥꾼들

사실 그는 결정할 필요가 없었다. 그저 계속 남쪽으로 비행할 뿐이었다. 두려웠건 아니건 그는 이미 그 전에 결정을 내렸다. 수은을 삼킨 것처럼 배 속이 묵직했다. 실은 결정을 내린게 아니라 결정을 내리는 데 실패한 것일지도 몰랐다. 어느 쪽이건 중요하지 않았다. 고도계 바늘이 더 빨리 움직였다.

2만 5000피트. 비행장은 여전히 보이지 않고 그때 느닷없이 무전기가 터졌다. 기지로 돌아온 이밀이었다.

"……어디인가, 그린 리드?"

"안 들린다. 다시 말하라."

"위치가 어디인가? 지금 어디쯤인가, 그린 리드?"

"60킬로미터 북쪽 지점이다."

"연료는 얼마나 남았나?"

"없다."

"뭐라고?"

"우리 둘 다 완전히 바닥났다."

생각에 잠긴 듯 침묵이 흘렀다.

"한강을 건너올 만큼 고도는 충분한가?"

"그런 것 같다." 클리브가 응답했다. "한강에 가까워온다."

"비행장까지 못 올 거라고 판단되면 탈출하라. 그 이상 비행하지 마라."

"알았다."

"그래도 기지까지 오도록 최선을 다하라."

그들은 1만 7000피트 상공을 지나고 있었다. 고도가 낮아짐에 따라 공기 밀도가 높아지고 저항이 커져서 속도를 유지하기 위해 기수를 내내 비스듬히 내려야 했다. 깊은 기해氣海를 지나 저항할 수 없는 저 단단한 땅으로 가까워오자 기체가 더욱더 무겁게 느껴졌다. 비행장이 멀리 보였다. 1만 5000피트.

"적기는 잡았나?" 대령이 불쑥 물었다.

"그렇다."

"몇 대?"

"한 대다."

아무런 응답도 들리지 않았다.

1만 1000피트에서 그들은 한강 어귀를 미끄러져갔다. 강물이 한낮의 햇살을 받아 반짝였다. 언덕 뒤로 그늘이 졌다. 클리브가 희망을 품었다가 버리기를 반복하는 동안 엔진이 꺼진 조종석은 잔인할 만큼 고요했다. 그는 활주로와 나란히 놓이기 위해 기수를 살짝 돌렸다. 비행장에 닿을 수 있다면 그 즉시 착륙을 시도해야 한다.

"비행장까지 당도하지 못할 것 같으면," 클리브가 헌터에게 말했다. "2000피트에서 탈출하라. 그 이상 기다리지 마라, 빌리."

"알았다. 우리 둘 다 해낼 걸로 믿는다."

"나도 그러길 바란다."

클리브가 약간 앞에 있었다. 8000피트를 지날 때만 해도 확신할 수 없었는데 그곳을 지나자 그는 알았다. 그는 해낼 것이었다. 1000피트를 지나 손바닥 보듯 훤히 알고 있는 최종 진입로를 어렵지 않게 활공해 내려오자 벅찬 감동이 밀려왔다. 비록 활주로 가녘이긴 했지만 그는 정적 속에 기체를 지면에 밀어 넣듯 부드럽게 안착시켰다. 바퀴가 지면에 닿는 순간 그는 가슴이 비는 듯한 안도감을 느꼈다. 조종석 뚜껑을 열어젖혔다. 시원한 바람이 불어와 그의 달아오른 몸을 훑고 지나갔다.

헌터는 판단을 잘못 내렸다. 한쪽 옆에서 클리브보다 약간 낮게 떠오르다가 비행장에 못 미칠 거라는 사실을 깨닫고는 속도가 충분하지 않은 상황에서 활공을 연장하기 위해 마지막 순간에 무리하게 기수를 아래로 꺾은 것이다. 돌담이 길가의 사람들 위로 무너져내릴 때처럼 미숙한 순간이었다. 그는 비행장의 북쪽 끝자락에 추락했다. 불길은 일지 않았다. 그저 귀청이 찢어질 듯한 메마른 폭발음과 함께 뿌얀 먼지기둥만 하늘 높이 치솟을 뿐이었다.

사람들이 클리브의 비행기를 활주로 끝에서 견인해 왔다. 절반쯤 왔을 때 이밀 대령이 차를 몰고 다가왔다. 그는 날개 위로 껑충 뛰어올랐다.

"해냈군." 그가 말했다.

"헌터는 무사합니까?"

"사람들이 지금 그쪽으로 갔네. 어떻게 됐는지는 아직 못 들었어."

"헌터도 해낼 줄 알았는데." 클리브가 대답했다.

"1킬로미터는 떨어져 있었어. 한참 못 미쳤지."

주기장에 조종사들과 정비병들이 모여 있었다. 비행기가 멈춰 서자 다들 그 주위로 바싹 몰려들었다. 클리브는 얼굴들을 내다보았다. 몇몇은 아는 얼굴이었지만 대부분은 움직이는 기차에서 내다본 플랫폼 위의 여행객처럼 낯설었다. 병기공들이 총포를 비우는 소리가 들렸다. 볼트가 덜커덕 풀렸다.

"어떻게 된 일이야?" 대령이 물었다.

"돌아오는 길에 미그기와 맞닥뜨렸습니다." 클리브가 대답했다. 사람들이 모두 귀를 기울이고 있었다. 그는 주위의 시선을 의식했다. 모두들 하나같이 목을 빼고 그가 하는 말을 듣고 있었다. "넉 대를 만났는데 실력이 다 만만찮았습니다. 덕분에 연료가 완전히 바닥나버렸습니다."

"그래도 한 대는 잡았잖아?"

잠시 후 그들 앞에 단두대의 잘린 목처럼 높이 쳐들어 보여줄 것을 생각하자 심장이 무섭게 고동치고 손이 무중력상태처럼 느껴졌다. 한 대라고? 스스로를 제어할 수가 없었다. 눈에 눈물이 그렁그렁 맺힐 때까지 한바탕 웃어젖히고 싶은 기분이었다. 한 대를 잡았다고? 사람들은 더 바짝 다가서서 고개를 들고 그를 쳐다보았다. 강한 자, 약한 자, 유명한 자, 무명한 자. 입안에 고인 말이 툭 튀어나가지 않도록 입을 살짝 벌렸다. 그는 어떻게 말해야 할지 알고 있었다. 트럼펫 소리도 조용히 잠재우고 거목이 쓰러지는 듯한 큰 소리로 파장을 일으킬 문장을. 하지만 그는 기다렸다. 그 순진한 수많은 얼굴을 그는 묵묵히 응시했다.

저만치서 누군가 군중 사이를 헤치고 비행기 쪽으로 다가오고 있었다. 클리브는 지켜보았다. 펠이 바로 밑에까지 비집고 들어와 뒷주머니에 손을 꽂고 못마땅한 표정을 짓고 있었다. 그때 또 다른 사람이 펠의 옆으로 비집고 들어섰다. 몬카비지 대령이었다. 그는 헌터의 비행기를 돌아보고 오는 길이었다.

"헌터는 어떻게 됐어요?"

몬카비지는 날개 위로 올라서려고 했다.

"무사한가요?"

이밀은 몬카비지의 팔을 잡고 끌어올렸다.

"절명했네." 몬카비지가 입을 열었다.

"잘했군." 펠의 목소리가 날카롭게 울렸다.

클리브는 천천히 기체를 넘어와 날개에 발을 디뎠다. 갑자기 피로가 몰려왔다. 육체적인 피로가 아니었다. 전투를 벌였고 극적으로 살아 돌아왔다는 사실에 온몸은 여전히 흥분 상태였지만 그는 불현듯 이 모든 것에 피로를 느꼈다.

"어찌 됐든 한 대는 잡지 않았나?" 이밀은 건조하게 말했다.

"네."

기수 아래쪽에서 외침 소리가 들렸다.

"필름이 돌아가지 않았습니다, 대령님." 누군가 소리쳤다.

대령은 필름을 건네받았다. 그러고는 필름을 뒤집어 찬찬히 살폈다. 작은 초록색의 필름을 엄지손톱으로 몇 번 긁어보기까지 했다.

"아무것도 없어." 대령은 몬카비지에게 필름을 넘기며 말했다. "제장, 확인할 길이 없잖아."

"그런 건 아무래도 상관없습니다." 클리브가 말했다.

"대범한 척하지 말게. 어떻게 상관없을 수가 있어?"

"이번엔 그렇습니다."

"무슨 소리야?" 이밀이 날카롭게 물었다.

"케이시 존스였으니까요."

일순간 파국과도 같은 침묵이 내려앉았고 클리브는 자신이 결코 용서받지 못할 거라는 사실을 직감했다.

"확실한가?"

클리브는 고개를 끄덕였다. 무슨 말이 오가는지 정확히 들리지 않았다. 깊은 풀 사이로 부는 바람처럼 사람들 사이로 퍼져 나가는 웅성거림이 귓가를 맴돌 뿐이었다.

"확실하냐고." 이밀이 거듭 물었다.

펠이 끼어들었다.

"필름이 없잖아요, 대령님." 펠이 외쳤다.

"그래, 없지." 이밀이 자신 없는 목소리로 대꾸했다. 이밀은 몬카비지를 돌아보았고 몬카비지는 어깨를 으쓱해 보였다.

"확인해줄 사람도 없다고요." 펠이 말했다.

"그렇지." 이밀은 동의했다. 그는 재빨리 판단을 내렸다. 충분히 확실한 일이었다. "그래, 아무도 없지."

클리브는 한 사람 한 사람 훑어보았다. 그 어떤 것도 현실적이지 않았다. 발작하듯 경멸에 찬 짧은 기침이 자신의 입에서 툭 튀어나가는 것을 그는 들었다. 미처 그전에는 가능하리라고 생각도 못했던 머나먼 곳에 홀로 떨어져 있다는 느낌만 들 뿐 자신이 무슨 생각을 하는지 그는 알지 못했다.

"아닙니다, 있습니다." 클리브가 불쑥 말했다.

"누구?"

"제가 확인할 수 있습니다." 그는 짧게 숨을 들이마셨다. "헌터가 케이시를 잡았습니다."

거의 무심중에 나온 말이었다. 그들을 향한 악의와 반감, 그리고 승리와 함께 찾아오는 장엄한 관대함이 그 말을 하게 했는지 모르지만, 그 말을 내뱉는 순간 그는 되돌릴 방법이 없다는 사실을 깨달았다.

빌리 헌터는 그날 영웅으로 기록될 것이며 앞으로도 마지막 비행에 나섰던 모습 그대로 사람들의 기억 속에 남을 것이다. 클리브는 그에게 적어도 명성을 안겨주었다. 신기한 일이었다. 그는 그때껏 그런 일이 가능하리라고는 상상조차 하지 못했다. 자신의 운명과 성스러움을 찾아 하늘 구석구석을 날다가 종국에 이 땅에서 그것들을 발견할 줄은 미처 몰랐던 것이다.

그는 서약을 지켰다. 사람들 사이를 뛰어다니면서 목청껏 외치고 싶었다. 자신이 약속을 지켰다고, 그리고 저 높은 청명한 하늘에서 전설을 만났고 기어코 그 전설을 정복했다고. 그는 그날 밤 침대에 누워 있었다. 결국 진이 다 빠져나갔는지 도무지 움직일 수가 없었다. 거대한 피로에 결박당한 채 자신의 나약함 외에는 아무것도 느낄 수 없었다. 그 고요한 여름날 밤, 어둠이 두 겹으로 내려앉게끔 눈을 꼭 감고 누워 있었지만 그는 쉽사리 잠을 이루지 못했다. 마침내 승리했으나 삶의 의욕이 완전히 소진되어버렸으므로.

25

6월 말에 그는 네 번의 임무만을 남겨두고 있었다. 겨울에 이어 노곤한 봄이 지나갔고 여름이 찾아왔다. 곧 아침이면 선들선들한 바람이 부는 가을이 올 것이다. 클리브는 마치 몇 달이 몇 년처럼 느껴졌다. 한국에 와서 큰 걱정 없이 보낸 순수했던 시절이 유년기의 기억처럼 가마득했다. 지금의 자신과 그 시절을 연결 짓기가 쉽지 않았다. 아득히 멀게 느껴지는 그 시절을 돌이켜봐도 비현실적인 장면과 대화만이 떠오를 뿐 기억은 희미하기만 했다.

그는 거의 끝에 다다랐고, 그를 사로잡았던 승리를 향한 그 끔찍한 갈망은 마치 마지막 발악을 하듯 어느 때보다 격렬했다. 그러나 그는 더 이상 고통받지 않았다. 고통을 너무 오래 견뎌온 탓이었다. 고통은 그의 살갗에 새겨진 신체의 일부나 다름없었다. 그는 괴롭지 않았다. 만족해서가 아니라 마침내 무감각 속으로 빠져든 것이었다. 그는 정갈하게 씻긴 상태였다.

헌터는 은성훈장을 수여받을 것이었다. 이밀이 약속한 사항이었다. 빨간 별 하나를 매단 채 헌터의 이름이 그가 그토록 원했던 전공 게시판에 올라갔다. 펠의 은하수에 비하면 별것 아니지만 헌터에게는 이 세상 그 무엇과도 바꿀 수 없는 것일 터였다. 클리브는 쓸쓸한 평온을 느꼈다. 유년 시절을 지나 비로소 성인이 된 기분이었다. 그것이 한때 자신을 온통 사로잡았던 찬란한 이상을 실현하기 위해 치러야 했던 대가였음을 그는 뼈아프게 깨달았다. 대가는 값비쌌다. 그러나 자신에게 아무리 큰 희생을 강요했을지라도 그는 이상을 굳건히 지켰다. 그에게 남아 있는 하찮은 믿음 따위는 이제 없었다. 그 어떤 금은보화보다도 귀중한 유산만이 가슴 밑바닥에 가라앉아 있을 따름이었다.

페티본을 윙맨으로 대동하고 클리브는 아흔일곱 번째 임무에 나섰다. 하늘에는 구름 한 조각 없었다. 그들은 해주 반도를 가로지른 뒤 햇살을 받아 호일 조각처럼 반짝이는 깨끗한 바닷가를 지나 어떤 전이가 이루어지는 상공으로 높이높이 올라갔다. 머잖아 전투가 벌어질 것이다. 미그기가 안둥에서 연달아 이륙하고 있었다. 누군가 안둥에서 먼지구름이 인다고 외쳤다. 클리브는 급류를 만난 물줄기처럼 점차 빨라지는 무전기 소리를 들었다.

현실의 중력에서 벗어난 채 그는 햇빛 속에 앉아 크리스털 제국을 바라보았다. 지평선 끝까지 이어진 맑은 하늘 지붕 아래 안둥 땅이 놓여 있었다. 강물과 강에 걸린 다리, 강가의 동쪽에 면한 마을이 역사책에 나오는 지도처럼 작게 보였다. 마치 잠을 부르는 듯했다. 그는 깊은 바다의 꿈과 같은 영겁의 고요를 알았다. 그곳에서는 이를테면 평형을 맞추기 위해 손가락으로 살짝 건드리는 행위만으로도 죽음에 이를 수 있을 것이었다. 이 황폐한 높은 왕국에서 그는 싸울 것이고 정복할 것이며 종내 영원불멸할 것이다. 그는 다른 비행기들이 연료통을 분리하는 소리를 들었다. 미그기 편대가 저수지를 넘어오는 게 목격되었다. 무전기 소리에 심장이 거칠게 뛰기 시작했다. 몇 분 후면 그곳에 도착할 것이다. 그날 북쪽 땅으로 깊이, 더 깊이 들어가면서 그는 지금껏 맛보지 못한 큰 희열을 느꼈다. 케이시의 땅으로, 그리고 자기 자신의 땅으로.

기대했던 그대로였다. 큰 전투가 벌어지고 있었다. 하늘을 가득 메운 미그기들이 끊임없이 남쪽으로 밀려 내려오고 있었다. 미그기를 기다려온 모든 이들과 그렇지 않은 몇몇을 향해. 그날 펠은 일곱 번째 미그기를 잡았다.

디브리핑실은 전장에서 돌아온 조종사들로 소란스러웠다. 먼저 귀대한 조종사들이 벌겋게 상기된 얼굴로 테이블 주위에 모여 앉아 저마다 떠들어댔고, 입구 쪽에서는 또 다른 이들이 땀으로 얼룩진 조종복 차림으로 삼삼오오 떼를 지어 안으로 들어오고 있었다. 시커먼 얼굴에는 마스크 자국이 선명하게 남아 있었다. 그들은 우르르 테이블에 몰려 앉아서는 아주 잠깐 상대의 말을 들을 때만 입을 다물 뿐 끊임없이 서로의 말을 자르며 흥분해서 떠들어댔다.

장내는 여전히 혼란스러웠다. 환희에 찬 얼굴과 생각에 잠긴 얼굴, 생기가 넘치는 얼굴에 시무룩한 얼굴까지 온갖 표정의 얼굴이 주위를 떠돌았다. 그 가운데 펠의 얼굴이 있었고 그의 일곱 번째 격추를 취재하는 통신원의 얼굴이 그 뒤를 따랐다. 그들은 상황실 한복판에 멈춰 섰다. 펠은 전투담을 자세히 구술했고 통신원이 그 내용을 수첩에 휘갈겨 쓰는 모습을 맞은편에 서서 쳐다보았다. 그는 통신원의 연필에 속도를 맞추느라 꽤 오래 기다리곤 했다. 그사이 그는 시끌벅적한 소란 속에서도 도드라진 목소리를 등 뒤에서 들을 수 있었다.

"전투가 시작되고 바로 갈라졌어요. 그 이후로 다시는 리더를 못 봤어요. 그때 머리 위로 미그기가 새까맣게 몰려왔거든요."

페티본이었다. 펠이 몸을 돌리자 페티본이 두 명의 대령 사이에 서서 그들을 번갈아 쳐다보며 이야기하는 모습이 눈에 들어왔다.

"그를 부르지 않았나?"

"대여섯 번도 넘게 불렀죠."

"그래서?"

"하지만 응답이 없었어요. 아무것도 안 들렸다고요. 전 부르고 또 불렀어요."

"좋아," 이밀 대령이 물었다. "그게 어디였나?"

그들이 지도를 내려다볼 때 펠이 그 사이를 비집고 들어와 테이블 옆에 섰다. 페티본은 위치를 쉽게 찾아내지 못했다. 손가락은 전투가 벌어진 장소를 바로 짚어내지 못하고 지도 위에서 주저주저했다. 마침내 그가 15킬로미터 평방의 지역을 손가락으로 가리켰다. 압록강 바로 위였다.

"이 근방인 것 같아요." 페티본이 말했다.

"몽크, 구조할 경우에 대비해 지금 당장 2개 편대 대기시키고 주변에 수소문해보게. 그를 본 사람이 있을지도 모르니까."

몬카비지 대령은 서둘러 나갔다.

"무슨 일이야?" 펠이 물었다. "코넬이 어디 있다고?"

페티본은 애원하듯 그를 올려다보았다.

"나도 몰라."

"모른다고?"

"전투 중에 놓쳤는데 아직까지 안 돌아왔어."

그들은 그곳에 서서 테이블 하나 가득 펼쳐져 있는 지도를 내려다보았다.

"바로 이 부근이야." 페티본이 다시 지도의 한 부분을 짚으며 덧붙였다.

얼마 뒤 몬카비지 대령이 다른 대대 소속의 조종사를 데리고 들어왔다. 뭔가 아는 게 있는 모양이었다. 그 조종사는 당시 자신의 편대와 그 근방에 머물러 있었다. 페티본의 외침도 들은 걸 기억하고 있었다. 잠시 뒤 그는 클리브의 비행기를 보았다. 한쪽 날개가 적의 포탄에 맞은 상태였다. 그는 클리브의 비행기가 압록강 근처에서 길고 가느다란 궤적을 그리며 가랑잎처럼 뱅글뱅글 돌다가 떨어지는 모습을 보았다.

"클리브가 확실해?"

"누군지는 정확히 모르겠습니다, 대령님."

"아군이었던 건 분명한가?"

"네, 그렇습니다. 미그기들이 계속 총을 쏘아댔으니까요."

"낙하산도 봤나?"

"마지막으로 보았을 때 조종석 뚜껑은 닫혀 있었던 것 같습니다."

이밀은 생각에 잠긴 듯 침묵을 지켰다.

"지상에 충돌하는 건 못 봤나?" 이윽고 그가 입을 열었다.

"볼 겨를이 없었습니다. 그때 저희도 미그기에 온통 둘러싸여 있었습니다."

"그래," 대령이 말했다. "알았네."

그는 골똘히 생각에 잠긴 채 테이블을 손가락으로 톡톡 두드렸다. 그러고는 몸을 돌려 상황실을 빠져나가 제5공군에 보고하기 위해 교환대로 걸어갔다.

펠 뒤에 서 있던 통신원이 이 모든 것을 듣고 있었다. 인터뷰를 재개하면서 그가 펠에게 넌지시 물었다. "중위님도 아는 분인가요?"

"클리브 코넬이요?"

"그분 성함인가 보지요?"

펠은 빠르게 움직이는 연필 소리를 들으며 고개를 끄덕였다. 그는 펜의 마법을 잘 알았다. 그는 한참 동안 잠자코 있었다. 생각에 잠긴 표정을 지은 채였다. 그의 두 눈은, 매의 눈처럼 예리한 두 눈은 말로 할 수 없는 것들을 보았고 그 나이에는 볼 수 없는 것들을 보았다.

"종결자였어요." 펠이 말했다.

"종결자요?"

"네. 최고 중의 최고라는 뜻이지요. 나에게 모든 것을 가르쳐준 분입니다. 다만 운이 없었을 뿐이죠."

"친하게 지내셨나 봅니다."

"편대장이었어요." 펠이 대답했다. "사실 형님이나 다름없었지요. 무슨 말을 어떻게 해야 할지 모르겠습니다. 저들에게 당하다니 믿을 수가 없어요."

통신원도 자기 판단이 있는 사람인 데다 바보가 아니었다. 그는 펠을 유심히 살폈다. 의심의 눈초리를 거둘 수 없었지만 그는 곧 그런 자신이 부끄럽게 느껴졌다. 그들은 적대적인 북녘 하늘에서 목숨을 걸고 싸우는 자들이었다. 그 속에 속임수가 끼어들 리 만무했다. 사실 펠에게는 그런 면이 다분해 보였지만―어떤 낌새가 엿보였을까?―적어도 지금의 한 마디 한 마디는 진실하게 들렸다.

"이건 기사로 내보내지 마십시오." 펠이 느닷없이 말했다.

"저도 그냥 메모해두는 겁니다."

"압니다. 하지만 사람들은 이해를 못할 거예요. 그럼 무의미한 이야기가 되고 말겠지요."

"제가 어떻게 쓰느냐에 따라 다르지요."

"기자님이 잘 쓰시리라 믿습니다." 펠이 말했다. 그는 희미하게 웃어 보였다. 무장해제시키는 솔직함이었다.

기사는 전국지에 실려 대성공을 거두었다. 조종석에 앉아 있는 펠의 사진은 시선을 단박에 사로잡을 만큼 인상적이었다. 온 나라가 그의 얼굴에서 영웅의 면모를 발견했다.

클리브에게 전쟁은 그가 언제나 두려워했던 그 최후의 고독 몇 분 사이에 끝났다. 그는 '작전 중 실종'으로 기록되었다. 마지막 외침이 공기 속에 정제된 채 남아 있었더라도 그것은 그가 그토록 두려워했던 저들 사이로 추락하면서 함께 묻혀버렸을 것이다. 저들은 기어이 그를 갈기갈기 찢고 땅으로 떨어뜨려 침몰시켰다. 무거운 총알은 그의 몸에 무수히 가 박혔고, 저들은 전염성 띤 사냥꾼의 광기에 휩싸여 쉼 없이 총탄을 날리며 그의 뒤를 쫓았다.

존재의 고원을 찾아

　몇 만 피트 상공 위 사내는 조종석에 스스로를 유폐한 채 매 순간 삶과 죽음의 경계를 오간다. 환희에 찬 영광을 성취하는 순간에도, '사냥꾼의 광기'에 쫓겨 침몰하는 순간에도 그는 철저히 홀로다. 그에게 하늘은 전장이라기보다는 차라리 자신의 운명을 시험하는 '존재의 고원孤原'이다. '쇳물처럼 펄펄 끓는' 예광탄을 피해 아무리 "급선회!"를 외쳐도, 아무리 있는 힘껏 기수를 꺾어도 어느 순간 어찌할 수 없는 그 무엇에 직면하게 될 것이고, 우주만큼 드넓은 창공에서 비좁은 조종석에 갇혀 '최후의 고독'을 맞이할 도리밖에 없을 것이다. 야비한 성공 대신 장엄한 실패가 그가 선택한 운명이라면 더더욱 그러하리라. 『사냥꾼들』이 1950년대 초반 한반도라는 시공간적 배경의 공교로움에도 불구하고 전쟁소설이 아닌, 인간의 존재론적 의미를 다룬 소설로 읽히는 까닭이다.

　제임스 설터는 1952년 전투기 조종사로 한국전에 참전한다.

100번 이상 출격해 적기 한 대 격추. 1954년 독일 비트부르크 공군기지로 배치된 그는 동료의 눈을 피해 밤과 주말에 한국전의 경험을 소설로 쓰기 시작한다. 1956년 제임스 설터라는 필명으로 잡지 〈콜리어스Collier's〉에 『사냥꾼들』을 연재한다. 동료 조종사들로부터 샌님이라는 소리를 들을까 봐 정체를 숨길 목적이었지만, 전역 후 전업 작가가 되고 나서는 오히려 과거와 단절하기 위해 본명 제임스 호로비치를 버리고 온전히 제임스 설터로 살아가는 삶을 선택한다. 작가 제임스 설터의 정체성을 확립하는 순간이다.

그러나 클리브처럼 설터 역시 자신의 운명을 미리 내다본 것일까? 클리브가 비행대대에서 겪는 일련의 과정—그의 열망과 좌절, 성취와 실패—은 설터가 작가로서 자신의 모습을 예견한 것이 아닐까 하는 생각이 들게 한다. 현실은 녹록지 않았으니 67년 발표작 『스포츠와 여가』와 75년 발표작 『가벼운 나날』에 대한 독자들의 차가운 반응, 아니 무관심은 설터를 절망케 한다. '최후의 목소리를 획득하고 최고의 숨결을 느끼기'를 갈망한 클리브처럼 그가 진정으로 원했던 것은 소수가 열광하는 '작가의 작가'가 아닌 '위대한 작가'였을 터. 하지만 클리브가 종국에 "자신의 운명과 성스러움"을 발견했듯 설터 역시 그토록 갈구했으나 살아생전에 얻지 못한 명성을 지금에 와서 누리는 듯하다. 삶의 역설과 존재의 비의를 감히 흉내 낼 수 없는 간결하고 정확한 문장에 새겨 넣은 그의 글은 이제 종결형이 되었지만 영원할 것이므로.

『사냥꾼들』 속 인물들이 이야기하듯 인생의 승패를 가르는 건 카드 게임처럼 결국 운일지 모르지만, 그럼에도 불구하고 여전히 중요한 것은 게임의 결과가 아니라 내용이 아닐까 한다. 어찌할 수 없는 그 무엇에 직면한 순간 '고독한 장엄함'을 지키고 싶다면 최소한 그런 믿음이 필요하리라. 쫓느냐 쫓기느냐, 둘 중 하나를 강요하는 잔혹한 현실에서 자신만의 '존재의 고원'을 찾고 싶다면.

2016년 5월
오현아

사냥꾼들